U0711381

我走在这活泼泼的人间

陈忠实 著

湖南文艺出版社
HUNAN LITERATURE AND ART PUBLISHING HOUSE

博集天卷
CS·BOOKY

图书在版编目（CIP）数据

我走在这活泼泼的人间 / 陈忠实著 . -- 长沙：湖
南文艺出版社，2018.7
ISBN 978-7-5404-8681-5

Ⅰ. ①我… Ⅱ. ①陈… Ⅲ. ①散文集—中国—当代
Ⅳ. ① I267

中国版本图书馆 CIP 数据核字（2018）第 080920 号

©中南博集天卷文化传媒有限公司。本书版权受法律保护。未经权利人
许可，任何人不得以任何方式使用本书包括正文、插图、封面、版式
等任何部分内容，违者将受到法律制裁。

上架建议：文学·散文

WO ZOU ZAI ZHE HUOPOPO DE RENJIAN
我走在这活泼泼的人间

作　　者：陈忠实
出 版 人：曾赛丰
责任编辑：薛　健　刘诗哲
监　　制：于向勇　秦　青
策划编辑：张　卉
文字编辑：苏会领
特约策划：李江华
营销编辑：刘晓晨　刘　迪
版式设计：潘雪琴
封面设计：MM末末美书
　　　　　QQ:3218619296
封面插图：zoeyren
出版发行：湖南文艺出版社
　　　　　（长沙市雨花区东二环一段 508 号　邮编：410014）
网　　址：www.hnwy.net
印　　刷：北京中科印刷有限公司
经　　销：新华书店
开　　本：875mm×1270mm　1/32
字　　数：200 千字
印　　张：10
版　　次：2018 年 7 月第 1 版
印　　次：2018 年 7 月第 1 次印刷
书　　号：ISBN 978-7-5404-8681-5
定　　价：56.00 元

若有质量问题，请致电质量监督电话：010-59096394
团购电话：010-59320018

目录
Contents

第一章

万物有灵，万物温柔

又见鹭鸶

　　那是春天的一个惯常的傍晚，我沿着水边的沙滩漫不经意地悠步。旱草和水草都已经蓬勃起来，河川里满眼都是盎然生机，野艾、苦蒿、薄荷和鱼腹草的气味混合着弥漫在空气里，风轻柔而又湿润。在桌椅间蜷窝了一天的四肢和绷紧的神经，渐渐舒展开来松弛开来。

　　绕过一道河石垒堆的防洪坝，我突然瞅见了鹭鸶，两只，当下竟不敢再挪动一步，生怕冲撞了它们惊飞了它们，便蹑手蹑脚悄悄在沙地上坐下来，压抑着冲到唇边的惊叹，哦！鹭鸶又飞回来了！

　　在顺流而下大约三十米处，河水从那儿朝南拐了个大弯，弯拐得不急不直随心所欲，便拐出一大片生动的绿洲，靠近水流的沙滩上水草尤其茂密。两只雪白的鹭鸶就在那个弯头上踯躅，在那一片生机盎然的绿草中悠然漫步；曲线优美到无与伦比的脖颈迅捷地探入水中，倏忽又在草丛里扬起头来；两只峭拔的长腿淹没在水里，举止移步悠然雅然；一会儿此前彼后，此左彼右，一会儿又此后彼前此右彼左；断定是一对没有雄尊雌卑或阴盛阳衰的纯粹靠感情维系的平等夫妻……

于是，小河的这一方便呈现出别开生面令人陶醉的风景，清澈透碧的河水哗哗吟唱着在河滩里蜿蜒，两个穿着艳丽的女子在对岸的水边倚石搓洗衣裳，三头紫红毛色的牛和一头乳毛嫩黄的牛犊在沙滩草地上吃草，三个放牛娃三对角坐在草地上玩扑克，蓝天上只有一缕游丝似的白云凝而不动，落日正渲染出即将告别时的热烈和辉煌……这些时常见惯的景致，全都因为一双鹭鸶的出现而生动起来。

不见鹭鸶，少说也有二十多年了。小时候在河里耍水在河边割草，鹭鸶就在头前或身后的浅水里，有时竟在草笼旁边停立；上学和放学涉过河水时，鹭鸶在头顶翩翩飞翔，我曾经妄想把一只鸽哨儿戴到它的尾毛上；大了时在稻田里插秧或是给稻畦里放水，鹭鸶又在稻田圪梁上悠然踱步，丝毫也不戒备我手中的铁锨……难以泯灭的永远鲜活的鹭鸶的倩影，现在就从心里扑飞出来，化成活泼的生灵，在眼前的河湾里。

至今我也搞不清鹭鸶突然离去突然绝迹的因由，鸟类神秘的生活习性和生存选择难以揣摩。岂止鹭鸶这样的小河流域鸟类中的贵族，乡民们视作报喜的喜鹊也绝迹了，张着大翅膀盘旋在村庄上空窥伺母鸡的恶老鹰彻底销声匿迹了，连丑陋不堪猥琐笨拙的斑鸠也再不复现了，甚至连飞起来遮天蔽日的丧婆黑乌鸦都见不着一只，只有麻雀种族旺盛，村庄和田野处处都只能听到麻雀的叽叽喳喳。到底发生了什么灾变，使鸟类王国土崩瓦解灭族灭种留下一片大地静悄悄？

单说鹭鸶。许是水流逐年衰枯、稻田消失、绿地锐减，这鸟儿瞧不上越来越僵硬的小河川道了？许是乡民滥施化肥农药污染了流水也污染了空气，鹭鸶感到窒息而逃逸了？许是沿河两岸频频敲打的庆贺"指示"发表的锣鼓和震天撼地的炮铳，使这喜欢悠闲的贵族阶级心惊肉跳恐惧不安，抑或是不屑于这一方地域上人类的愚蠢可笑拂尾而去？许是那些隐蔽在树后的猎手暗施的冷枪，击中了鹭鸶夫妻双方中的雌的或雄的，剩下的一个鳏夫或寡妇悲怆遁逃？

又见鹭鸶！又见鹭鸶！

落日已尽，红霞隐退，暮霭渐合。两只鹭鸶悠然腾起，翩然扇动着洁白的翅膀逐渐升高，没有顺河而下也没见逆流而上，偏是掠过小河朝北岸树木葱茏的村庄飞去了。我顿然悟觉，鹭鸶原是在村庄里的大树上筑巢育雏的。我的小学校所在的村庄面临河岸的一片白杨林子里，枝枝杈杈间竟有二十多个鹭鸶搭筑的窝巢，乡民们无论男女无论老幼引为荣耀视为吉祥。一只刚刚生出羽毛的雏儿掉到地上，竟然惊动了整个村庄的男女老少，议着公推一位爬树利落的姑娘把它送回窝里。更不必担心伤害鹭鸶的事了，那是被视为作孽短寿的事。鹭鸶和人类同居一处无疑是一种天然和谐，是鸟类对人类善良天性的信赖和依傍。这两只鹭鸶飞到北岸的哪个村庄里去了呢？在谁家门前或屋后的树上筑巢育雏呢？谁家有幸得此吉兆得此可贵的信赖情愫呢？

我便天天傍晚到河湾里来，等待鹭鸶。连续五六天，不见踪影，我才发现没有鹭鸶的小河黯然失色。我明白自己实际是在重演那个可笑的《守株待兔》的寓言故事，然而还是忍不住要来。鹭鸶的倩影太富于诱惑了。那姿容端庄的是一种仙骨神韵、一种优雅、一种大度、一种自然；起飞时悠然翩然，落水时也悠然翩然，看不出得意时的昂扬恣肆，也看不出失意下的气急败坏；即使在水里啄食小虫小虾青叶草芽，也不似鸡们鸭们雀们饿不及待的贪馋和贪婪相。二三十年不见鹭鸶，早已不存再见的企冀和奢望，一见便不能抑止和罢休。我随之改变守候而为寻找，隔天沿着河流朝下，隔天又溯流而上，竟是一周的寻寻觅觅而终不得见。

我又决定改变寻找的时间，宁可舍弃了一个美好的出活儿的早晨，在晨曦中沿着河水朝上走。大约走出五里路程，河川骤然开阔起来，河对岸有一大片齐肩高的芦苇，临着流水的芦苇幼林边，那两只鹭鸶正在悠然漫步，刚出山顶的霞光把白色的羽毛染成霓虹。

哦！鹭鸶还在这小河川道里。

哦！鹭鸶对人类的信赖毕竟是可以重新建立的。

我在一块河石上悄然坐下来，隔水眺望那一对圣物，心头便涌出一首脍炙人口的诗歌来：

蒹葭苍苍，
白露为霜。
所谓伊人，
在水一方。

告别白鸽

　　老舅到家里来，话题总是离不开退休后的生活内容，谈到他还可以干翻轧麦地这种最重的农活儿，很自豪的神情；养着一只大奶羊，早晨起来挤下羊奶煮熟和孙子喝了，孙子去上学，他则牵着羊到坡地里去放牧，挺诱人的一种惬意的神色；说他还养着一群鸽子，到山坡上放羊时或每月进城领取退休金时，顺路都要放飞自己的鸽子。我禁不住问："有白色的没有？纯白的？"

　　老舅当即明白了我的话意，不无遗憾地说："有倒是有……只有一对。"随之又转换成愉悦的口吻，"白鸽马上就要下蛋了，到时候我把小白鸽给你捉来，就不怕它飞跑了。"老舅大约看出我的失望，继续解释说，"那一对老白鸽你养不住，咱们两家原上原下几里路，一放开它就飞回老窝里去了。"

我就等待着，并不焦急，从产卵到孵化再到幼鸽独立生存，差不多得两个月，急是没有用的。我那时正在远离城市的乡下故园里住着读书写作，大约七八年了，对那种纯粹的乡村情调和质朴到近乎平庸的生活，早已生出寂寞，尤其是陷入那部长篇小说的写作以来的三年。这三年里我似乎在穿越一条漫长的历史隧道，仍然看不到出口处的亮光，一种劳动过程之中尤其是每一次劳动终止之后的寂寞围裹着我，常常难以诉叙难以排解。我想到能有一对白色的鸽子，心里便生出一缕温情一方圣洁。

出乎我意料的是，一周没过，老舅又来了，而且捉来了一对白鸽。面对我的欣喜和惊讶之情，老舅说："我回去后想了，干脆让白鸽把蛋下到你这里，在你这里孵出小鸽，它就认你这儿为家咧。再说嘛，你一年到头闷在屋里看书呀写字呀，容易烦。我想到这一层就赶紧给你捉来了。"我看着老舅的那双洞达豁朗的眼睛，心不由怦然颤动起来。

我把那对白鸽接到手里时，发现老舅早已扎住了白鸽的几根羽毛，这样被细线捆扎的鸽子只能在房屋附近飞上飞下，而不会飞高飞远。老舅特别叮嘱说，一旦发现雌鸽产下蛋来，就立即解开它翅膀上被捆扎的羽毛，此时无须担心鸽子飞回老窝去，它离不开它的蛋。至于饲养技术，老舅不屑地说："只要每天早晨给它撒一把谷粒……"

我在祖居的已经完全破败的老屋的后墙上的土坯缝隙里，

砸进了两根木棍子，架上一只硬质包装纸箱，纸箱的右下角剪开一个四方小洞，就把这对白鸽放进去了。这幢已无人居住的破落的老屋似乎从此获得了生气，我总是抑制不住对后墙上的那一对活泼的白鸽的关切之情，没遍没数地跑到后院里，轻轻地撒上一把玉米粒。起始，两只白鸽大约听到玉米粒落地时特异的声响，挤在纸箱四方洞口探头探脑，像是在辨别我投撒食物的举动是真诚的爱意抑或是诱饵，我于是走开，以便它们可以放心进食。

终于出现奇迹。那天早晨，一个美丽的乡村的早晨，我刚刚走出后门扬起右手的一瞬间，扑啦啦一声响，一只白鸽落在我的手臂上，迫不及待地抢夺手心里的玉米粒。接着又是扑啦啦一声响，另一只白鸽飞落到我的肩头，旋即又跳到手臂上，挤着抢着啄食我手心里的玉米粒。四只爪子掐进我的皮肉，有一种痒痒的刺痛。然而听着玉米粒从鸽子喉咙滚落下去的撞击的声响，竟然不忍心抖掉鸽子，似乎是一种早就期盼着的信赖终于到来。

又是一个堪称美丽的早晨，飞落到我手臂上啄食玉米的鸽子仅有一只，我随之发现，另外一只静静地卧在纸箱里产卵了。新生命即将诞生的欣喜和某种神秘感，立时就在我的心头潮溢开来。遵照老舅的经验之说，我当即剪除了捆扎鸽子羽毛的绳索，白鸽自由了，那只雌鸽继续钻进纸箱去孵蛋，而那只雄鸽，扑啦啦扑向天空去了。

终于听到了破壳出卵的幼鸽的细嫩的叫声。我站在后院里，先是发现了两只破碎的蛋壳，随之就听到从纸箱里传下来的细嫩的新生命的啼叫声。那声音细弱而又嫩气，如同初生婴儿无意识的本能的啼叫，又是那样令人动心动情。我几乎同时发现，两只白鸽轮番飞进飞出，每一只鸽子的每一次归巢，都使纸箱里欢闹起来，可以推想，父亲或母亲为它们捕捉回来了美味佳肴。

我便在写作的间隙来到后院，写得拗手时到后院抽一支烟——那哺食的温情和欢乐的声浪会使人的心绪归于清澈和平静，然后重新回到摊着书稿的桌前；写得太顺时我也有意强迫自己停下笔来，到后院里抽一支雪茄，瞅着飞来又飞去的两只忙碌的白鸽，聆听那纸箱里日渐一日愈加喧腾的争夺食物的欢闹，于是我的情绪由亢奋渐渐归于冷静和清醒，自觉调整到最佳写作心态。

这一天，我再也按捺不住神秘的纸箱里小生命的诱惑，端来了木梯，自然是趁着两只白鸽外出采食的间隙。哦！那是两只多么丑陋的小鸽，硕大的脑袋光溜溜的，又长又粗的喙尤其难看，眼睛刚刚睁开，两只肉翅同样光秃秃的，它俩紧紧依偎在一起，静静地等待母亲或父亲归来哺食。我第一次看到了初生形态的鸽子，那丑陋的形态反而使我更急切地期盼蜕变和成长。

我便增加了对白鸽喂食的次数，由每天早晨的一次到早、午、晚三次。我想到白鸽每天从早到晚外出捕捉虫子，不仅活动量大大增加，自身的消耗也自然大大增加，而且把采来的最好的吃食都喂给幼鸽了。

说来挺怪的，我按自己每天三餐的时间给鸽子撒上三次玉米粒，然后坐在书桌前与我正在交葛着的作品里的人物对话，心里竟有一种尤为沉静的感觉，白鸽哺育幼鸽的动人的情景，有形无形地渗透到我对作品人物的气性的把握和描述着的文字之中。

又是一个美丽的早晨，我在往地上撒下一把玉米粒的时候，两只白鸽先后飞下来，它们显然都瘦了，毛色也有点灰脏有点邋遢。我无意间往墙上的纸箱一瞅，两只幼鸽挤在四方洞口，以惊异稚气的眼睛瞅着正在地上啄食的父亲和母亲。那是怎样漂亮的两只幼鸽呀，雪白的羽毛，让人联想到刚刚挤出的牛乳。幼鸽终于长成了，所有对可能发生的意外或不测的担心顿然化解了。

那是一个下午，我准备到河边去散步，临走之前给白鸽撒了一把玉米粒，算是晚餐。我打开后门，眼前一亮，后院的土围墙的墙头上，落栖着四只白色的鸽子，竟然给我一种白花花一大堆的错觉。两只老白鸽看见我就飞过来了，落在我的肩头，跳到手臂上抢啄玉米。我把玉米撒到地上，抖掉老白鸽，好专注欣赏墙头上那两只幼鸽。

两只幼鸽在墙头上转来转去，瞅瞅我又瞅瞅在地上啄食的老白鸽，胆怯的眼光如此显明，我不禁笑了。从脑袋到尾巴，一色纯白，没有一根杂毛，牛乳似的柔嫩的白色，像是天宫降临的仙女。是的，那种对世界对自然对人类的陌生和新奇而表现出的胆怯和羞涩，使人顿时生出诸多的联想：刚刚绽开的荷花，含珠带露的梨花，养在深山人未识的俏妹子……最美好最纯净最圣洁的比喻仍然不过是比喻，仍然不及幼鸽自身的本真之美。这种美如此生动，直教我心灵震颤，甚至畏怯。是的，人可以直面威胁，可以蔑视阴谋，可以踩过肮脏的泥泞，可以对叽叽咕咕保持沉默，可以对丑恶闭上眼睛，然而在面对美的精灵时却是一种怯弱。

小白鸽和老白鸽在那破烂失修的房脊上亭亭玉立。这幢由家族的创业者修盖的房屋，经历了多少代人的更替而终于墙颓瓦朽了，四只白色的鸽子给这幢风烛残年的老房子平添了生机和灵气，以至幻化出家族兴旺时期的遥远的生气。

夕阳绚烂的光线投射过来，老白鸽和幼白鸽的羽毛红光闪耀。

我扬起双手，拍出很响的掌声，激发它们飞翔。两只老白鸽先后起飞。小白鸽飞起来又落下去，似乎对自己能否翱翔蓝天缺乏自信，也许是第一次飞翔的胆怯。两只老白鸽就绕着房子飞过来旋过去，无疑是在鼓励它们的儿女勇敢地起飞。果然，两只小白鸽起飞了，翅膀扇打出啪啪啪的声响，跟着它们的父母彻底离开了屋脊，转眼就看不见了。

我走出屋院站在街道上，树木笼罩的村巷依然遮挡视线，我就走向村庄背靠的原坡，树木和房舍都在我眼底了。我的白鸽正从东边飞翔过来，沐浴着晚霞的橘红。沿着河水流动的方向，翼下是蜿蜒着的河流，如烟如带的杨柳，正在吐絮扬花的麦田。四只白鸽突然折转方向，向北飞去，那儿是骊山的南麓，那座不算太高的山以风景和温泉名扬历史和当今，烽火戏诸侯和捉蒋兵谏的故事就发生在我的对面。两代白鸽掠过气象万千的那一道道山岭，又折回来了，掠过河川，从我的头顶飞过，直飞上白鹿原顶更为开阔的天空。原坡是绿的，梯田和荒沟有麦子和青草覆盖，这是我的家园一年四季中最迷人最令我陶醉的季节，而今又有我养的四只白鸽在山原河川上空飞翔，这一刻，世界对我来说就是白鸽。

这一夜我失眠了，脑海里总是有两只白色的精灵在飞翔，早晨也就起来晚了。我猛然发现，屋脊上只有一双幼鸽。老白鸽呢？我不由得瞅瞅天空，不见踪迹，便想到它们大约是捕虫采食去了。直到乡村的早饭已过，仍然不见白鸽回归，我的心里竟然是惶惶不安。这当儿，老舅走进门来了。

"白鸽回老家了，天刚明时。"

我大为惊讶。昨天傍晚，老白鸽领着儿女初试翅膀飞上蓝天，今日一早就飞回老舅家去了。这就是说，在它们来到我家产卵孵蛋哺育幼鸽的两个多月里，始终也没有忘记老家故巢，或者说整个两个多月孵化哺育幼鸽的行为本身就是为了回归。我被这生灵深深地感动了，也放心了。我舒了一口气："噢哟！回去了好。我还担心被鹰鹞抓去了呢！"

留下来的这两只白鸽的籍贯和出生地与我完全一致，我的家园也是它们的家园；它们更亲昵地甚至是随意地落到我的肩头和手臂，不单是为着抢啄玉米粒；我扬手发出手势，它们便心领神会从屋脊上起飞，在村庄、河川和原坡的上空，做出种种酣畅淋漓的飞行姿态，山岭、河川、村舍和古原似乎都舞蹈起来了。然而在我，却一次又一次地抑制不住发出吟诵：这才是属于我的白鸽！而那一对老白鸽嘛……毕竟是属于老舅的。我也因此有了一点点体验，你只能拥有你亲自培育的那一部分……

我行走在历史烟云之中的一个又一个早晨和黄昏，当我陷入某种无端的无聊无端的孤独的时候，眼前忽然会掠过我的白鸽的倩影，淤积着历史尘埃的胸脯里便透进一股活风。

直到惨烈的那一瞬，至今依然感到手中的这支笔都在颤抖。那是秋天的一个夕阳灿烂的傍晚，河川和原坡被果实累累的玉米棉花谷子和各种豆类覆盖着，人们也被即将到来的丰盈的收获鼓舞着，村巷和田野里泛溢着愉快喜悦的声浪。我的白鸽从河川上空飞过来，在接近西边邻村的村树时，转过一个大弯，就贴着古原的北坡绕向东来。两只白鸽先后停止了扇动着的翅膀，做出一种平行滑动的姿态。恰如两张洁白的纸页飘悠在蓝天上。正当我忘情于最轻松最舒悦的欣赏之中，一只黑色的幽灵从原坡的某个角落里斜冲过来，直扑白鸽。白鸽惊慌失措地启动翅膀重新疾飞，然而晚了，那只飞在头前的白鸽被黑色幽灵俘掠而去。我眼睁睁地瞅着头顶天空所骤然爆发的这一场弱肉强食、侵略者和被屠杀者的搏杀……只觉眼前一片黑暗。当我再次眺望天空，唯见两根白色的羽毛飘然而落，我在坡地草丛中捡起，羽毛的根子上带着血痕，有一缕血腥气味。

侵略者是鹞子，这是家乡人的称谓，一种形体不大却十分凶残暴戾的鸟。

老屋屋脊上现在只有一只形单影孤的白鸽。它有时原地转圈，发出急切的连续不断的咕咕的叫声；有时飞起来又落下去，刚落下去又飞起来，似乎惊恐又似乎是焦躁不安；我无论怎样抛撒玉米粒，它都不屑一顾，更不像往昔那样落到我肩上来。它是那只雌鸽，被鹞子残杀的那只是雄鸽。它们是兄妹也是夫妻，它的悲伤和孤清就是双重的了。

过了好多日子，白鸽终于跳落到我的肩头，我的心头竟然一热，立即想到它终于接受了那惨烈的一幕，也接受了痛苦的现实而终于平静了。我把它握在手里，光滑洁白的羽毛使人产生一种神圣的崇拜。然而正是这一刻，我决定把它送给邻家一位同样喜欢鸽子的贤，他养着一大群杂色信鸽，却没有白鸽。让我的白鸽和他那一群鸽子合帮结伙，可能更有利于生存。再者，我实在不忍心看见它在屋脊上的那种孤单。

它还比较快地与那一群杂色鸽子合群了。

我看见一群灰鸽子在村庄上空飞翔，一眼就能辨出那只雪白的鸽子，欣慰我的举措的成功。

贤有一天告诉我，那只白鸽产卵了。

贤过了好多天又告诉我，孵出了两只白底黑斑的幼鸽。

我出了一趟远门回来，贤告诉我，那只白鸽丢失了。我立即想到它可能又被鹞子抓去了。贤提出来把那对杂交的白底黑斑的鸽子送我。我谢绝了。

又过了一些日子，失掉我的两只白鸽的情感波澜已经平静。老屋也早已复归平静，对我已不再具任何新奇和诱惑。我在写作的间隙里，到前院浇花除草，后院都不再去了。这一天，我在书桌前继续文字的行程，窗外传来了咕咕咕的鸽子的叫声，便摔下笔，直奔后院。在那根久置未用的木头上，卧着一只白鸽。是我的白鸽。

我走过去，它一动不动。我捉起它来，它的一条腿受伤了，是用细绳子勒伤了的。残留的那段细绳深深地陷进肿胀的流着脓血的腿杆里，我的心抽搐起来。我找到剪刀剪断了绳子，发觉那条腿实际已经勒断了，只有一缕尚未腐烂的皮连接着。它的羽毛变成了灰黄色，头上粘着污黑的垢甲，腹部黏结着干涸的鸽粪，翅膀上黑一坨灰一坨，整个污脏得难以让人握在手心了。

我自然想到，这只丢失归来的白鸽是被什么人捉去了，还是遭了鹞子？它被人用绳子拴着，给自家的孩子当玩物？或者连他以及什么人都可以摸摸玩玩的？白鸽弄得这样脏兮兮的，不知有多少脏手抚弄过它，却根本不管不顾被细绳勒断了的腿。我在那一刻突然想到，它还不如它的丈夫被鹞子扑杀的结局。

我在太阳下为它洗澡，把由脏手弄到它羽毛上的脏洗濯干净，又给它的腿伤敷了消炎药膏，盼它伤愈，盼它重新发出羽毛的白色。然而它死了，在第二天早晨，在它出生的后墙上的那只纸箱里……

一株柳

　　这是一株柳树，一株在平原在水边极其普遍极其平常的柳树。

　　这是一株神奇的柳树，神奇到令我望而生畏的柳树，它伫立在青海高原上。

　　在青海高原，每走一处，面对广袤无垠青草覆盖的原野，寸木不生青石嶙峋的山峰，深邃的蓝天和凝滞的云团，心头便弥漫着古典边塞诗词的悲壮和苍凉。走到李家峡水电站总部的大门口，我一眼就瞅见了这株大柳树，不由得"哦"了一声。

　　这是我在高原见到的唯一的一株柳树。我站在这里，目力所及，背后是连绵的铁铸一样的青山，近处是呈现着赭红色的起伏的原地，根本看不到任何一种树。没有树族的原野尤其显得简洁而开阔，也显得异常苍茫和苍凉。这株柳树怎么会生长起来壮大起来，怎么就造成高原如此壮观的一方独立的风景？

这株柳树大约有两合抱粗，浓密的枝叶覆盖出百十余平方米的树荫；树干和树枝呈现出生铁铁锭的色泽，粗粝而坚硬；叶子如此之绿，绿得苍郁，绿得深沉，自然使人感到高寒和缺水对生命颜色的独特锻铸；它巍巍然撑立在高原之上，给人以生命伟力的强大的感召。

我便抑制不住猜测和想象：风从遥远的河川把一粒柳絮卷上高原，随意抛撒到这里，那一年恰遇好雨水，它有幸萌发了；风把一团团柳絮抛撒到这里，生长出一片幼柳，随之而来的持续的干旱把这一茬柳树苗子全毁了，只有这一株柳树奇迹般地保存了生命；自古以来，人们也许年复一年看到过一茬一茬的柳树苗子在春天冒出又在夏天旱死，也许熬过了持久的干旱却躲不过更为严酷的寒冷，干旱和寒冷绝不宽容任何一条绿色的生命活到一岁；这株柳树就造成了一个不可思议的奇迹，千年奇迹万年奇迹，无法猜度它是否属于一粒超级种子。

我依然沉浸在想象的情感世界：长到这样粗的一株柳树，经历了多少次虐杀生灵的高原风雪，冻死过多少次又复苏过来；经历过多少场铺天盖地的雷殛电轰，被劈断了枝干而又重新抽出了新条；它无疑经受过一次摧毁又一次摧毁，却能够一回又一回起死回生，这是一种顽强一种侥幸还是有神助佛佑？

我的家乡的灞河以柳树名贯古今，历代诗家词人对那里的柳枝柳絮倾洒过多少墨汁和泪水。然而面对青海高原的这一株柳树，我却崇拜到敬畏的情境了。是的，家乡灞河边的柳树确有引我自豪的历史，每每念诵那些折柳送别的诗篇，都会抹浓一层怀恋家园的乡情。然而，家乡水边的柳树却极易生长，随手折一条柳枝插下去，就发芽就生长，三两年便成为一株婀娜多姿风情万种的柳树了；漫天飞扬的柳絮飘落到沙滩上，便急骤冒出一片又一片芦苇一样的柳丛。青海高原上的这一株柳树，为保存生命却要付出怎样难以想象的艰苦卓绝的努力？同是一种柳树，生活的道路和生命的命运相差何远？

这株柳树没有抱怨命运，也没有畏怯生存之危险和艰难，更没有攀比没有忌妒河边同族同类的鸡肠小肚，而是聚合全部身心之力与生存环境抗争，以超乎想象的毅力和韧劲生存下来发展起来壮大起来，终于造成了高原上的一方壮丽的风景。命运给予它的几乎是九十九条死亡之路，它却在一线希望之中成就了一片绿荫。

我崇拜这株高原柳树。

家有斑鸠

住到乡下老屋的第一个早晨，刚睁开眼，便听到"咕咕——咕咕"的鸟叫声。这是斑鸠。虽然久违这种鸟叫声，却不陌生，第一声入耳，我便断定是斑鸠，不由得惊喜。

披上衣服，竟有点迫不及待，悄声静气地靠近窗户，透过玻璃望出去，后屋的前檐上，果然有两只斑鸠。一只站在瓦楞上，另一只围着它转着，一边转着，一边点头，发出"咕咕——咕咕"的叫声。显然是雄斑鸠在向雌斑鸠求爱，颇为绅士，像西方男子向所爱的女子鞠躬致礼，咕咕咕的叫声类似"我爱你"的表白。

这是我回到乡下老屋的第一个早晨看见的情景。一个始料不及的美妙的早晨。

六年前的大约这个时节，我和文学评论家王仲生教授住在波士顿城郊他的胞弟家里。尽管这座三层小洋楼宽敞舒适，我

和王教授还是更喜欢站着或坐在后院里。后院是一片绿茸茸的
草坪，有几种疏于管理的花木。这一排房子的后院连着后面一
排小楼房的后院，中间有一排粗大高耸的树木分隔。树木的枝
杈上，栖息着，毋宁说侍立着一群鸟儿。一种通体黑色的梭子
形状的鸟儿，在人刚开开后门走到草坪边的时候，梭子黑鸟便
从树枝上飞下来，落在草坪上，期待着人撒出面包屑或什么吃
食。你撒了吃剩的面包屑或米粒，它们就在你面前的草地上争
食，甚至大胆地跳到人的脚前来。偶尔，还会有一只两只松鼠
不知从哪棵树上蹿下来，和梭子鸟儿在草地上抢夺食物。

我在那个令人忘情的人与鸟兽共处的草坪上，曾经想过在
我家的小院里，如若能有这样一群敢于光顾的鸟儿就好了。我
们近年来的经济成就令世人瞩目，然而要赶上人家的年生产总
值和人均收入的水平，尚需一个较长的时日；然而我们的鸟儿
和诸如松鼠的小兽敢于到居民的阳台和农民的小院来觅食，却
是不需花费财力物力的事，只顺便给鸟儿和兽儿一点人道和爱
心就行了。然而实际想来，实现这样人鸟人兽共存共荣的和谐
景象，恐怕也不是短时间的事。

飞翔在我们天空的鸟儿和奔驰在我们山川里的兽儿，对人
的恐惧和绝对的不信任是一个基本的事实。我们把爱鸟爱兽作
为一个普遍的社会意识来提倡，不过是十来年间的事。我们把
鸟儿兽儿作为美食作为美裳作为玩物作为发财的对象而心狠手
狠的年月，却无法算计。我能记得和看到的，一是一九五八年
对麻雀发动的全民战争，麻雀虽未绝种，倒是把所有飞翔在天

空的各色鸟儿吓得肝胆欲裂，它们肯定会把对人的恐惧和防范以生存戒律传递给子子孙孙。再是种种药剂和化肥，杀了害虫长了庄稼，却把许多食虫食草的鸟儿整得种族灭绝——更不要说那些利欲熏心丧尽良知的捕杀濒临灭绝的珍禽异兽者。我曾瞎猜过，能够存活到今天的鸟类、兽类，肯定具备一组特别优秀的专司提防、警惕人类伤害的基因。不然，早该在明枪暗弓以及五花八门的机关和陷阱里灭绝了。

还是说我家的斑鸠。

我有记事能力的时候就认识并记住了斑鸠，像辨识家乡的各种鸟儿一样，不足为奇。斑鸠在我的滋水家乡的鸟类中，是最朴拙最不显眼近乎丑陋的一种鸟儿。灰褐色的羽毛比不得任何一种鸟儿，连麻雀的羽翅上的暗纹也比不得。没有长喙和高足，比不得啄木鸟和鹭鸶。没有动人的叫声，从早到晚都是粗浑单调的"咕咕咕——咕咕咕"的声音。它的巢也是我所见过的鸟窝中最简单最不成形的一种，简单到仅有可以数清的几十根柴枝，横竖搭置成一个浅浅的潦草的窝。小时候我站在树下，可以从窝的底部的缝隙透见窝里有几枚蛋。我曾经在六十年代①的小学课文上看到过以斑鸠为题编写的课文，说斑鸠是最懒惰的鸟儿，懒得连窝也不认真搭建，冬天便冻死在这种既不遮风亦不挡雨的窝里。

然而，整个八十年代到九十年代初，我住在祖居的老屋读书写字，没有看见过一只斑鸠。尽管我搞不清斑鸠消亡的原因，

---

① 二十世纪六十年代。下同。——编者注

却肯定不会是如童话所阐述的陋窝所致，倒是倾向于某种农药或化肥的种类性绝杀。这种普遍的毫不起眼的鸟儿的绝踪，没有引起任何村人的注意。我以为在家院的周围再也看不到斑鸠了。

斑鸠却在我重返家乡的第一个清晨出现了，就在我的房檐上。

我便轻手开门，怕惊吓了它们。它们还是飞走了。

初始，无论我怎样轻手蹑足开门走路，它们一发现我从屋内走到院中，扑棱一声就从屋脊或围墙上起飞了，飞到高高的村树上去了。我仍然往小院里抛撒米谷。直到某一日，我开开门出来，两只斑鸠突然从院中飞起，落到房檐上，还在探头探脑瞅着院中尚未吃完的谷米。我的心里一动，它们终于有胆子到院内落脚啄食了，这是一次突破性的进展。

我和斑鸠的关系获得令人振奋的突破之后，随之便是持久的停滞不前。斑鸠在房檐在房脊在院墙上栖息追逐，似乎已经放心无虞。然而有我在场的时候，它们绝不飞落到院里来啄食，无论我抛撒的米谷多么富于诱惑。有几次我从室内的窗玻璃前窥视到斑鸠在院中啄食米谷的情景，每当我出门，它们便惊慌地飞上房顶。这一刻，我清醒地意识到，它们还不完全是我家的斑鸠。

要让斑鸠随心无虞地落到小院里，心里踏实地啄食，在我的眼下，在我的脚前，尚需一些时日。

我将等待。

种菊小记

　　朋友在一家公园供职，前年送我几盆花色各异的菊花，我大为惊讶，人工竟然能培育出这样争奇斗艳的花色品种来。

　　花谢之后，我便将盆栽菊花送回乡下老家，移栽到小院里。一来是偷懒，免得时时操心旱涝，也少去了天天或隔天浇水的麻烦，土地里毕竟要比花盆耐得伏旱。二来是出于性情，我更喜欢那些自发自然自由生长的原生形态的草木，向来不大欣赏那种裁剪得太规整的东西，包括盆栽花木，尤其不忍心观赏那些被人为地扭曲到奇形怪状的盆景，总是产生欣赏女人小脚的错觉。这样，这几盆菊花一旦移栽到小院的泥土里，便被迫还原为野生形态，任由其发芽、长茎，任由其倒伏在地上。秋来时花开了，白色的更显得白，紫色的更显得紫，抽丝带钩的花瓣更显得生动。只是比原先的花要小许多了。小点就小点吧，少了修饰的痕迹，看起来我倒觉得更顺眼。

今年清明前，妻子去了一回城乡交界处死灰复燃了的古庙会，买了几团菊花的根，同样栽在小院里，一视同仁，一任其自由发展，只是不知道这几种菊花是何品种，开什么形状的花。一团团的花根埋到地下，也就埋下了一团团的花谜，看着蓬勃起来的叶子和茎秆，常常就有揭开谜底的期待。我在这些菊花旱得叶子发蔫时，便用井水浇个透湿浇个痛快，便可耐得多日高温。入秋后一场阴雨，原有的新栽的菊花秆茎全都匍匐到地上，扑倒在院中的路径边沿，我也不想扶起它。有乡友来，建议并出主意，弄几根竹棍或树枝，把菊花枝秆绑扶起来。我口头应诺，却仍未实施，心里想着，它自己长得太疯太软，它自己撑持不住要扑倒在地，何必要我扶绑。再说铺地的菊花开了，当会是另一种风情，也许呢。

前不久有一次时日不长的外出。回到原下的小院时，映入眼帘的却是一片惹人的金黄，黄得那么灿烂，黄得那么鲜嫩，又黄得那么沉静，令我抑制不住心颤。记得离家时，这一丛丛古庙会上买来的菊花已呈现出繁密的骨朵花苞，我以为花期尚早，因为暑气浥热还在，起码也应在野菊花之后。不料，它率先开了，这一丛菊花的谜就这样揭开，金色铺地，花团锦簇，一团一团的金黄的花朵任性开放，直教我左看右看立着看蹲下看，不忍离去。

看到这一丛铺地盛开的菊花，金黄金黄的颜色，脑海里便浮出黄巢那首广为流传的咏菊的诗来。说真话，我记着这首诗，却不喜欢这首诗。从表征意义上，我不赞同"我花开后百花杀"的狭隘小气。如果真应了黄巢的心愿，百花杀尽，只存留菊花，这世界就太单调太孤清了。不光在我不能忍受，恐怕任何正常的人都会不堪的。黄巢的咒语自己未能实现，却在千余年后的"文化大革命"中发生了，中国文坛百花杀尽，只准存活八个样板戏。搞到一花独放独尊，肯定会出麻烦，肯定长久不了的。从这首诗的深层说，黄巢不过是以菊花自喻，隐含着称王称霸的政治抱负。联想到刚刚做了皇帝的李自成的胡来，以及尚未完全称帝的洪秀全和他的诸王的胡整，黄巢即使做了皇帝，肯定也强不到哪儿去。只有菊花是无辜的，向来被有风骨的文人学士暗喻明恋地作为有傲霜独立品行的一种花，无端地被称帝当王心切的黄巢拉出来称了一回霸，连柔嫩可人的花瓣也被拟化为黄金盔甲。

　　昨日傍晚，阴霾初开，夕阳在云缝中乍泄乍收。我走出小院，走上村后的原坡，野花凄迷，蚱蜢起落，树青草也绿着，却已分明是秋的景致了。山沟里，坡坎上，一簇簇一丛丛野菊花已经含苞，有待绽放。往昔的记忆中，这山野间的菊花一旦开放，满山遍野都是望不断的金黄，我家小院里的那一丛无法比拟，任何花园里的娇生惯养的公主般的同类也是无法比拟的。那种天风地气所孕育的野菊花，其气象其烂漫其率真，都是人工或小院所难以为之的。

　　作菊花诗两首，以释怀，以备忘。

其一　家菊

含露凝香铺地开，小院金菊报秋来。

秋风秋雨秋阳好，顿生诗情上高崖。

其二　野菊

何事争春斗妍态，不与桃杏一时开。

伏花凋谢香色去，抖出遍山黄花来。

遇合燕子,
还有麻雀

燕子来了。

刚一打开门,燕子就飞过来,叽叽叽叽吵叫着,在过庭的四周旋飞,自然是寻找可以筑巢的地方。有时候多到十余只,在前屋后屋的过庭和屋檐下旋转。整个屋院里,呈现熙熙攘攘热热闹闹的气氛。无论在南方或在北方,燕子都被平民视为吉祥的、美和善的形象,也是春天的象征。尽管寒风依旧刺脸,尽管冰雪封冻枯草遍地,心里却已洋溢着春天的气息了。燕子都来了啊!

拒绝燕子,我便闭了前门,也关了后门,不许燕子到屋内筑巢。我十分喜欢这种洋溢着吉祥、洋溢着善良的鸟儿,却又不得不硬着心肠拒绝它们进屋,确是无奈的事。

二十世纪八十年代某一年,小燕子在我刚刚建成的前屋里寻觅栖息之地，最后选定了装着电灯开关的那个圆形木盒子，据此便衔泥筑窝。我和妻子和孩子都怀着一份欣喜——在新屋里添一对喜气洋洋的燕子，于心理上似乎平添了一份令人舒缓的吉祥气氛——都十分珍爱十分欢迎这一对客鸟。很短几天，小燕的窝巢极快地长高着，令我惊讶，曾戏谑简直是深圳速度啊！（那时候，深圳建筑业挣脱了中国建筑行当习以为常的慢腾腾，以几天建一层楼房的高速度震惊了中国，被誉为深圳速度，也成为中国经济改革的一个形象化的代名词。）我同时也发现了不妙：燕子用泥筑成大半的窝上，夹杂着一枝枝细长的草枝草叶，悬吊在空中，看上去乱糟糟脏兮兮的。印象中燕子是用纯粹的河泥造窝的，怎么会夹杂这么多草枝？问及村人，老者说，燕子有两种，一为瑚燕，用纯粹的河泥筑窝；一为草燕，用杂和着草枝草叶的河泥造窝。我才大开眼界，知道燕子中也有精致和粗糙的类别。

在我新屋里筑巢的这一对燕子，无疑是属于粗糙类的草燕一种了。但终归是燕子，粗糙就粗糙一点吧，我自己其实也不属于精致雅细之人，粗糙的人和粗糙的燕子正好合拍，正好可以为邻为伍，谁也不必嫌烦谁。到得这一对燕子夫妇开始轮换卧巢孵卵的时候，我又发现了不妙。墙上开始出现黑一道黄一道的排泄物。留心观察发现，卧巢孵蛋的燕子内急了，便把屁股撅出窝门，完了事又钻进窝去继续孵蛋，墙上就流下来一道秽物。我就觉得不能容忍，粗糙也不能粗糙到这种程度嘛！然而还是容忍了，主要是因为那窝里正在孵化的两枚蛋，说不定小燕就要破壳而出了呢。家人已多怨言，说没见过这样又懒又脏的燕子。怨归怨，嫌归嫌，只盼小燕尽早出窝离巢。

及至雏燕出壳，及至嫩雏逐渐长大羽丰，食量与日俱增，排泄量也同步增加，整个那一片墙壁，已经被燕粪涂抹得不堪入目，地上也落着脏物。每有客人来，迎面看见这幅景象，总是说把窝捣了，太不像样子了。我忍耐着那份惨不忍睹，承受着那份脏，直到发现雏燕已经出窝试飞，终于下了逐客令……因为实在无法辨别瑚燕和草燕，便闭了门，一律拒绝燕子进屋，有点因噎废食的简单。

拒绝燕子，另有一个更硬的原因。我一个人住在这个祖居老屋里，常有出门的时候，短则一日，长则十天半月，走了就得锁门，燕子苦心巴力筑巢育雏，就会前功尽弃，甚或虐杀幼雏。即使精致的瑚燕，也无法容留。然而心里确实期盼能有一对瑚燕为邻为友，每天叽叽啾啾呢喃着，添一分生气和祥和。

真是令人喜出望外的事。早春时节去南方十天，回到原下老家时，我的第一发现，就是有燕子择定了居地。在前屋的后檐下，在那个粗大的挑梁和后墙构成的三角地带，有一个正在建筑着的燕窝。我一眼就看出来，那窝纯粹是用细腻的河泥垒堆的，一根一丝杂草也不见，据此可以断定属于精致的瑚燕窝。它选择的地方也太好不过，无论我在家或出外，都不妨碍它筑窝和将来育雏。

又是深圳速度。两只燕子轮番衔着泥回来，把泥团搭在苫口上，歪着小脑袋左按一下，右按一下，然后就飞走了。我很奇怪，一团一团的河泥里掺着细沙，本是很松散的，比普通黄泥的黏合力差得远了，怎么会黏结得牢靠？似乎村人说过，燕子嘴里自含胶。是说燕子的口腔里分泌一种可以使泥团增强黏结力的液体。无法验证，不得而知，反正那窝与日俱增着，速度极快。我在暗自庆幸遇合了这一对精致的瑚燕的愉快心境里，看着专心致志忙忙碌碌筑巢的燕子，常常浮出幼年的一幅难忘的情景来。

大约是我刚刚入学启蒙，还没有认下几个字的时候。某天放早学回家，看见父亲在后屋明间的脚地上锯一块小小的薄板，比我的课本大不出多少。我便问，锯这板干什么。父亲说给燕子架一个垒窝的台板。他说有一对燕子在屋梁上飞来飞去，有两三天了，估计找不到可以落泥垒窝的台板。叔父在一边不经意地说，等你给燕儿把台板架好了，它又不来了。父亲自顾自做着，在刨光的木板的一面，用毛笔写下四个大字，并问我，你都算是学生了，认不认得这几个字。我丝毫也不觉得难堪，因为父亲其实也明白我不可能认识这四个笔画很繁杂的汉字。他有点扬扬得意地念道：喜燕来朝。他继续以扬扬得意的口吻给我讲说，燕子是吉祥鸟，也是喜鸟善鸟，在谁家垒窝是喜事。我便问"朝"是什么意思。父亲"嗯"了一声：朝嘛也不敢说朝拜，咱是穷家百姓……叔父已经走开了，他几乎是个文盲，大约不屑看取父亲咬文嚼字的做派。然而父亲随之端来木梯，先在檩木上砸进两枚生铁方钉，再把木板架上去，又用细绳捆扎牢靠。我在梯子旁边瞅着"喜燕来朝"那四个悬在空中的毛笔字，积着灰尘结着隔年蛛网的老房旧梁，似乎顿然有了可期待的灵气了。母亲在催过我和父亲吃饭之后，随口说出几句关于燕子的歌谣：不吃你家米，不脏你家地，只借你家高房垒窝育儿女，也给你家添份喜……

我对燕子最初的认知和记忆，就是这天早晨留下的。父亲精心搭置的木板平台，真的招来了一对燕子。后来怎么垒窝、孵卵、育雏，年代久远，已不甚了了，只是清楚地记得，那对燕子不仅自己不在窝口拉屎，连它们孵出的雏燕的排泄物，也都转移到屋院以外的野地里去了。父亲说，燕子叼着虫回到窝喂小燕，出窝时就把小燕拉的屎叼走了，燕子这鸟比有些人还通灵性。这是事实，在写着"喜燕来朝"的木板上筑成的燕窝下面的脚地上，从来也没见过一次秽物，直到雏燕出窝。几十年后我才知晓，燕子中还有既脏地又脏墙令人生厌的草燕一类。据村人说，现在的燕子比过去多多了，村里好多人家都有燕子垒窝，十之八九都是粗糙的草燕，弄得屋里脏兮兮的，又不忍心赶出门去。瑚燕已经少得不成比例，愈显得珍贵，也愈难遇合了。我多庆幸啊！

看着最后一团湿泥干涸，再不见有新的湿漉漉的河泥垒加，我就明白燕子的这个建筑物大功告成了。这是怎样奇妙的一幢鸟类的伟大建筑啊：贴着墙的一面逐渐悬吊下去，形成一个小小的兜，然后又缓缓地朝前往上垒上去，最后收成一个只容得燕子出入的小口。我便可以推想，那个悬吊在最下部的兜，肯定是为产卵设计的，卵不至于乱滚，雏燕藏在这个兜底，恰如一个四面设围的摇篮，避免了瞎滚瞎爬而掉出来摔死的危险。这个燕窝是倚托挑梁和墙壁平面屋檐的三角地带垒成的，根本没有用我父亲在屋梁上架设的木板做基础，也没有十余年前那对草燕在前屋电灯开关的木盒上垒窝的依托，难度就很大了。这是一个完全悬空的建筑。这是燕群里的一对建筑大师出神入化的杰作，令我叹为观止。可以断定，这是它们的父母无法教给它们的方法和技巧，也是无法从它们的同类那儿模仿的，因为根本不存在完全相同的垒窝筑巢的环境，一切都得依据具体环境提供的可能性，去构思、去设计、去施工。由此可以推想每一对燕子的每一次筑巢，都是一次重新开始的全新的创造，无法仿效同类，也无法重复自己。

我察觉新垒的燕窝呈现出一种谧静，只有一只燕子在屋院里偶尔掠过，估计这是那只公燕，母燕静卧新巢产卵了。我无意间也就放轻了脚步，出入后门走过头顶的那个神秘的燕窝时，自然生出一缕拘谨，生怕惊扰了它。想到再过一些时日，那神秘的窝巢里将会传出雏燕争食的声音，该是多么美妙呀！

外出一周回到原下，打开已经积尘的铁锁，首先想看一看前屋后檐下的燕窝，似乎没有任何动静。我便想到，可能正在产卵或孵卵哩，不到饿极或内急，燕子是不会出窝的。几天过去了，我竟然没有发现燕子一次出入其巢，便有些疑惑，担心也就潜生了。后来就站在较远处的后屋前门口耐心等候，许久仍不见燕子出入的踪迹，倒是有两只甚至多只燕子出入前屋和后屋的大门，或在屋院上空旋飞，却不见进出窝口，这是怎么回事呢？又过了许多天，我终于断定，这个燕窝已是一个空巢，心里竟冷寂起来，猜想这对精心设计苦力构建了窝巢的燕子，不可能另择栖地重筑新巢，也不可能是被孩子虐杀，因为即使最捣蛋的孩子，也不会捉燕子的，我唯一能想到的是农药的绝杀。然而这个时节的乡村里，麦子已经接近成熟，早熟的水果都是不再施洒农药的。然而也不敢肯定，说不定什么人在菜园里喷了药汁……无论这种猜测的可靠性几何，结果却是不可改变的残酷，燕子确凿没有了，难得遇合的不脏我家地的瑚燕。

我的内心渐渐平复，在后屋里继续我写字或看书的事。某日中午，我撂下钢笔点燃一支卷烟，透过窗户玻璃无意朝前看去，看到一只麻雀从前屋后檐下飞出来，心里一惊，用水泥板构建的前屋后檐，没有任何鸟雀可以落脚的东西，这麻雀是不是从燕窝里飞出来的？我便走出后屋前门，站在台阶上想看个究竟。待了许久，再也看不到麻雀进出燕窝的奇迹发生，便想到刚才可能恰恰看见了一只从屋檐下掠过的麻雀，怪我多疑了，便又重新拾起钢笔。

当我再次点烟的时候，无意间又看见了从前屋后檐下飞出一只麻雀。这回我没有走出门去，就隐蔽在原位上隔着窗玻璃偷窥，果然，一只麻雀从屋檐上空折转下来，钻进那个燕窝里去了。我几乎脱口而出，雀占燕巢，千古奇观。随之就放声大笑了，笑得我都岔住气了。我读书读到有趣处时哑然失笑，是常有的事，有时候一个人走路想着某些滑稽可笑的事或人，也会暗自发笑。然而像这样的忍俊不禁的大笑，而且是在我一个人独居着的偌大空寂的屋院，却是绝无仅有的事。真是不可思议！好你个麻雀兔崽子！任谁都知道鸠占鹊巢的故事，然而恐怕没有谁如我有幸亲眼看见雀占燕巢的滑稽了。那么精美的燕窝里，现在飞出来又钻进去的，竟然是土头灰脑的麻雀。乡村人惊奇这类不可思议的怪事时常说，奇哉怪哉，楸树上结把蒜薹。现在恰好可以套用乡村人的这个句式，奇哉怪哉，燕窝里飞出麻雀。我突然想到那位诡秘奇思的天才作家蒲松龄，编尽了天下妖魔鬼怪的奇事逸闻，怕是也想不到麻雀竟会占据燕巢。我听说过蛇和老鼠钻进燕窝偷食燕蛋的事，并不为奇，只觉得残忍。然而麻雀怎么可能欺侮燕子呢？

在鸟儿的王国里，有益鸟和害鸟之分，这是人类按鸟的习性对自身的利害而做出的划界。如果就鸟儿王国本身而言，有食肉类和以草虫为食物的区分。食肉一类的鸟如鹰、鸠、雕、鹞等，以捕杀各种鸟儿和小型动物营养自己，甚至凶残暴戾到敢于攻击人类，它们是鸟类王国里的侵略者。以各种植物的叶子和果实或小虫为食物的鸟儿，是鸟类王国里的"各民族人民大众"，在广阔的大地上寻觅自己喜好的嫩叶、种子和虫子，互不干扰互不威胁和平共处。鸠占鹊巢就是鸟类王国里恶对善的欺凌。鸠是嗜血成性的凶鸟，而鹊是被人作为报喜禳灾的喜鸟而钟爱的。我却突发奇想，鸠残忍地捕杀喜鹊一类善鸟可能是时时发生的事，而鸠霸占喜鹊窝巢的事恐怕谁也没有亲眼看见过。我见过无数的喜鹊窝巢，是鸟类中最不讲究最潦草的一种，用比较粗硬的树枝杂乱无章地搭压在一起，疏漏如同罗眼。这样的窝，鸠怕是看不到眼里的。鸠占鹊巢无非是喻示恶对善的欺凌，强武对弱势的霸道，没有谁去勘察鸠是否真的霸占过鹊的窝巢。

麻雀却霸占了燕子的窝巢，我已先睹为快。

麻雀在鸟类王国里，无疑属于弱势一族中的弱势，那么小的体形，对任何鸟儿都不会构成威胁。在人类的眼里，不该被视为与人争谷的害鸟而曾被动员起来的八亿人民（一九五八年全国人口）围歼，即使为其平反之后，人们也没有太在乎过它，小孩子们的弹弓首先瞄准的还是麻雀。这个被凶鸟欺压也被人类轻贱着的小小麻雀，却可以欺侮燕子。而燕子在人的眼里和心里，自古都是颇为高贵的可以享受"喜燕来朝"架板的贵宾。如果用人类拳击的规则来度量，麻雀和燕子属于同一个量级，都不过0.1公斤的体重吧。然而麻雀却可以以武力霸占燕巢，怕是燕子生性太善也太娇弱了……我这样推测。

我把这个类似"楸树上结了把蒜薹"的奇事讲给村里人，听者哈哈一笑便解谜了。村人说，麻雀根本不会和燕子动武。麻雀根本用不着和燕子动武，麻雀只要往燕子窝里钻一回，燕子就自动给麻雀把窝腾出来了。为啥？麻雀身上的臊气把燕子给熏跑了。燕子太讲究卫生了，闻不得麻雀的臊气。

哦！这又是我料想不到的学问，一个令我惊心的学问。

鸠以武力霸占鹊巢，如同人类历史中大大小小的臭名于世的侵略者，人们恐惧他们的暴力，却不奇怪他们曾经的出现和存在。然而麻雀呢？虽不具备如鸠一样的强力和嗜血成性的残暴，却可以用自身的腥臊气味把太过干净的燕子恶心一番，逼其自动出逃，达到如鸠一样霸占其巢的目的，而且不留鸠的恶。由此类推到自然界，如若蛆虫爬进了蚕箔，蚕肯定会窒息而死，其实蛆对蚕是不具备攻击力的。如若把一株臭蒿子栽到兰花盆里，后果将不言而喻。再推及人类社会生活中的臭与香、丑与美、恶俗与雅、鸨婆与林黛玉、泼皮无赖与谦谦君子，其实是不必交手结局就分明了。

　　这成为令我开心的一大景观。我站在台阶上抽烟，或坐在庭院里喝茶，抬头就能看见出出进进燕窝的麻雀的得意和滑稽，总忍不住想笑。起初，麻雀发现我站着或坐在院里，还在屋檐上或墙头上窥视，尚不敢放心大胆地进入燕窝，一旦我转身进屋，咻溜一声就钻进去了，还有点不好意思的心虚，显现出贼头贼脑的样子。时间一久，大约断定我其实并不介入它占燕巢的劣行，就变得无所顾忌的大胆了，无论我在屋里或檐下，它都自由出入于燕窝。我也就对麻雀吟诵：放心地在燕窝里孵蛋，再哺育小麻雀吧！毕竟也还是一种鸟！

拜见朱鹮

中国有熊猫，世界独一无二，国宝。

中国有朱鹮，同样独一无二，同样为国宝。

朱鹮在中国，也只是在陕西洋县一地有。洋县在秦岭南麓，汉江边上，有平坦的坝子，有曲线优美舒展温柔的缓坡，有重叠起伏一袭秀气的丘陵，有挺拔伟岸弥漫着原始森林气息的秦岭群峰，有如画如诗的田畴和稻地，更有性情温和天性怡然的乡民……在世界各地的朱鹮相继灭绝（日本仅余一只失去繁育能力的老鸟）的现今，洋县却存留了这种鸟儿。

想到今天就可以看到朱鹮，竟有拜谒的激动和忐忑。这种心态源自既久的关于朱鹮的传闻的神秘。九十年代初，第一次从报纸上看到在陕西洋县发现朱鹮的消息，看到了这种前所未闻的稀世珍禽的倩影，尽管报纸上照片的印刷质量极差，然而这鸟儿的仙姿丽影依然飘逸显现，留下一个"梦幻丽人"的记忆。那时候，同时就滋生了想一睹其风姿的欲望。整整十年了，曾经有过下汉中途经洋县的行程，却没有机缘去拜见，欲望便滞积在心里，愈久愈强烈。

十年里，有关朱鹮的印象不断地加深着，报刊和电视上不断有关于朱鹮的消息，都是令人兴奋和欣慰的：最初发现的几只朱鹮安全无虞。国家已经在洋县建立朱鹮救护基地，并派出专家精心养护。日本友人捐资救护朱鹮，有社会团体也有个人。更令人振奋的消息说，在洋县某地又发现朱鹮聚生的群体。十年下来，朱鹮的族群从最初的几只已经繁衍到两百只，成为一个令世界惊羡的华丽家族了，这个濒临灭种的鸟类珍品注定不会从最后一块栖息之地消失了。

朱鹮在南美的丛林里已经消失了，不再重现。朱鹮在日本仅存一只，也到了年迈色衰失掉繁殖本能的奄奄状态，绝灭是注定了的。日本国民为这种鸟儿即将面临的灭绝，几乎举国哀怨，且有自省，他们的许多东西都趋世界前列，而对一只小鸟的保护却屡遭失挫，以至眼巴巴看着它绝世而去。朱鹮被日本人视为国鸟，有某种悠长的情结。据说日本人通过几种途径渴求中国朱鹮，以弥补国人心里那份永久的遗憾和亏欠，直到天皇访华向国家领导人提出这种愿望，于是就有一对名为"友友"和"洋洋"的朱鹮从洋县起程东渡日本，一路专车监护，经西安，举行隆重的赠送仪式，然后直飞东邻岛国，使人想起那位出塞的汉家女王昭君。我在到达丘陵缓坡下的朱鹮救护基地时，有一位日本人刚刚离开。确凿无误的消息说，一九九八年东渡日本的"友友"和"洋洋"已经成功地哺养了第一只后代，作为日本国鸟的朱鹮有了第一个递增的数字，据说又轰动了日本。

我在电视上看到过有关朱鹮的专题片，一袭嫩白，柔若无骨，在稻田里踯躅是优雅的，起飞的动作是优雅的，掠过一畦畦稻田和一座座小丘飞行在天空中是优雅的，重新落在田埂或树枝上的动作也是一份优雅。这个鸟儿生就的仙风神韵，入得人眼就是一股清丽，拂人心垢。头顶一抹丹红，长长的紫黑的喙的尖头竟然是红色的，两条细长的腿红色惹眼，白色的翅膀的内里却是红色的，像是白面红里的被子，通体嫩白中点缀着这几点丹朱，凭想象尽可以勾勒它的美妙了。

凭着积久的印象和愿望，在即将见到朱鹮的真身时，就有了某种拜谒至仙的感觉。我在朱鹮救护基地看见的朱鹮是笼养的，未免遗憾，它们无法飞翔起来，只能在人工搭设的木架上栖息，在笼子圈定的沙地上蹒跚，在人和鸟共同筑成的巢窝产卵孵卵。四月正是朱鹮的繁殖期，不能惊扰。据说受了惊扰的雌鸟，激素会受影响，减少产卵数量，我就甘愿远远地站着。

另外的遗憾还是因为时月。处于繁育期的朱鹮，羽毛竟然神奇地变换了，变换出一身的灰色，据专家说这是鸟儿为了保护自己以迷惑天敌的生理性转换。白色的羽毛已经变成灰色，从头到尾，那灰色也有深和浅的不同层次，深灰浅灰和灰白色，像是野战将士的迷彩服。这种羽毛在季节中的变化，最初连专业人员也发生过错觉，以为在山野里又发现了朱鹮的"新新人类"，后来才知闹了笑话，仍然是朱鹮，灰色的朱鹮是白色的朱鹮适应生存发展的一种色变。

灰色的朱鹮头顶上耀眼的丹红暗淡了，长喙尖头的红色也变成铁红了，长腿的红色也收敛了艳丽，只有翅膀内里的红色还依旧鲜亮。为了繁育后代，为了繁育期卧巢和不能远行的安全，这鸟儿一身素装，把天生丽质隐蔽起来，像最爱美的少妇在月子里的不修边幅和甘愿的邋遢。对我来说，遗憾虽然有，毕竟见到了真实的朱鹮，优雅依旧，神韵依然，囚在笼子里的栖卧和蹒跚，依然不失其仙风神韵的优雅。

为了防止最丑恶的蛇和老鼠偷食鸟蛋和幼鸟，偌大的笼子用罕见的细密的钢丝织成围就：我无法想象蛇和鼠对朱鹮生存的威胁和残害的惨景，然而自然界从来就是这样混生着。专家还告诉我，养在笼子里的朱鹮，最初是从野外抢救回来的"老弱病残"，经人工科学养护脱离危险，它们不习惯笼子里的囚牢般的限制往外扑逃，常常撞到丝网上而伤翅破头，感染溃烂致死。于是就在网内再设一层软网，有效地解决了这个棘手的问题。正是这一道软网，使日本人感到自己脑袋还有不开窍的那一面，能造出世界上最好的汽车和电器，却想不到这一张软网，致使饲养的朱鹮屡屡发生撞伤以至死亡的惨事。

我还是想看到纯如白雪公主的朱鹮，还是渴望观赏朱鹮在稻田和缓坡地带飞翔在蓝天白云下的仙风神韵。需等到秋天或冬天，朱鹮的幼鸟也能翱翔天空时，哺育和监护后代的使命宣告完成，它们逐渐变换出嫩白的羽毛和几点惹眼的丹红，就可以看到掠过水田和绿树的仙姿神韵了。

　　留下遗憾，也留下依恋和向往，待秋后满山红叶时，再到洋县朱鹮聚居的山野来，再做礼拜。

第二章

一遇复一别，相逢即故人

父亲的树

　　又有两个多月没有回原下的老家了。离城不过五十里的路程，不足一小时的行车时间，想回一趟家，往往要超过月里四十的时日，想来也为自己都记不清的烦乱事而丧气。终于有了回家的机会，也有了回家的轻松，更兼着昨夜一阵小雨，把燥热浮尘洗净，也把心头的腻洗去。

　　进门放下挎包，先蹲到院子里拔草。这是我近年间每次回到原下老家必修的功课。或者说，每次回家事由里不可或缺的一条。春天、夏天拔除院子里的杂草，给自栽的枣树、柿树和花草浇水；秋末扫落叶，冬天铲除积雪。每一回都弄得满身汗水灰尘，手染满草的绿汁。温习少年时期割草以及后来从事农活儿的感受，常常获得一种单纯和坦然，甚至连肢体的困倦都是别有一番滋味的舒悦。

　　前院的草已铺盖了砖地，无疑都是从砖缝里冒出来的。两月前回家已拔得干干净净，现在又罩满了，有叶子宽大的草，有秆子颇高的草，有顺地扯蔓的草，吓得孙子旦旦不敢下脚，只怕有蛇。他生在城里，至今尚未见过在乡村土地上爬行的蛇，只是在电视上看过。他已经吓得这个样子，却不断问我打过蛇没有，被蛇咬过没有。乡村里比他小的孩子，恐怕没有谁没见过蛇的，更不会有这样可笑的问题。我的哥哥进门来，也顺势蹲下拔草，和我间间断断说着家里无关紧要的话。我们兄弟向来就是这样，见面没有夸张的语言行为，也没有亲热的动作，平平淡淡里甚至会让生人产生其他猜想。其实大半生里连一句伤害的话从来都没有说过，更谈不到脸红脖子粗的事了。世间兄弟姊妹有种种相处的方式，我们却是于不自觉里形成这种习惯性的状态。说话间不觉拔完了草，堆起偌大一堆。我用竹笼纳了五笼，倒在门前的场塄下，之后便坐在雨篷下说闲话。懒得烧水，幸好还有几瓶啤酒，当着茶饮，想到什么人什么事，有一搭没一搭地聊着。还有一位村子里的兄弟，也在一起喝着扯着闲话。从雨篷下透过围墙上方往外望去，大门外场塄上的椿树直撑到天空。记不清谁先说到这棵树，是说这椿树当属村子里现存的少数几棵最大的树，却引发了我的记忆，当即脱口而出，这是咱伯栽的树。这话既是对哥说的，也是对那位弟说的。按当地习俗，兄弟多的家族，同一辈分的老大，被下辈的儿女称伯，老二被称爸，老三老四等被称大。有的同一门族的人丁超常兴旺，竟有大伯二伯三伯大爸二爸三爸和大二大三大八大的排列。这里的乡俗很不一般，对长辈的称呼只有一个字，伯、爸、大、叔、妈、娘、姨、舅、爷等，绝对没有伯伯、爸爸、大大、妈妈、娘娘、姨姨、爷爷、舅舅等的重复啰唆……我至今也仍然按家乡习惯称父亲为伯。父亲在他那一辈本门三兄弟里为老大，我和同辈兄弟姐妹都叫一个字：伯。如此说来，这文章的标题该当是：伯的树。

我便说起这棵椿树的由来。大约是"三年困难时期"最困难的一九六○或是一九六一年，我正上高中，周日回到家，父亲在生产队出早工回来，肩上扛着镢头，手里攥着一株小树苗。我在门口看见，打眼就认出是一株椿树苗子。坡地里这种野生的椿树苗子到处都有，那是椿树结的荚角随风飘落，在有水分的土壤里萌芽生根，一年就可以长到半人高的树秧子。这种树秧如长在梯田塄坎的草丛中，又有幸不被砍去当柴烧，就可能长成一棵大椿树；如若生长在坡地梯田里，肯定会被连根挖除晒干当作好柴火，怕其占地影响麦子生长。父亲手里攥着的这根椿树苗子是一个幸运者，它遇到父亲，不是被扔在门前的场地上晒干了当柴烧，而是要郑重地栽植，正经当作一棵望其成材的树了，进入郑重的保护禁区了；也自这一刻起，它虽是普通不过平凡不过的一棵树，却已经有主了，就是父亲。父亲给我吩咐，你去担水。他说着就在我家门前的场塄边上挖坑。树只是个秧，无须大坑，三镢头两铁锨就已告成。我也就没有要替父亲动手，而是按他的指令去担水。那时候我们村里吃的是泉水，从村子背后的白鹿原北坡的东沟流下来，清凌凌的，干净无染。泉水在村子最东头，我家在村子顶西边，我挑一回水，最快也需半小时。待我挑水回来，父亲早已挖好坑，坐在场塄边上抽旱烟。他把树苗置入一个在我看来过大的土坑里，我用铁锨铲土填进坑里，他把虚土踩踏一遍，让我再填，他再踩踏。他教我在土坑外沿围一圈高出地面的土梁，再倒进水去。我遵嘱一一做好，看着土坑里的水一层一层低下去，渗入新填的新鲜土坑里，成活肯定是毫无疑义。父亲又指示我，用酸枣刺棵子顺着那个小坑围成一圈栽起来，再用铁丝围拢固定，恰如篱笆，保护小椿树秧子，防止猪拱牛抵羊啃娃娃掐折。我从场边的柴堆上挑选出一根一根较高的业已晒干的酸枣棵子（这是父亲平时挖坡顺手捡回来的），做着这项防护措施。父亲坐在地上抽烟，看着我做。我却想到，现在属于父亲领地的，除了住房的庄基，就是附属于庄基地门前的这一小片场地了，充其量有二厘地。下了这个场塄，就是统归集体的土地了。父亲要在他可以自主掌控的二厘场地上，栽种一棵椿树。

我对父亲的一个尤为突出的记忆，就是他一生爱栽树。他是个农民，种玉米种麦子务弄棉花是他的本职主业，自不必说，而业余爱好就是栽树。我家在河川的几块水地，地头的水渠沿上都长着一排小叶杨树。水渠里大半年都流淌着从灞河里引来的自流水，杨树柳树得了沃土好水的滋养，迎着风如手提般长粗长高。随意从杨树或柳树上折一根枝条，插到渠沿的湿泥里，当年就长得冒过人头了，正如民间说的"三年一根橡，五年长成檩"的速度。二十世纪五十年代中期以前，我的父亲就指靠着他在地头渠沿培植的这些杨树，供给先后考上高小和初中的哥和我的学杂费用。那时的小学高年级，我都是住宿搭灶的学生。父亲把杨树齐根斫下来，卖了椽子，大约七八毛钱一根，再把树根刨出来，剁成小块，晒干，用两只大老笼装了，挑过灞河，到对岸的油坊镇上去卖。每百斤可卖一块至一块两毛钱。我至死都不会忘记五十年代中期的这两项货物——椽子和木柴的市场价格。无须解释原因，它关涉我能否在高小和初中的课堂上继续坐下去。父亲在斫了树干刨了树根的渠沿上，当即就会移栽或插下新的杨树秧或树枝，期待三年后斫下一根椽子卖钱。父亲卖椽卖柴供两个儿子念书的举动无意间传开，竟成为影响范围很广的事。直到现在，我偶尔遇到的一些同里乡党，见面还要感叹几句我父亲当年的这种劳动，甚至说"你伯总算没有白卖树卖柴"的话。不久，农村实行合作化以后，土地归集体，父亲也无树根可刨了。我就是在那一年休了学，初中刚念了一个学期。不过，我那时并不以为休学有多么严重，不过晚一年毕业而已，比起班上有些结婚和得了儿女的同学，我是年龄最小的一个。这是中华人民共和国成立后才获得念书机会的乡村学生的真实情况，结婚和生孩子做父母的初一学生每个班都有几个，不足为奇。

我在每个夏天的周日从学校回到家中，便要给父亲的那棵椿树秧子浇一桶水。这树秧长得很好，新发出的嫩枝竟然比原来的秆子还粗，肯定是水肥充足的缘由。某一个周六下午我回家走到门口，一眼望见椿树苗新冒出的嫩枝折断了头，不禁一惊，有一种心疼的惋惜，猜想是被谁撞折了，或被哪个孩子掐折了。晚上父亲收工回来吃晚饭时，说是一个七八岁的骚娃（调皮捣蛋的娃）用弹弓打断的。父亲说，娃嘛！就是个骚娃喀，用弹弓耍哩瞄准哩，也不好说他啥。后来就在断折处，从东西两边发出两枝新芽来，渐渐长起来。我曾建议父亲，小树不该过早分杈，应该去掉一枝，留下一枝才能长高长直。父亲说，先不急，都让长着，万一哪个骚娃再折掉一枝，还有一枝。父亲给骚娃们留下了再破坏的余地，我就不仅仅是听从了，还有点感动。再说这椿树秧子刚冒出来便遭拦头折断的打击，似乎憋了气，硬是要长出一番模样来，从侧旁发出的两根新芽更见茁壮，眼见着拔高，竞相比赛一般生机勃勃。父亲怕那细秆负载不起茂盛的叶子，一旦刮风就可能折断，便给树干捆绑一根立杆，帮扶着它撑立不倒不折。这椿树便站立住了。无意间几年过去，我高考名落孙山回乡当了民办教师，为生活为前程几多波折，似乎也不太在意它了，这椿树已长得小碗粗了。小碗粗的椿树已经在天空展开枝杈和伞状的树冠，却仍然是两根分枝，父亲竟没有除掉任何一根，他说越长越不忍心砍那多余的一根分枝了，就任其自由生长。这椿树得了父亲的宽容和心软，双枝分杈的形态就保持下来，直到现在都合抱不拢的大树，依然是对称平衡的双枝撑立在天空，成为一道风景，甚至成为一种标志。有找我的人向村人问路，最明了的回答就是，门口场塄有一棵双杈椿树。

到八十年代初始，生活已发生巨大转机，吃饱穿暖已不再成为一个问题的好光景到来时，我已筹备拆掉老朽不堪的旧房换盖新房了，不料父亲得了绝症。他似乎在交代后事，对我说，场塄上那棵椿树，可以伐倒做门窗料。我知道椿树性硬却也质脆，不宜做檩当梁，做门窗或桌椅却是上好木材。父亲感慨说，我栽了一辈子树，一根椽子都没给自家房子用过，都卖给旁人盖房子了，把这椿树伐下来，给咱的新房用上一回。我听了竟说不出话，喉头发哽。缓解一阵后，我对父亲说，门窗料我会想办法购买（那时木材属统购物资），让椿树长着。我说不出口的一句话是，父亲留给我的活物，就只剩下这一棵椿树了。不久，父亲去世了，椿树依然蓬勃在门外的场塄上。八十年代初，我随之获得专业写作的机会，索性回到原下老家图得清静，读书写作，还住在遇到阴雨便摆满盆盆罐罐接漏的老屋里，还继续筹备盖房。某一天，有两三个生人到村子里来寻买合适的树，一眼便瞅中了我父亲的这棵椿树，向村人打听树的主人。村人告诉说，那主家自己准备盖房都舍不得伐它，你恐怕也难买到手。买家说可以多掏一些钱，随之找到我，说椿树做家具是好材料，盖房未必好，可以多给一些钱，让我去选购松木这些上好的盖房材料，并说明他们是做家具卖的生意人。我自然谢绝了。这是绝无商议余地的事。我即使再不济，也不能把父亲留给我的最后一棵树砍了。这椿树就一直长着，直到现在。每隔一段时日抽空回到老家，到门口第一眼看到的就是这棵椿树，父亲就站在我的眼前，树下或门口；我便没有任何孤独空虚，没有任何烦恼，没有任何腌臜的事能够把人腻死……

我和我哥坐在雨篷下聊着这棵椿树的由来。他那时候在青海工作，尚不清楚我帮父亲栽树的过程。他在"大跃进"的头一年应招到青海去了，高中只学了一年就等不得毕业了，想参加工作挣钱。其实，还是父亲在这时候供给着两个中学生，可以想见其艰难。我是依靠着每月八元的助学金在读书，成为我一生铭记国家恩情的事。"大跃进"很快转变为灾难，青海兴建的厂矿和学校纷纷下马关门，哥和许多陕西青年一样无可选择又回到老家来，生产队新添一个社员。哥听了我的介绍，却纠正我说，这椿树还不是最老的树，父亲栽的最老的树要算上场里地角边的皂荚树。那是中华人民共和国刚刚成立的五十年代初，我们家诸事不顺，我身后的两三个弟妹夭折。有一个刚生下六天得一种"四六风症"死去；有一个妹妹和一个弟弟都长到三四岁了，先后都夭亡了。家养一头黄牛，也在一场畜类流行瘟疫中死了。父亲惶恐里请来一位阴阳先生，看看哪儿出了毛病。那阴阳先生果然神奇，说你家上场祖坟那块地的西北角太空了，空了就聚不住"气"，邪气就乘虚而入了。父亲吓得不知如何是好，急问如何应对如何弥补。阴阳先生说，栽一棵皂荚树。并且解释，皂荚树的皂荚可以除污去垢，而且树身上长满一串串又粗又硬的尖刺，更可以当守护坟园的卫士。父亲满心诚服，到半坡的亲戚家挖来一株皂荚树秧子，栽到上场祖坟那块地的西北角上，成活了也长大了，每年都结着迎风撞响的皂角。这皂荚树其实弥补得了多少空缺是很难说的，因为后来家里也还出过几次病灾，任谁都不会再和阴阳先生去验证较真了。这儿却留下一棵皂荚树，父亲的树，至今还长着，仍然是一年一树繁密的皂角，却无人摘折了，农民已经不用皂角洗涤衣服，早已用上肥皂洗衣粉之类。哥说的父亲的这棵皂荚树，我隐约有印象，不如他清楚，我那时不太在心，也太小。现在，在祖居的宅院里，两个年过花甲的兄弟，坐在雨篷下，不说官场商场，不议谁肥谁瘦，也不涉水涨潮落，却于无意中很自然地说起父亲的两棵树。父亲去世已经整整二十五年，他经手盖的厦屋和他承继的祖宗的老房都因朽木蚀瓦而难以为继，被我拆掉换盖成水泥楼板结构的新房了，只留下他亲手栽的两棵树还生机勃勃。一棵满枝尖锐硬刺儿的皂荚树，守护着祖宗的坟墓陵园；一棵期望成材做门窗的椿树，成为一种心灵感应的象征，撑立在家院门口，也撑立在儿子们心里。

每到农历六月，麦收之后的暑天酷热，这椿树便放出一种令人停留贪吸的清香花味，满枝上都秀集着一团团比米粒稍大的白花，招得半天蜜蜂，从清早直到天黑都嗡嗡嘤嘤的一片蜂鸣，把一片祥和轻柔的吟唱洒向村庄，也把清香的花味弥漫到整个村庄的街道和屋院。每年都在有机缘回老家时闻到椿树花开的清香，陶醉一番，回味一回，温习一回父亲。今年却因这事那事把花期错过了，便想，明年一定要赶在椿树花开的时日回到原下，弥补今年的亏空和缺欠。那是父亲留给这个世界也留给我的椿树，以及花的清香。

秦人白烨

　　从意大利回到北京的第一件事便想到吃，吃一顿涮羊肉。不足半月的亚平宁半岛之行，且不说花样单调的西餐如何使人腻味，即使享誉世界的意大利面条，无论宽的细的长的短的实心的空心的，都让人连回味的勇气也没有。想想一盘橡皮筋儿似的面条里，再浇上一勺子奶酪的那种甜腻腻的滋味，看看怎么入口下肚。涮羊肉便成为一种企盼。其实早在回国的飞机上就谋算定了回京后头一顿饭的目标。

　　到旅馆办完手续住下，想到立即可以去开涮，心里竟然是如同雀跃的激动。突然又想到一个人太高兴，有位朋友作陪，面对热气蒸腾的涮锅，两人对饮扎啤又在火锅里乱涮乱戳才更开心，便立即打电话给白烨。

　　恰好白烨没有出远门，人在。

　　于是，在北沙滩一条小街的小饭馆里，我们便面对一只红铜涮锅而心意融融。他还是那么和悦地笑着，说着文化界的一些新鲜事，声音柔和悦耳。他的悦耳的语音在陕西关中人中也应属个别，听起来特别和谐。他的模样也属于关中人中那种"细活人"，细眉细眼，平头整脸，少了粗犷而多了"细活"，倒更像江南那种才子佳人的眉眼。这些我当然都很熟悉，也无多少变化，却都不是他的主要魅力所在。他的魅力在哪儿？我似乎也很难说清楚一二，交识了十余年，依然无法归纳，倒是常常想起李星对他的一句形象概括："白烨这熊是老少皆宜，男女皆宜！"

　　我们吃得很畅快，我似乎有点贪馋，喉咙底下好像有一只手在往里拽着。而我们的无边际的闲谝（北京人说侃），真正是东拉西扯域内海外过去时现在时，现在留下记忆的却只有一件事。似乎是谝起我们过去的旧交时，白烨突然冒出一句话："你知道我写你那篇文章是在哪儿写下的？"我当然不知道他是在西安或在北京或在办公室或在家里甚或在出差的火车上……他断定我猜不中，这是我从他紧紧盯着我的眼神里判断出来的。他紧紧盯着我的眼神有少许神秘几分认真，却绝无卖关子的意思，在即将开口道破那个神秘而庄重的写作处所时，先释然一笑，眼角眉梢都是释然的轻松："我在家门口的路灯下写成的！"

　　大约是一九八〇年春天，我从区文化馆赶到省作协去开会，或者可能是听《延河》编辑部谈对我某一篇小说稿的处理意见，反正除了这两种可能再不会有其他事。那天中午在前院碰见白烨，是他先叫住我，因为我不认识他，他大约是问了门卫之后冲我走过来的。

那时候我尚未听说过这个名字。他便简单做了自我介绍，说他在中国社会科学出版社文学编辑室做编辑，兼做业余文学评论。他说他原在陕西师范大学教学，刚刚调到北京不足一年。他那一口纯正的关中北部口音，顿然化释了初识时的诸多陌生与隔膜，我和他便在鱼池的水泥围栏上坐下谝起来——他说他要和我说事。

他受《文学评论》杂志之约，要写一篇关于我的小说创作的评论，要我提供已经发表过的小说清单、篇名以及所发表的杂志的刊号；还要谈谈这些小说创作前后的相关的和不沾边的情况。

这是中国进入划时代的八十年代的头一个春天。文学正在复苏。伤痕文学和反思文学正以其可以理解的特殊社会因素而影响社会、影响人心，一篇万把字甚至几千字的短篇小说可以轰动全国，影响普通公民的生活秩序和心理秩序，真可谓文学的"特异功能"。然而我们只要稍微回顾一下此前多年文学被"左"棍子们闹成什么样子，便觉得这种奇异的现象在当时的中国合情合理。文学新作和文学新人都如雨后春笋，各种文学期刊和报纸都在为文学新人和文学杰作张扬。《文学评论》杂志似乎已经不能适应那种局面，在刊物之外又编了一种不定期的评论专辑《当代作家评论》，把一拨一拨在文坛初具影响的中青年作家的创作予以概括性评述，推向社会。我有幸被列入某一辑中，由白烨来写这篇评论文章。他便是奔这件事来找我的，而且再三郑重强调："这是我这回回西安最重要的事。"

后来我就再没有见到他。大约到年底，他寄来两本《当代作家评论》专辑。我读了他写的关于我的七八篇短篇小说的综合评论，近乎一万字。我的感觉是贴合初发阶段的那几篇小说的实际，多是方方面面的分析，没有大而不当的溢美，也没有生拉硬扯与什么流派什么主义攀附，纯粹是就作品实际的分析，很中肯，予长处肯定时也明朗着弱点和希望。

这便是我们的第一面认识和头一回交手。再次见面是相隔四年以后的一九八三年五月，我到《当代》编辑部住下修改中篇小说《初夏》，我们才得此机缘第二次握手。那天中午我们在朝内大街一个饭馆吃了一顿烧卖，喝着散啤酒，说着家乡事以及个人的粗略经历，情感渐渐交融了。之后又是几年，我一直住在乡下，他偶尔回到西安，匆匆来去，很难遇合到一起。大约是一九八九年三伏，我为安顿孩子的读书在西安住着，晚上热得睡不下，大家都习惯聚在编辑部四合院里乘凉闲谝。朦朦月光下，白烨幽灵似的悄没声儿走进人窝来，大家认出后就惊呼起来。他从黄陵老家探亲回来，到作协熟人处找床来了。那一夜，大家谝得很开心，谝什么都一概记不得了，反正就是文学上的一些活动，文坛信息和动向，某位作家某部新作的成败得失，而很少涉及人事纠葛之类。他似乎对于人际尤其是文艺人士间的亲疏好恶不感兴趣，常扯到一些文人纠纷时便讷言拗口起来。直到去年我三次去北京，才多了几次接触，然而他都没有提及十三年前的那篇文章在什么地方写的。我可真的想不到，他当时竟然如此困窘⋯⋯

白烨是陕西黄陵县人，黄帝的陵墓在那儿，那儿便得此县名。他的家在山地在平川我至今也不甚了了，距黄帝陵有多远也搞不清，只知道他和我一样是一个纯粹的农民家庭，父母都是以抚弄庄稼获取生存能力的农民。

白烨很聪明，记忆力超人，念书总是受老师的器重。聪明的脑瓜又兼着一个好性情，在家在校在村子走亲戚，到哪儿都招人喜欢。确凿，他不属于那种在一切场合都张扬自己突出自己的人，也不是另一种阴冷诡谲的人；他热情开朗坦诚，在重要和不重要的场合随意找个空位就座，只是坦诚地说出自己的意见，而不期望压倒所有意见，不见霸道而多了些文质彬彬，不想成为话题中心反而容易让人回味他的观点。

他的人缘好，主要因了他的性格好。讨大人喜欢也得同伴们喜欢，也讨一个洋娃娃女子的喜欢。这女子是当时上山下乡插队锻炼到黄陵的北京知青，由一般喜欢到二般三般深深钟情，再到爱死爱活非白烨不嫁的如痴如傻的程度⋯⋯

她后来成了他的妻子。

白烨后来到陕西师范大学念书，毕业后留校任教。她后来招工到了西安的铁路系统，随后调到北京附近。白烨随后也调进北京，在中国社会科学出版社做编辑。我们的生活里很快排除了婚恋中必须以政治流行语做表达方式的假大空，她和他留存下来的就只剩下真诚。她骄傲自信自己比伯乐还眼尖手快，认准了白烨也抓住了白烨无怨无悔，白烨总是陶醉于她过去的温情和现在的贤惠，而且温情不减。

初到北京，白烨除妻子一家人外再没有亲朋好友。住就凑合在岳父母家里，那是一个胡同里的小杂院内的小屋子，住着一大家人。拥挤到什么程度无法细述，反正给他连支一张小茶几铺稿纸的地方也没有，于是就把书桌摆到街巷里。书桌其实只是一个四方形的机凳，座椅便只能是一个小马扎，这套行头简单轻便，易于搬出来也易于搬回去。照明设备是高悬在电杆上的昏黄的路灯。关键是得耐心等待时机，等到巷道胡同里那些纳凉的大爷大娘侃够了闲话抱着茶壶瓷缸走回各自的小院，奔跑耍闹的孩子疯够了闹够了像鸟雀一样回归窝巢，骑车往来的过路人由稠到稀再到零三稀四，白烨才能搬出机凳马扎在电杆下摆置开来，摆开舞文弄墨作文作论的架势。其时，夜已深沉，五月的温馨的风抚摸他的脸颊和肌肤，而他已经进入一种艺术的思辨之中。

五月北京深夜的电杆路灯下，坐着一位未来的文学评论家白烨，在做文章。

白烨是黄帝陵墓下的古老臣民的后裔，是北京的女婿。按陕西关中乡俗，娶了这个村的媳妇，便是整个村子的女婿。白烨是整个北京的女婿。

一篇万言的评论文章在电杆下起草，修改，直到抄写整齐，我不知道他在电杆下持续待了多少个夜晚，而且肯定要受到譬如刮风下雨，譬如突发事件的干扰，也真是难为他了。直到现在，作家和社会都在呼吁给知识分子以较好的工作和生存条件，譬如白烨不能永远在电杆路灯下写文章。我的一位朋友的二十多万字的长篇小说，草稿和修改稿都是在两三平方米的厕所里干完的，同样是住室容不得他安一张书桌。然而我又反过来想，关键还是肚里得有货。蚕没有蔟可上时便把茧子结到墙上，母鸡下蛋找不到窝时可以随便下到地上，作家肚里有文章找不到桌子便扑马路进厕所，是肚里有货要倒出来。肚里没货的蚕和鸡和作家，即使安置到五星级宾馆即使坐进金銮殿，照样拉不出丝屙不下蛋写不出文章来。

无论如何，电杆路灯下奋笔疾书的白烨，算得古老而又现代的熙熙攘攘花花绿绿的北京的一种风景。

这是年轻白烨的一段小小的鲜为人知的插曲，而更具一种学人奋斗精神风貌的事，便是在这更困窘的一年里，他除去上班完成自己的工作任务外，利用一切休息和空暇时间奔图书馆。他所工作的单位从调入的头一天起就给他形成一种威压，中国社会科学院这样的大学府，无疑是各路学问大家聚集之地，他立即意识到自己需要进行基础工程建设。其实何止高等学府，在任何单位任何场合，都是容不得浅薄者半瓶子醋的。问题在于个人自学的迟早和程度，我们并不少见那种到处夸夸其谈的半瓶子醋式的人。有了这种自觉便获得了最原始的攀缘的策动力。白烨读过多少书已经很难算计了，最具意义的是，他把马、恩、列、斯①的全部著作研读完毕，而且做了十几万字的笔记。他的记性之好令人惊异也令人妒羡，一些专搞马列理论研究的人常常为一个论点或一句"语录"而找不到出处，或者搞不清记不全原文，便问询白烨。白烨便一口报出在某一卷的某一篇文章里，如翻查一下卡片，连页码也准确无误地报将出来。他可以说是一部马列著作的"活字典"。

十余年里，常常在报纸刊物上看到他的名字，虽然不能见面，读到他的文章，便有一层了知，知道他又读了一本什么好书，研究过某个作家的作品或某一种文学现象。看到他的论述和观点，也常常受到启示。就整个印象而言，他似乎没有极端的言语，没有在赞赏某种流派的同时，就以不同流派或主义的作品为牺牲对象，甚至连生存一刻的宽限也不给。我常常想到他对各种文学现象文学样式的冷静和宽容，便想到这可能不只是他的性情好或人格修养好，恐怕主要出于他对艺术创造的深刻理解，而这种理解又得之于艺术眼界的宽泛开阔。一个艺术视野狭窄到只能看见自己的笔尖所画的那几条墨痕的人，自然很难容纳别一支钢笔所画的墨痕。艺术视野的开阔首先得之于阅读的广泛，对于近代、当代中国文学和世界文学的了解，才可能使人悟觉，自己的笔所划拉的墨痕值得一赏，前人和今人也同样画出了诸多有赏析价值的墨痕。白烨对许多文学现象的评价和前景观瞻，多数都被急骤变幻发展的文坛现实所证实。

---

① 马克思、恩格斯、列宁、斯大林。——编者注

这可不是算卦问卜。

虽然相识多年，直到去年九月我才第一次到白烨家里去。我一般不大愿意去朋友家里，扰乱了一家人的生活秩序。然而这一次却是我主动要去的，儿子刚刚到陌生的北京上学，总怕出点什么事而鞭长莫及，让儿子认下他的家门，万一有什么急事也好有个大人给出出主意帮帮忙。

按照他在电话里的指点，倒是顺利地找到那条胡同和那个院子的大门，进大门以后反倒六神无主了。那么一个深宅大院，那么多曲里拐弯的岔口岔道，每走一个岔口就得问人：找白烨该当向左还是向右。好笑竟是一路向右拐，好笑如搁"文革"该打右派了！直到走到他家门口还在问路，倒是他在屋里听见我的声音便蹦了出来。我却释然慨叹："下次来下下次来照样还得问路！"

两小间平房。房子很低矮，扬起手就可以摸到檐瓦，然而墙是水泥和砖头砌成的，成色还有几成新，算不得古老。整个屋子里，三面墙壁都摆置着书架，中间仅留一条小甬道，俩人并肩走过去就摩肩接踵。只在靠着门口的两扇小窗下摆着一张小书桌。我马上猜想到这张尺寸恰好的小书桌，肯定是事先量过剩余的地方让木工师傅制作的。

这就是文人学士们所习惯戏称的"斗室"。他就在这张小桌上书写一篇又一篇论文。我忽然又想起肚里有货无货的蚕和母鸡来，有货便可以就着这张小桌如行云流水般倾泻笔端，无货则干瞪眼，住什么房子摆怎么阔的桌椅都帮不上屁忙。白烨却是一副上中农自满自足的笑脸："不错了不错了，能有一张桌子一个窝铺真不错了！"而且补充说，单位正在盖住宅新楼，可望分到一套。由此又忆及刚到北京时挤住岳丈家的困窘，"现在真是不错了不错了！"

不单是他工作在政治经济文化中心北京，他的阅读之广泛、视野之开阔、信息之敏锐是大家公认的，所以见面时总想听他说点新鲜话题。我常玩笑问他：文坛又插出什么新旗帜了？或者说：哪个主义领着风骚了？他便侃侃而谈。这回坐下喝茶，我便问起刚刚公布的一九九三年诺贝尔文学奖得主莫里森。除了报纸上简单到可谓勤俭节约楷模的片言只语的介绍，我对托尼·莫里森一无所知，似乎以往对她的著作评价介绍得本来就相当少，更不要说阅读她的作品了，白烨便介绍莫里森的生平著作略要，顺手从书架上抽出一本薄薄的小册子，是托尼·莫里森的长篇小说《秀拉》中译本。这是一部十三万字的长篇小说，就是白烨供职的社会科学出版社出的书。

这天中午我们在他家吃的素包，喝的小米稀饭，这是我事先预约好了的。北京沙滩小巷道里的小米粥五毛钱一小碗，贵且不说，西北主产的小米卖上好价钱，心里竟有一种阿Q式的自豪。关键在于那些小铺店的脏乱，一瞅就令人心悸，所以便跃跃然要求一碗小米粥喝。白烨夫人许是在黄土高原插队时学下了手艺，烧熬的小米稀饭是再好不过了，稀稠合宜软硬适度，一种纯属于粮食自身的香味特别可口，素包也好吃极了……白烨便大笑：穷命薄命，吃家常饭比吃国宴还来劲！

　　从小居出来，我就有一种酒足饭饱的慵懒，在异国被洋餐搞倒弄败了的胃口一下子复原了。我们到旅馆坐下喝茶，他因酒力而脸泛红光，侃侃而谈，腰里的寻呼机不时鸣响。他便不厌其烦地去回电话。他精力充沛，善与人交善与人处，思维敏捷，也很精明，许多文学朋友的麻烦事都乐于和他商量，他往往能做出最清醒的判断，能找到最恰当最妥帖的处理办法……相交既久，便见善心。文章写到这里，依然觉得是有感有觉而难下结论概括白烨，似乎还是评论家李星的概括形象准确：白烨这熊是老少皆宜，男女皆宜……

别路遥

　　我们不得不接受这样的事实，无论这个事实多么残酷以至至今仍不能被理智所接纳，这就是：

　　一颗璀璨的星从中国文学的天宇陨落了！

　　一颗智慧的头颅终止了异常活跃、异常深刻也异常痛苦的思维。

　　这是路遥。

　　他曾经是我们引以为自豪的文学大省里的一员主将，又是我们这个号称陕西作家群的群体中的小兄弟；他的猝然离队将使这个整齐的队列出现一个大位置的空缺，也使这个生机勃勃的群体呈现寂寞。当我们：比他小的小弟和比他年长点的大哥以及更多的关注他成长的文学前辈们看着他突然离队并为他送行，诸多痛楚因素中，最难以承受的是物伤其类的本能的悲哀。

路遥从中国西北的一个自然环境最恶劣也最贫穷的县的山村走出来，为中国当代文学的繁荣创造了绚烂的篇章。这不单是路遥个人的凯歌。它至少给我们以这样的启迪：我们这个民族所潜存的义无反顾的进取精神和旺盛而又强大的艺术创造力量。路遥已经形成开阔宏大的视野，深沉睿智的穿射历史和现实的思想，成就大事业者的强大的气魄，朝着创造的目标，实现创造理想时必备的坚韧不拔的意志和艰苦卓绝的耐力，充分显示出这个古老而又优秀的民族的最优秀的品质。

路遥热切地关注着生活演进的艰难的进程，热切地关注着整个民族摆脱沉疴复兴复壮的历史性变迁，以及由此而产生的巨大痛苦和巨大欢乐。路遥并不在意个人的有幸与不幸，得了或失了，甚至包括伴随着他的整个童年时期的饥饿在内的艰辛历程。这是作为一个深刻的作家的路遥与平庸文人的本质区别。正是在这一点上，路遥才成为具有独立思维和艺术品格的路遥。

路遥短暂的"人生"历程中，躁动着炽烈的追求光明追求美好健全社会的愿望，他没有一味地沉默也不屑于呻吟，而是挤在同代人们中间又高瞻于他们之上，向整个社会和整个世界揭示这块古老土地上的青春男女的心灵的期待，因此而获得了无以数计的青春男女的欢呼和信赖。他走进他们心中。

路遥的精神世界是由普通劳动者构建的"平凡的世界"。他在中国当代作家中最能深刻地理解这个平凡世界里的人们对中国意味着什么。他本身就是这个平凡世界里并不特别经意而产生的一个，却成了这个世界人们的精神上的执言者。他的智慧集合了这个世界里的全部精华，又剔除了母胎带给他的所有腥秽，从而使他的精神一次又一次裂变和升华。他的情感却是与之无法剥离的血肉情感。这样，我们才能破译长篇小说《平凡的世界》里那深刻的现代理性和动人心魄的真血真情。路遥在创造那些普通人生存形态的平凡世界里，不仅不能容忍任何对这个世界的过去和现在、历史和现实的解释的随意性，甚至连一句一词的描绘中的矫情娇气也绝不容忍。他有深切的感知和清醒的理智，以为那些随意的解释和矫情娇气的描绘，不过是作家自身心理不健全的表现，并不属于那个平凡世界里的人们。路遥因此获得了这个平凡世界里数以亿计的普通人的尊敬和崇拜，他沟通了这个世界里的人们和地球人类的情感。这是作为独立思维的作家路遥最难仿效的本领。

我们无以排解的悲痛发自最深切的惋惜。四十三岁，一个刚刚走向成熟的作家的死亡意味着什么。本来，我们完全可以自信地期待，属于路遥的真正辉煌的历程才刚刚开始。我们深沉的惋惜正是出自一个文学大省、一个国家和民族的文学事业的无法弥补的损失。

一切已不能挽回于万一。所有期待即使是自信的有把握的，也都在五天前的那个早晨被彻底粉碎了。然而我们就路遥截止到一九九二年十一月十七日早晨八时二十分的整个生命历程来估价，完全可以说，他不仅是我们这个群体，在更广泛的中国当代青年作家中，也是相当出色相当杰出的一个。就生命的历程而言，路遥是短暂的；就生命的质量而言，路遥是辉煌的。能在如此短暂的生命历程中创造出如此辉煌如此有声有色的生命的高质量，路遥是无愧于他的整个人生的，无愧于哺育他的土地和人民的。

以路遥的名义，陕西作协寄望于这个群体的每一个年轻或年长的弟兄，努力创造，为中国文学的全面繁荣而奋争。只是在奋争的同时，千万不可太马虎了自己，这肯定也是路遥的遗训。

路遥同志，你走完了短暂而又光辉的"人生"之旅，愿你的灵魂在"平凡的世界"里的普通劳动者中间和他们赖以生存的土地上得到安息！

虽九死其犹未悔

　　早就想写一点有关志安的文字，从他离开当代文坛的时候，就产生过这个念头，直到他周年已过，我依然提不起笔来。我后来很清醒地意识到自己情感的脆弱畏怯，因而无力触动情感世界里的那一潭水。我推着未写，实际是一种逃避。这种逃避痛苦的情况已不是头一次发生，六年前，我的尊师挚友蒙万夫刚交五十猝然谢世，那时志安还写过一篇心情沉痛而又激越的悼文，而我却是一周年后才写了一篇回忆与蒙交谊的文章。路遥逝去后，我除了在告别仪式上那篇极简短的悼词，后来也未再写什么文章，其实有许多往事至今依然难以忘怀。志安的死亡更加深了我的心理畏怯，以致那情感脆弱到不堪一击了。

　　我已经不再单纯把疾病看作是病魔，无论是蒙万夫先生的心肌梗死，无论是路遥的肝硬化腹水，抑或是志安的肺癌，不单是病魔，简直可以说是一个专门谋杀天才的阴毒的鬼魅。鬼魅无形，残害天才和善良却绝不放手松口。然而我终于获得了掀动那一潭情感水波的勇气，这就是陕西人民出版社要出版六本志安的以爱情为主题的系列探索性长篇小说，并邀我作序。我欣然应诺，连自己适宜不适宜作这个序都不顾及了，这勇气显然不单是来自个人情感，更是来自读者。读者在作家邹志安去世后所触发的巨大的社会同情，《文学报》发起的募捐活动响应者两千余人，作家和文化团体惺惺惜惺惺且不说，百分之八十以上的募捐者几乎包括了社会分工中的所有职业层，尤其是那些退休干部、工人和中小学生。我曾经在接过《文学报》主编郦国义先生送交的捐助者名单时心里一沉：鬼魅无形，读者有情。

去年以来，邹志安有三部长篇小说遗稿在他谢世后相继出版，引起读者更大的兴趣和热情，书的销量可观。欣慰的同时我也惊讶不已，我清楚这三部长篇是进入九十年代的新作，陕西人民出版社这次重新出版的六部爱情探索系列长篇均为八十年代后几年的作品，此前他曾写过两百多篇短篇小说和十几部中篇小说，且不说文字总量究竟有几百万，单是几部长篇的数量起码在陕西当代中青年作家中是遥遥领先于所有生者和死者的。所有这些创造性劳动成果全部是在新时期以来的十三四年间完成的，是在他三十二至四十六岁这个黄金般的年龄区段里创造出来的。我惊讶一个人竟有如此巨大的艺术创造能量，也钦佩他如此巨大的创造热情，智慧和天才且不论它。

在我看来，作家的全部创造理想和生存欲望，概莫能大于读者对其作品的理解和接受，作家从事创作劳动的全部意义或者悲剧都在这里。这里就触及对创作这项劳动的理解，不过是作家、艺术家把自己对社会历史和现实的生活体验进而到生命体验所形成的各个迥异的独特体验宣泄出来，凝成一部小说、一首诗歌、一出戏剧、一幅绘画、一曲交响乐，以期与读者或观者、听者进行心灵的沟通和交流，文学和艺术作品不过是实现两颗心灵交流沟通的媒体。文学艺术沟通古人和当代人，沟通各种肤色各种语系的人，沟通心灵，这才是从事文学艺术工作的人痴情矢志九死不悔以至不惜生命而进行创造活动的全部缘由。这样，我才能更贴近杜鹏程创作《保卫延安》和柳青创作《创业史》的本体实质；这样，我也才能更贴近邹志安十数年间创造出五百多万字的文学作品，两次获得全国大奖的本质性内容。

又有谁能理解，进行着如此巨大劳动的志安，是嚼着酸菜喝着苞谷糁子进行这样沉重的劳作的呢？

我和志安大约是先后一年为妻儿转办了城市户口，因为我在西安郊区办事较方便，户口虽进城了我依然住在乡下，图得个耳根清净。志安把妻小户籍转入城市随即举家由礼泉老家搬到西安。他搬来老母、妻子、儿女和侄儿的同时也搬来了酸菜缸。乡村人腌制酸菜的粗瓷大缸便堂而皇之搬进省作家协会的家属楼。这个时候初获经济改革实惠的城市居民悄然兴起了新

"五大件"取代旧"五小件"的家庭革命。然而作家邹志安此时还不能废置或淘汰酸菜缸。凭他不足百元的工资和低微的稿酬，要维持一个六口之家和接济残疾弟弟两口的生活，就只能继续乡村农民苞谷糁子就酸菜的水平。鲁迅先生"吃的是草，挤出的是奶"，志安吃的是西北人用萝卜缨子红苕叶子腌制的酸黄菜，挤着大量的奶。

即使这样，在他身患绝症的一九九二年春天，他依然应《文学报》和《陕西日报》联合征文写下了那篇《不悔》的短文。那时候，中国文坛正七嘴八舌讨论"文人下海"的新兴话题，原因是商潮滚滚的现实使文人们感到了生存危机和某些心理上的不平衡、不自在。那时候，陕西文坛与志安先后起步的作家哥们弟们，对他不幸被无形的鬼魅擒获而扼腕长叹，动心的叹惋里也包含着善良的抱怨，抱怨他写得太急、太猛、太不注意劳逸适度了。我也在第一次去医院看他时这样抱怨过。当我读到短文《不悔》时便哑然，那种痴情于文学的专注和强悍的精神，使我的心受到强烈的震撼。那是对生命意义的一种更高境界里的独立理解，绝不混同某些庸俗和市侩的患得患失斤斤争逐。这个《不悔》支撑着他原本并不雄健、当时已经开始憔悴的身体，而那躯体里依然灌注着某种魔力，我看得出来还是文学这个魔鬼。他要把自己对这个世界的体验宣泄出来、展示出来，把他体验到的这个世界里的全部美好和卑鄙、欢乐与痛苦、崇高与龌龊、鲜花与蛆虫，展示给他热切关注着的父老乡亲兄弟姊妹，与他们交流和沟通。

在生与死的阴阳交界处，他沉静如铁地宣布：不悔！

庸俗的我还能再抱怨他什么呢？

写到这里，我的眼前便变幻着志安的种种眼神，有激烈辩论时生气逼人的灼灼之光，有慷慨陈述艺术主张时的睿智，有沉醉忘情于乡野逸闻笑话的顽皮，有搞点小动作捉弄某个可笑角色的诡谲，有倾心谈叙心事情曲的忧伤。然而留给我最难磨灭的却是两种眼神。大约是他写这六部爱情系列长篇那几年间，记得某天早晨我从乡下蛰居处回到作协大院，在门房取信时见到志安，两只布满红丝的眼睛像是传染了红眼病，我问他是否感染了，他摇头坦然地笑笑说没有。我便肯定他是夜里熬得太久了。我知道他的写作习惯，常是夜里三点钟爬起来写东西，在任何场合都可以干活儿，一直写到次日上午。几次出外开会同住一室，天亮时我就睁眼看见他伏案疾书的背影。那时候他的爱情探索系列大约正写到欢处，一本又一本抛出来，熬红眼睛似乎已习以为常，毫不在意。

难以忘却的第二种眼神一想起来就令我凄凉，在他垂危之际我去看他，把我们能想到的让他揪心的四件事一一明确告诉他，让他放心。他已处于半昏厥状态，一阵清醒一阵昏迷，口腔已不能发出一丝声音，判断他清醒或昏迷的标志便是他的眼神。那眼神已经失去光泽而笼罩着一片昏暗，当黑色的眼球基本可以固定在眼眶中央时，他是清醒的，我便抓住短暂的机会说出关于对他老母亲的生活安排，他便点一下头。当那黑色眼球翻转上去隐没起来时，我说的事就毫无反应，他又昏厥了。

他已走到生命的最后一步，微弱到连眼球都不能自控了。四件关于老人、妻子、儿女等生活工作安排的事间断了几次等待了好久好久才交代完毕，也包括我的几次哽咽说不出话而耽误了他清醒转来时的机会。

垂死者留下的凄凉是我的。

生的欲望直到垂死的最后一刻依然在那眼神中忽悠闪现，并因其不可逃躲最后的破灭而更显得凄楚动人，那是一种不息的强烈创造欲望破灭时的依然顽强的信念：不悔！

文学这个魔鬼啊！

我不想再多回忆几十年来的相识和相交，可资回忆的往事太多了。七十年代初，我们几乎同时在陕西地方文学杂志上发表图释"阶级斗争"的小说处女作，我们共同欢呼中国文学艺术的春天的到来，我们又是几乎同时进入陕西作协专业作家的队列，我们无数次一起去参加种种文学集会且同居一室。我们友谊甚笃也免不了争执，我们互相信赖也发生过猜忌，然而终究都化解冰释了。在他逝后一年，他生前的一位好朋友赵润民找到我，谈志安病危时他去看他，志安向他说了几句关于我的话。赵润民刚说了一句我便潸然泪下，并制止他再继续说下去。这样的话听一句就够我受用一辈子了，多听一句就觉得心灵承载不起。赵润民说他想看到我写志安的悼念文章。越是这样，我越发不敢触及如本文开头所说的那一泓情感的潭水。我又想了，写了又能如何？不过是给活人看的，对于失去至亲也失去精神和生活依托的老人、妻子、儿女来说，现在最需要、最难为的自然是生计问题。为了不能忘怀的那两种眼光，我是想尽到一个同志、同行、朋友的心意去做一些事。

往事如烟、如潮、如泪、如血。这篇序文显然不是我倾泻那种交织着血雾的泪潮的地方，依然潜存心底。但有一件事忍不住要写。我的母亲陪女儿念书，先我住进城市，母亲住不惯是可以理解的。她和邹志安母亲在同一条巷道里也不知怎么就认识了，彼此谁也不知道她们的儿子是交谊可以的朋友。她们是在视对方肯定来自乡下可以说话时自然认识的，因为她们两位老人的穿戴包括说话的神气和走路的姿势都保存着乡村风姿，与那些城市老太太在一切方面都迥然各异，像动物可以嗅到同类的气味一样互相靠近而结伙成帮了。她们成了朋友并开始频繁地互访活动，她操着礼泉口语，我母亲则是灞桥土著，些小的方言差异不能构成阻碍。有一次，我发现案上有一包苞谷糁，母亲说是"志安妈拿来的，今年的新苞谷糁"。我大为感动，一包苞谷糁竟然令人动情。

志安去后，我多次去其家看望那位老人，每一次都向她发出邀请，请她到我们家去和我母亲聊天拉闲话，用意是不言自明的，而且说明我母亲因高血压腿脚不灵了，况且我的楼层低。这位老人一次也未登过我的家门。去年中秋节时我又发出邀请，不料老人家哭出声，说："我想去哩我想去哩我咋不想去嘛！我去看见你跟你妈在一搭，就想起我娃。我娃这阵在哪搭哩……"我听了几乎心肝碎裂，一句话也说不出来。

作为志安的朋友，我虔诚地感谢陕西人民出版社，你们为志安终其一生而不悔的事业的血泪结晶提供了重新走向读者的机会，这些作品我已无意评说，让它们走向广阔的心理空间吧；作为志安生活体验、生命体验、艺术体验的一次排炮般的展示，相信会沟通无以数计的男女的心灵。这样，我在面对他的眼神和那位老妈妈的眼睛时，自觉能够既不虚伪于艺术也不虚伪于人生。

释疑者

一九九八年四月末尾，茅盾文学奖在京举行颁奖仪式后几日，我托白烨终于打问到了文学理论家陈涌的家庭住址，两人便去拜望。

一个在通常的住宅区罕见的阔大的门。门口有军人站岗。白烨正要出示证件时，一个小女孩从里边出来引领我俩走进大门。她是陈涌家的保姆，陕西安康人，我的小乡党，真是巧了。走到内院中间，小女孩说伯伯自己也来了。矮矮胖胖的一位老人，淡淡地笑着，说他不放心进门时盘查的麻烦。一件深色的半旧夹克服，乍看像一位闲谈的退休老工人。

这是老式结构的单元房，书房兼用会客，也就是一室住铺的小房子。早已过时的格式老旧的沙发，紫红油漆的木制茶几上全堆着书籍、报纸之类。我们三人便坐下聊天。陈涌说话很平和，他祖籍广东，语言中残留一缕乡音。我突然有一种错觉，听他说着文学创作，犹如我许多年前在农村基层工作时听一位老农叙说农桑之事。

一九九七年酷暑时节，我在西安听到北京的朋友传话，陈涌认为《白鹿原》不存在"历史倾向性"问题，对我无疑是一股最抒怀的清风。直到十月下旬茅盾文学奖正式开评，陈涌把这个至关重要的观点在会上正式坦陈出来。关于《白鹿原》存在"历史倾向性"问题，几年来我自信属于某种误读或误解，然而也没有超脱到毫无困扰；我相信这种误读或误解终究会得到匡正释疑的，只是没有料到会在一九九七年内发生，况且是由一位年事已高的老人陈涌完成的。我虽然也久已心仪茅盾文学奖，然而这种误读的被释疑、被匡正，才是我首先期待的最根本的结果。当这两个结果同时形成时，我对陈涌老人已不单是知遇，更是由衷的钦敬了。

陈涌老人告诉我，因为《白》①书的阅读印象，随之对我的小说创作产生了兴趣，便自己到新华书店找我的作品集，买了华夏出版社出版的三卷本《陈忠实小说自选集》里的短篇卷和中篇卷两本，约一百万字，而且读完了，写了一篇论述我的小说创作的两万余字的长篇评论，已交《文学评论》杂志。

我当即说，你应该给我打电话，我让华夏出版社陈泽顺给你送一套书来，怎能让你上街买书。陈涌笑着摆摆手，怎能给

---

① 即《白鹿原》。——编者注

你们添麻烦！我和白烨相视而默然不语。

　　我在文学圈内感觉到的印象，陈涌是一位马克思主义文艺理论家。在各种文艺理论汇聚的当今文坛，人们不一定全都赞同陈涌的某个观点，然而几乎众口一词说陈涌做人很正派。这就够了，足够包括我在内的人钦敬了。

何谓良师

　　大概是七十年代末的最后一年的初夏，关中平原正勃发着一年四季里最迷人的景致，复苏的中国文学界亦如这自然界的景致一样撩拨着新老作家们的创作欲望。那时候，我去刚刚恢复不久的陕西作家协会参加一个什么会议，认识了吕震岳先生，直到今年春天我去他的灵堂前点燃一炷紫香，无论如何都抑止不住涌流的泪水了。

　　那次会议即将结束时，吕震岳来到我住的房子。"你是陈忠实吧？"问过我的名字又自报家门，"我是吕震岳，陕报文艺部的。"我便让座倒水，尤其是对一位年长于我的头发已显得稀疏的老编辑，因为头次见面，愈是礼仪敬重。他坐下后没有寒暄和客套，直接谈明来意，约我给陕报文艺版写篇小说："你以前的几篇小说我看过，很不错，有柳青味。"我便应诺下来。他又叮嘱说，"一版只能装下七千字，你不要超过这个数就行。"说罢就告辞了，干脆利索。

我那时候的心态刚刚调整过来。三年前的一九七六年春天，刚刚恢复的《人民文学》约我到北京参加一个写作笔会，我写了一篇适应当时反"走资派"的小说在该刊物上发表了，引起较大反响。随着"四人帮"的倒台和在一切领域里的拨乱反正，我在社会政治领域里的巨大欢欣与在写作上的失挫，形成剧烈的心理冲突，直到一九七八年的冬天，仍然陷在真实的又不想被人原谅的羞愧之中。记得我当时正在灞河河堤的会战工程中领工，我和指挥部的同志住在河岸边土崖下的一座孤零零的瓦房里，生着大火炉睡着麦秸铺。正是在被春汛严逼压迫着的紧张的施工过程中，我先后读到了两篇记忆犹新的短篇小说，先是发表在《人民文学》上的陕西青年作家莫伸的《窗口》，后是被后来公论作为新时期文艺复兴潮声的刘心武的《班主任》。莫伸比我年轻许多，而刘心武和我同龄，然而都是崭露头角的文学新人，都是从刚刚解冻的文坛土壤里蹿出来的惹人眼目的新苗。我读着这些优美的小说不由得联想到自己的失挫，更深地陷入羞愧之中，便把全部激情都转移到我所指挥着的河堤工程上。

直到这个工程完工的一九七八年秋天，我调入西安郊区文化馆。我再三地审视自己判断自己，还是决定离开基层行政部门转入文化单位，去读书去反省以便皈依文学。郊区文化馆在小寨，有两处办公用房，一处在小寨俱乐部的小楼里，住着大多数文化干部和文化领导；另一处是"文化大革命"前的老文化馆所在地，全部是平房，已破落残损，有三四位干部挑着好点的房子住着，院中荒草尽兴地繁衍着。我便选了东南角一间空房，把一卷铺盖卸下来，掉下来的半张顶棚的苇箔经民工重新搭吊上去，残留在墙上的黑墨标语被我用报纸糊住了……我便坐下来读书。窗外是农民的菜地，生长着日见膨大的白菜，白菜地的畦梁上插长着绿头萝卜，也是日渐粗壮着。我从早读到晚，或借或买，图书馆里获得解禁的小说和刚刚翻译出版的国外的即使获过诺贝尔奖对我们却陌生的大家名作，一概抱来阅读。目的只有一点，用真正的文学来驱逐来荡涤我的艺术感受中的非文学因素。"四人帮"可笑的"三突出"创作原则因为太离谱姑且不论，十七年里极左的文学创作的理论和思想，都不是真正意义上的属于文学自己的因素，是强加以至强奸文学的非文学因素。对于非文学因素的荡除和真正的纯文学因素的萌生，对写作者来说，用行政命令是不行的，只有用阅读真正的文学作品来荡除，假李逵只能靠真李逵来逼其消遁。

我的自我审视和自我选择在我的感受里是正确的。阅读使我进入了真正的五彩缤纷的小说世界，非文学的因素基本被廓清了，我才觉得我正临门属于真实的文学的殿堂。信心也恢复了，羞愧的心理得到了调整，创作的欲望便冲动起来。直至今天，我依然难忘一九七八年的那个白虐式的阅读和反省的冬天，每每经过翠华路看见历史博物馆的漂亮建筑群，我便想到我曾居住过的那间房子和窗外的菜地，但现在都荡然无影了。

一九七九年春节过后，我在那间小房子里重新开始写作小说了。正是在我刚刚涌起的新的创作激情里，我遇见了吕震岳，他向我约稿。

我十分珍惜吕震岳的约稿，同样是那个羞愧心理的继续。因那篇反"走资派"小说所产生的对我的看法，仍然是我的神经最敏感的因素，因而对那些依然还约我稿的编辑，更多的是一种被信赖被理解的感遇之恩了。由是，便想着应该尽力写好一篇小说送上，不致使这位初次见面的兄长失望。然而正在构思中的一篇小说篇幅较大，原计划给《人民文学》的，不怕长，便想着写完这个短篇之后，接着为陕报老吕再写，七千字是一个不能突破的限制。这时候，接到吕震岳一封信，信皮和信纸上的字，都是用毛笔写的，字很大，虽称不得作为装饰和卖钱的书法，却绝对可以称作功夫老到的文人的毛笔字。内容是问询稿子写得怎样了，一月过去了怎么没有见寄稿给他。我读罢便改变主意，把即将动笔要写的原想给《人民文学》的这个短篇给老吕，关键是怎样把原构思的较大的篇幅压缩到七千字以内。如果就结构而言，这个短篇是我的短篇小说中最费过思量的一篇，及至语言，容不得一句虚词冗言，甚至一边写着一边码着纸页计算着字数。写完时，正好七千字，我松了一口气，且不说内容和表现力，字数首先合乎老吕的要求了。这就是《信任》。

稿子写成心里又有点不踏实，主要是内容。这篇小说写一位挨整受冤的农村基层干部，以博大的胸襟和真诚的态度对待过去整他的"冤家仇人"，矛盾甚至很尖锐。写成后我又有点踌躇，当时正是伤痕文学如苦水怒潮般汹涌，控诉祸国殃民的"四人帮"，社会生活中亦是平反冤假错案刚刚激起社会各阶层强烈反应的普遍性情绪，围绕着"四清"运动的矛盾，农村社会的新的矛盾和社会心理也很尖锐和复杂。这篇小说以这样的人物出现，会不会引起误解？我一时拿不定主意，就带着稿子去找老朋友张月赓，让他给看看，以较为客观的眼光给我把握一下。

张月赓还住在西安晚报社的两层简易居室里，一大间屋子没有隔间，既是卧室也是书房又兼着会客用。部队作家丁树荣已先在座，见面自然都很高兴。我说了事由，便拿出刚刚写完的稿子，二人连续着读了，对我申明的担心以为是多余。丁树荣很热情，说他和老吕很熟悉，正好还要去找老吕，可以替我捎带上稿子。我就把稿子交给丁树荣，夹没夹一纸给老吕的短笺已经忘记了。我第二天就下乡参加夏收劳动去了。

从把稿件交给丁树荣那天起，恰好一周时间，《信任》便在《陕西日报》的文艺版面上刊出了，时间是一九七九年六月三日。这是我自有投稿生涯以来发表得最快的一篇作品。我听到了我周围的熟识的行政干部的议论，尚不敢完全轻信，以为可能有更多的鼓励的因素。又过了不足半月，我刚刚从乡下参加夏收劳动归来，又接到吕震岳一封信，意思说作品发表后引起普遍反响，已收到不少读者来信，让我到报社去看看那些读者来信的评说。

　　我心里便有点按捺不住，骑上自行车绕大雁塔那条路奔东大街的陕报去了。似乎是一种潜意识，我尤其看重读者的反应，想听听文学圈以外的各个阶层各种职业的读者的评说，直到今天依然是这种心理。这应该是我第二次和吕震岳见面，老吕对我似乎已经是老早的熟人一样随意了。记得我见他第一面留下的最深刻的印象，便是他说话的高嗓子大调门。这回在他的编辑桌旁，不仅依然着这种说话，笑声同样是高腔大声，用畅快用爽朗这些词来形容似乎总不到位。他很兴奋，完全是一种编发了一篇引起普遍反响的稿子的由衷的快慰。他一边给我述说着丁树荣怎样捎稿给他，他读后的感觉和抓紧处理稿子以促使其尽快见报；一边用右手频频做着手势。我是深深地被感染被感动了的。一个职业编辑，一位长我起码十岁的老兄，毫不掩饰他的兴奋之情，像年轻人一样手舞足蹈着、高声叙说着、哈哈大笑着，给我一种赤诚热心而不无天真的强烈印象，他随之把一摞读者来信取出来交给我，感慨地说，看看，刚发表十来天，来了多少信说这个作品。

　　我一封一封读着那些从全省各地发往报社的信，禁不住眼热欲泪。不完全因为他们对我的一篇小说说了怎样的好话，更多的是我太需要他们对我的"信任"了。因为那篇写反"走资派"的小说造成的不良影响，我企图以新的创作来挽回，挽回那些可能弃我而去的读者，重新建立我和读者的真诚的信赖。那一封一封热情洋溢的信向我证明了最基本的这一点，正是我最心虚着企望充实的一点。然而其中有一封信，以不屑的口气评说《信任》，更以不屑的口气讥讽我，说我在"文化大革命"期间写过适应时风的小说，现在又倒过来写什么《信任》，等等。我以为他说的是基本客观的事实，他肯定读过我过去写的几篇以阶级斗争为主调的短篇小说。不屑的讥讽的口吻不是批评的关键，亦可促使我更进一步做人生和文学的反省。这些信后来由老吕选发了三篇，在《作者·读者·编者》专栏里，我也看到了。有趣的是，十五六年后，我躲在渭南一家招待所里写几篇应急的短文，有天晚上宾馆（招待所）经理来和我聊天，说那三篇被选发的读者来信中，有一篇是他写的。他写那篇读后感式的信的时候，正在渭南地区所辖属的一个县的水利局工作，接近基层农村，强烈地感觉到，因为几十年阶级斗争扩大化给许多无辜的群众和优秀的基层干部造成的伤害，在实施平反冤假错案的过程中，又出现了新的矛盾和对立，甚至出现简单的个人之间的报复行为。他对这篇小说里的主人公对待同类矛盾的襟怀十分感动，以为是化解阶级斗争造成的人为矛盾的有远见的途径，忍不住便写了那封信。其实，他平素只是喜欢读书看报，并不搞写作，后来几经工作调动，现在已是这家宾馆的经理了……听来真是令人感慨系之。

至今依然记忆犹新的是，由丁树荣把稿子捎给老吕之后，我就到西安北郊的一个生产队参加夏收劳动去了。按当时干部下乡的习惯，自行车后架上捆绑着被褥卷，车头上的网袋里装着洗漱用具。大约十天或半月的下乡期满回到郊区文化馆里，《信任》已经发表多日，我在紧如救火的夏收劳动中尚不得知。回到馆里之后才看到发表《信任》的版面，"信任"两字是某个书法家的手书，有两幅描绘小说情节的素描画作为插图，十分简洁又十分有气魄，看着看着就觉得眼热。这是我第一次在《陕西日报》文艺副刊上发表作品，但不是处女作，此前已经有为数不少的小说散文在杂志和报纸副刊上发表，按说不应该有太多太强的新鲜感。我不由自主的"眼热"，来自当时的心态和更远时空的习作道路的艰难。当时的心态已如本文开头所叙的反省和调整，这篇小说的发表无疑给我以最真实的也是最迫切需要的自信。更深层的感慨发自此前十八年给《陕西日报》的一次投稿。

　　一九六一年，正是后来被习惯称作"三年困难时期"最困难的那一年，我正在读高中二年级，无法化解的饥饿折磨着几乎所有人，尤其是正处于生理生长最活跃时期的中学生。市教育局为保护处于这个不幸年代的学生，采取了非常措施，取消晚自习，自然也就取消一切作业，实行"劳逸结合"来对付饥饿，老师只须完成课堂授课而不再批改作业，学生只须接受老师的讲授而不再去做任何科目的作业题，消耗热量的体育课干脆废除不上了。我突然发现空闲的时候太多了，空闲得令人反而不习惯起来，自然就把课余的时间和精力全都用到阅读和写作这个爱好上头来。我和我的同样爱着文学的朋友常志文，找到了一个既省钱又能读到新书的办法。每天晚饭后，我俩悄悄溜出学校后门，抄田间近路步行到距学校十余里的纺织城商场，直奔书店。靠在装满各种书籍的书架立柱上，抽出昨天正在读着的那本书继续读下去，直到大约九点或九点半钟商场统一关门，我再最后看一眼正在阅读着的页码，合上书装进书架然后离开书店。那时候没有"微笑服务"，更没有礼宾小姐站在门口躬身欢语"欢迎光临"的礼仪，却不拒绝如我一类无钱买书的人连续阅读自己感兴趣的书。我和我的朋友便从来时的小路再走回灞河岸边的这所由孙蔚如先生创办的中学，我俩关于阅读心得的交流一直继续到校门口才收住。上床睡觉以前，先喝一大碗盐水哄自己入眠，因为饥饿早已搅得肠胃疯狂起来。在往来二十余里的疾步运动中，本来就没有吃饱的晚饭早已被消化光光了。这样的课余活动的运动量和对热量的损耗，可能远远超出了做作业和一周只有两节的体育课。

同样在这一段没有功课压力的轻松日子里，我和常志文、陈鑫玉三位文学爱好者组织起来一个文学社。苦于喜欢文学而总是找不到创作的门路，文学社就被命名为"摸门小组"。仅这个名字就可以看出我们当时对于创作的心境和情态，不无猴急和彷徨。成立文学社的同时决定创办文学墙报，名字定为"新芽"，不无才露尖尖一角的小荷的含意。这是一个纯文学的墙报，不是那种为纪念各种重大节日所办的壁报。"新芽"发表小说、散文和诗歌，必须是文学社成员自己创作的，当然也欢迎同学投稿。

创刊号上，刊登了我的一篇散文《夜归》。陈鑫玉鼓动我把这篇散文投给报刊，我缺乏勇气，终未敢把它投出。我的朋友却把它另写下来，寄给了《陕西日报》文艺部。不到一月时间，鑫玉某天从家里来就兴奋地告诉我，说报社来信了，他兴奋激动的表情，自然传递给我某种希望，某种侥幸混合着的急切心理。信的内容是肯定了这篇散文的长处，也指出了缺陷，关键词是让我修改一下，尽快寄去。我到此刻才真正地激动起来，似乎真的就要"摸"到那个神圣而又神秘的"门"了。我很快做了修改，又寄出去了，此后便开始了急切而又痛苦的等待。等待来信通知一个几乎让人不敢奢望的消息。等待中天天到学校的阅报栏去看《陕西日报》，自然是发表文艺作品的第三版。这是我创作生涯中发生的关于投稿的第一次等待，第一次感受那种企望和失望交织着的急切和焦灼的心情。奇迹终于没有出现，我在随之到来的高考的紧张准备中把此种情绪排挤开去。

结束高中学业，高考名落孙山，我在最初的别无选择的痛苦中回到家乡，被公社选拔为民办老师，这才真正开始了我的业余文学创作。次年春天，我重新把《夜归》做了修改，再次投给《陕西日报》，不久又来了信，肯定了长处也提示了不足，仍然让我修改后再寄去。我又一次陷入期待的焦灼之中。久久的等待中，我终于忍耐不住，借着学校到西安举办什么活动的机会，找到了社址设在东大街的《陕西日报》。我在报社门口踟蹰着踅摸着，想不出进入报社文艺部该怎么开口的措辞，自卑和羞怯的浓雾挥斥不开。我终于硬着头皮走了进去，看见文艺部的几张办公桌前坐着几位编辑，我朝门口那一位发出了问询。关于我的这篇散文，均不在在座的编辑手里，便推测肯定在一位已经下乡锻炼的编辑手中，可他大约需要半年才能结束劳动锻炼。那位好心的编辑很诚恳地暗示我，凡是能发的稿子，肯定会交代给编辑部的。既然没有交代我的那篇散文，肯定是发表不了的了。这次投稿和第二次修改又失败了，我走出《陕西日报》深长的院庭甬道时，直接的感觉是，那个"门"还遥不知其所在，任何轻易"摸"到的侥幸心理自然云散了，反倒轻松了，当然不可排解自卑。我至今无法判断当时在座的编辑之中有无吕震岳，因为我除了和那位同样不知姓名的编辑说话之外，几乎不敢乱瞅乱看别的人。我站在陕西日报社门口，回望一眼那拱形的门楼和匆匆忙忙进进出出大门的人，还是免不了自惭形秽的自卑。这是我平生第一次走进一家报刊的大门，目的是问询自己投递的一篇习作，留下的记忆难以泯灭。在我被老吕邀请到他的办公室去看读者来信的时候，我心里涌起的便是十几年前头回进入时的复杂心理的记忆。我和老吕聊起这件事，老吕哈哈大笑着说他毫无记忆，那时候出出进进文艺部的各路业余作者太多了。我至今也无法弄清那位两次写信鼓励我修改后再投的编辑是谁，他每次写信都不署姓名，只缀着文艺部的落款。直到一九六五年春天，我把这篇散文打破原先框架，重新构思重新写作，名字改为《夜过流沙沟》，只是没有勇气投给"省报"而改投"市报"，不久就在《西安晚报》文艺副刊上发出了。这是我的变成铅字见诸报刊的第一篇习作，历经四年，两次修改，一次重写，五次投寄，始得发表。我在感激《西安晚报》那位发表它的编辑的同时，也感激《陕西日报》那位两次给我写信鼓励我修改的不知其名的编辑。在这篇散文漫长的修改过程中，我在"摸门"，或者叫作最初的探索；在从事这个容不得任何侥幸的事业的起始阶段，这篇处女作的修改和发表的漫长过程，实际上是我进行文学基本功练习的一个缩影。我和老吕聊起这件事，除了艰苦跋涉的感慨之外，还有一种心理补偿的欲望，我想那位给我两次写信的编辑最好能在此刻在这个办公室出现，我会向他致最真诚的问候和感谢。他的那两封信，是我写稿投稿生涯中第一次收到的报刊编辑的信。老吕也感慨着。

七月号的《人民文学》转载《信任》。那时候，《小说月报》等一类选刊还没有创办，《人民文学》辟有转载各地刊物优秀作品的专栏，每期大约一两篇。

八十年代的头一个春天到来时，《人民文学》编辑向前给我写来一封信，告知《信任》已获一九七九年度全国优秀短篇小说奖。那时候的评奖采用的是读者投票的方法，计票的结果一出来，前二十名便被确定下来。我当即将此事告知了吕震岳，他和我一样高兴。现在回想起来，无论是我，无论是他，当时似乎没有把这个获奖看成有什么太了不得的。倒是后来越来越觉得这种全国性评奖真是了不得的。一是这种奖项被看作一种标志，在评职称升工资等上都成为一个硬件；二是这种评奖的竞争越来越趋激烈，单就每年一次的短篇小说评奖，已经取缔了读者投票的方法，改由评委投票，非文学因素影响评奖的事时有传闻。我并非超脱文坛，亦非淡泊名利。我从来不说淡泊名利的话。我至今以为，文坛本身就是一个名利场，淡泊不了的，除非你离开。问题的实质在于以什么手段去提高"知名度"和获取"利"，唯一可靠的途径只能是拿出自己独特感受的作品来，即以文学的因素实现文学创造的目的，任何非文学的因素都是无法奏到长久之效的。一个不足七千字的短篇获奖，不可能决定我未来创作的发展，未来的路才刚刚开始。我对自己未来的创作发展不仅没有十分的自信，甚至依然着自卑的惶惑。因为任何一位能被我们记住的作家，都不是凭一个小小的短篇而铸就自己的文学成就，证明自己的文学才能的，这是文学史的ABC。作为职业编辑的吕震岳，更有丰富的经历和经验，早看多了作家创作发展的种种，所以更多地仍然是说着"多读多思索"的鼓励我的实话。颁奖的通知到来时，我的心里丝毫未动，我的农民夫人突发心脏病月余，我须陪她去医院看病，便请假缺席了。

作为新时期文艺复兴的第一项全国文学奖——短篇小说奖，这是第二届评奖，发奖仪式很隆重，我在报纸上看到了消息。之后某一天，我用自行车载着病情稍轻的夫人从城里看病回来，走到距家尚有七八里的一个村子，迎面停下一辆小汽车，走出《陕西日报》的文艺评论家肖云儒来。他们开车到了我的村子扑了空，折回来时碰到了。他说报社文艺部领导很重视《信任》获奖，作为报纸副刊的作品能在全国获奖尚不多见，约我写一篇获奖感言的短文，老吕因身体不适而委托他来。我后来写成了一篇《我信服柳青三个学校的主张》的创作谈，这是我从事写作以来第一次写谈创作的文章。

这一年，《陕西日报》文艺部发起了"农村题材小说征文"，老吕给我写来一封信，鼓励我应征。我已经从原郊区文化馆分配到灞桥区文化局，被提拔为文化局副局长，兼文化馆副馆长。为了避免琐细的事务性干扰，我住在灞桥镇的文化馆里，潜心读书写作。接到老吕的信，我写了短篇小说《第一刀》，不需叮咛便明白七千字的版面极限。这篇小说同样得到老吕的欣赏，以一周的最快速度见报。此后，又收到了一批读者来信，选发了三篇。这是写农村刚刚实行责任制出现的家庭矛盾和父子两代心理冲突的小说，引起读者的普遍关注是可以理解的。尽管在征文结束后被评了最高等级奖，我自己心里亦很清醒，生动活泼有余，深层挖掘不到位。然而关于农村经济改革的思考却由此篇引发，发展到我的第一个中篇小说《初夏》的最后完成。

一九八二年我的第一本小说集子《乡村》出版，在我赠送书籍的名单上老吕自然不可或缺。这本集子里有他鼓励催促下写成的三篇小说，且是在我创作发展的关键时期有着特殊意义的作品。这年冬天，我调到省作协专业创作组。在取得对时间的完全支配权之后，我的直接感觉是走到了我的人生的理想境界：专业创作。我几乎同时决定，干脆回归老家，彻底清静下来，去读书，去回嚼二十年里在乡村基层工作的生活积蓄，去写属于自己的小说。尤其是读书，需要弥补未能接受大学中文系专修的知识亏空和心理空虚，需要见识中外大家名著所创造的艺术大观，更深一步进入真正的艺术世界，揣摩真正的文学的本来内蕴，以彻底排除非文学因素和出于各种用意强加给文学的额外负载，接近再接近真正的文学的本义。我记得我到陕报去和老吕说了归乡的打算，他仍然高调门感叹着好好好，真诚地说，写作靠热闹是不行的，得拿出好货来。

回到祖居的老屋，反而有一个不长的适应期。偶尔有文学朋友和约稿的编辑找到村子里，都是令我十分愉快的事，包括传来许多文坛最新的消息和趣闻。偶尔收到老吕的信，仍然是老文化人的个性明显的毛笔字，或问讯或约稿，读来十分温馨。中篇小说《初夏》在《当代》发表以后，接到老吕一封长信，说他对这篇小说特别喜欢，不完全是因为《第一刀》的缘由。到这篇中篇获《当代》文学奖时，我告诉了他这个消息，老吕像小孩一样拍着简易沙发的扶手大声慨叹起来，似乎验证了他的阅读感觉。他说他在什么报纸上看到《当代》的广告目录，专意到邮局的报刊门市部买来了杂志，读完便给我写了那封长信。及至一九八六年上海文艺出版社出版我的以《初夏》冠名的第一个中篇小说集子，我拿到书后，从乡下赶到西安，找到老吕家里。其时他已退休，住在炭市街的平房住宅里。我送上这本集子，他翻着看着，说那集子里收编的几个中篇大都读过了。他告诉我，凡是他在什么杂志上发现我的作品就一定要读，凡是他听说我在哪里发了什么小说就自己找来读。他坦率地说着对那些小说的感觉，好的和遗憾的诸多方面，已经远远不是《信任》或《第一刀》经他发表时的交谈深度了。

这一次，是我更深地理解老吕这个人的重要接触。我真切地被这位老兄感动了。他已经退休，已经不再为报纸副刊和我打交道了，他关注我的作品和我写作的发展，至少是出于一种纯粹的对一个与他打过交道的作者的关注，仅仅是这个作者的作品他曾经喜欢过付出过心血，仅仅是这个作者本人他比较喜欢，仅仅是他希望自己喜欢的这个作者的创作更健康地发展。这就够了，这就足够我这个经他扶助的作者体会人世间那种被赞美着的真诚了；足够我再重新理解作为中国文学各类职业编辑的良苦用心了，任何时候要是还没有忘记这一点，我便相信自己的尾巴会紧紧夹住；足够我理解作为个人劳动标志很明显的创作，其实还有更丰富的社会的催人奋斗的那种力量。告别老吕，重新回到祖居的家园，《初夏》这本书也就划归明日的黄花。我必须以新的艺术形态给老吕这样的职业文学编辑一个见面时可以再聊的话题，包括更多的还喜欢着我的小说的读者。真正的文学意义上的友谊给我的就是这种冲击力。

听说老吕病了时，我很震惊，找到他的新居里，是在一个夏天的晚上。我已得知他得了一种今天的医疗水平很难治愈的病，便约了精于摄影的郑文华去拍一张合影。我们相交整整二十年来，竟然没有拍过一张合照，我不在乎这种照相，他也不在乎这种形式的东西，二十年里我们多次见面却没有谁想到照一张合影。我到邻近的水果店铺里买了水果，也应是第一次。二十年里我多次去过他供职的编辑部和他的家里，从来没带过一件礼物，一盒烟一瓶酒都没有过。那个时期里似乎不兴这一套，我也没有这种意识，似乎拿着这种东西会使他和我都尴尬的。他现在病了，是个病人，按我的心理和习惯，看望病人带上水果是礼仪成俗的。

他坐在一架轮椅上，因为病痛所致的骨头损害，不能坐太软的沙发。他说他出医院好久了，病情稳定。他比以往消瘦了，脸色尚好，仍有既往的红色，表面看不出太多的重病的疲倦和忧郁。他说话依然是朗朗的高调门大嗓子，几乎与我以往的印象没有任何变化和差异，也许是强性子的他自然显现的刚强。我和他聊了他的病情，他却更多地问我现在的工作和写作，不无惋惜之意，甚至启发我赶快离开西安，重新找一个地方去读书去写作。他那么感慨着对我的深层理解，写到这程度太不容易了，再浪费时间就损失太大了云云。我无言以对，也不想对他说出我的苦恼。如他一样的感慨我已从许多朋友口里听到，然而我不想让他再为我担这一份心。我尽量以轻松的话题和他交谈，包括回忆我们以往的趣事，他便大声愉快地笑起来。我给他留下我出版不久的五卷本《文集》，他问《白鹿原》收编在内没有。我说主要的作品全都收入了。他说他早已读过《白鹿原》，不断地感慨着从他编《信任》到《白鹿原》的阅读感觉。临到我出门时，他仍然鼓励我，什么都可以看轻，看淡，再弄出两本书来，弄到这程度太不容易了……

我收到老吕一封信，看小小信封上那很大的行书毛笔字就熟知了。打开信封，夹着他的一页短笺和一块报纸的剪贴文章，是他发表在《陕西日报》的一篇关于《白鹿原》的短论。

我的心头一沉，读了短信再读短论，沉默许久都不知道该做什么。他已到骨癌晚期，忍受着怎样的痛苦，仍然还要写这样的短论，仍然还要对《白鹿原》一书获茅盾文学奖的事说他的看法和意见。其时，关于这本书和这个奖的热闹早已过去，我已不再接受关于这个话题的媒体采访。《白鹿原》一书自出版以来的五年时间里，我看到过许多评论家、作家、记者和读者和或长或短的评论文章，说长道短在我已经心不惊平静听取了，然而老吕的这篇短文一下子把我推入情感的波涛之中，无论如何我都不能把它看作是一篇"评论"……这是我收到的老吕的最后一封信，那功夫老到笔力遒劲的毛笔字啊！

今年春天，我接到老吕家属的电话，是哽咽着的女声报告的噩耗。当晚我赶到老吕家里，只能面对一幅围裹着黑纱的相片。我站在灵桌前腿就颤抖起来了，看着照片上那昂昂的朗朗的面容，泪水一下子涌流出来，想叫一声老吕也终于哽塞得叫不出声。他的夫人告诉我，他把我送他的那套《文集》，一直在桌子上用书夹夹着，而没有塞进他的书架，直到他去世。我又一次涌出泪水，却说不出任何话来。

走在夜晚的东大街上，五彩的霓虹灯光是这座古城的新的姿容。天上似乎落着细雨，我木然地走着。我的小说中那个被我赞美也被我批判着的白嘉轩的生命感叹竟从我的心里涌出来了：世上最好的一个文学编辑谢世了！

何谓益友

一

　　我终于拿定主意要给何启治写信了。

　　那时的电话没有现在这样便当，通信的习惯性手段依赖书信。我之所以把给何启治写信的事作为文章的开头，确是因为这封信在我所有的信件往来中太富于记忆的分量了，一封期待了四年而终于可以落笔书写的信，我将第一次正式向他报告长篇小说《白鹿原》写成的消息。

　　这部书稿是农历一九九一年腊月二十五日写完最后一句话的。我只告诉给我的夫人和孩子，同时嘱咐他们暂且守口，不宜张扬。我不想公开这个消息不是出于神秘感，仅仅是一时还不能确定该不该把这部书稿拿出来投出去。这部小说的正式稿接近完成的一九九一年的冬天，我对社会关于文学的要求和对文学作品的探索中所触及的某些方面的承受力没有肯定的把握。如果不是作品的艺术缺陷而是触及的某些方面不能承受，我便决定把它封存起来，待社会对文学的承受力增强到可以接受这个作品时，再投出书稿也不迟；我甚至把这个时间设想得较长，在我之后由孩子去做这件事；如果仅仅是因为艺术能力所造成的缺陷而不能出版，我毫不犹豫地对夫人说，我就去养鸡。道理很简单，都五十岁了，长篇小说写出来还不够出版资格，我宁愿舍弃专业作家这个名分而只作为一种业余文学爱好。无论会是哪一种结局，都不会影响我继续写完这部作品的情绪和进程，作为一部历时四年写作的长篇，必须画上最后一个标点符号才算了结，心情依旧是沉静如初的。

一九九二年初，我在清晨的广播新闻中听到了邓小平南行的讲话摘录。思想要再解放一点，胆子要再大一点，等等等等。我在怦然心动的同时，就决定这个长篇小说稿子一旦完成，便立即投出去，一天也没有必要延误和搁置。道理太简单了，社会对于具体到一部小说的承受力必然会随着两个“一点”迅速强大起来。关键只是自己这部小说的艺术能力的问题了，这是需要检验的，首先是编辑。我便想到何启治，自然想到他供职的人民文学出版社。人民文学出版社是文艺类书籍出版系统的高门楼，想着这一层还真有点心怯，“店大欺客”与否且不说，无论如何还是充不起要进大店的雄壮之气来。然而想到一直关注着这部书稿的老朋友何启治，让他先看看，听他的第一印象和意见，那是令人最放心的事。

春节过后，我便坐下来复阅刚刚写完的《白》书书稿，做最后的文字审定，这个过程比写作过程轻松得多了。大约到公历二月末，我决定给何启治写信，报告长篇完成的消息，征求由我送稿或由他派人来取稿的意见。如果能派人来，时间安排到三月下旬。按照我的复阅进度，三月下旬的时限是宽绰富余的。信中唯一可能使老何会感到意外的提示性请求，是希望他能派文学观念比较新的编辑来取稿看稿，这是我对自己在这部小说中的全部投入的一种护佑心理，生怕某个依旧"左"的教条的嘴巴一口给唾死了。

信发走之后，我才确切意识到《白鹿原》这书稿要进人民文学出版社这幢高门楼了。

二

几乎在爱好文学并盲目阅读文学作品的同时，就知道了北京有一家专门出版文艺书籍的出版社叫人民文学出版社，这是从我阅读过的中外文学书籍的书脊上和扉页上反复加深印象的，高门楼的感觉就是从少年时代形成的。随着人生阅历和文学生活的丰富，这种感觉越来越深刻，对于一个业余作者来说，这个高门楼无异于文学天宇的圣殿，几乎连在那里出书的梦都不敢做。就在这种没有奢望反而平静切实的心境下，某一日，何启治走到我的面前来了，标着人民文学出版社的牌子。

对这件事的记忆是深刻的，因为太出乎意料而显得强烈。一九七三年隆冬季节，西安奇冷。我到西安郊区区委去开会，什么内容已经毫无记忆了。会议结束散场时，一位陌生人拦住了我，操着不大标准的普通话（以电台播音员为标准），声音浑厚，在他自我介绍之前，我已知道这是一位外来客了。在我周围工作和相交的上司、同辈和工作对象之中，主要是关中东部口音口语，其次是永远都令人怀疑患了伤风感冒而鼻塞不通说话鼻音很重的陕北人，那些从天南海北到西安来工作的外乡人久而久之也入乡随俗出一种怪腔怪调的关中话来，我已耳熟能详。这个找我的人一开口，我就嗅出了外来人的气味，他说他叫何启治，从北京来，从北京的人民文学出版社来，找我谈事。我便依我的习惯叫他老何。以后的二十多年里，我一直叫他老何，没有改口。

我和老何的谈话地点，就在郊区区委所在地小寨的街角。他代表刚刚恢复出版工作的人民文学出版社来西安组稿，从同样是刚刚恢复工作的陕西作家协会（此时称陕西省文艺创作研究室，以示与旧文艺体制的区别）创办的《陕西文艺》（即原《延河》）编辑部得到推荐才来找我的。他已读过我在《陕西文艺》发表的一篇短篇小说《接班以后》，认为这个短篇具备了一个长篇小说的架势或者说基础，可以写成一部二十万字左右的长篇小说。我站在小寨的街道旁，完全是一种茫然，且不用吓了一跳这样的夸张性习惯用语。我在刚刚复刊的原《延河》今《陕西文艺》双月刊第三期上发表的两万字的短篇小说

《接班以后》，是我平生发表的第一篇小说，也是我自初中二年级起迷恋文学以来的第一次重要跨越（且不在这里反省这篇小说的时代性图解概念），鼓舞着的同时，也惶惶着是否还能写出并发表第二、第三篇，根本没有动过长篇小说写作的念头，这不是伪饰的自谦而是个性的制约。我便给老何解释这几乎是老虎吃天的事。老何却耐心地给我鼓励，说这篇小说已具备扩展为长篇的基础，依我在农村长期工作的生活积累而言完全可以做成。最后不惜抬出他正在辅导的两位在延安插队的知青已写成一部长篇小说的先例给我佐证。我首先很感动，不单是老何说话的内容，还有他的口吻和神色，我在感到真诚的同时也感到了基本的信赖，即使写不成长篇小说，做一个文学朋友也挺好，应该是我文学生涯以来认识的第一个北京人。二十多年过去，我们已经相聚相见过许多回，世界已经翻天覆地，文学也已地覆天翻，每一次见面，或北京或西安或此外的城市，都继续着在小寨街头的那种坦诚和真挚，延续着也加深着那份信赖。

我违心地答应"可以考虑一下"，然后就分手回我工作的西安东郊的乡村去了。老何回到北京不久就来了信，信写得很长，仍然是鼓励长篇小说写作的内容，把在小寨街头的谈话以更富于条理化的文字表述出来，从立意、构架和生活素材等方面对我的思路进行开启。我几乎再也搜寻不出推辞的理由，然而却丝毫也动不了要写长篇小说的心思。我把长篇小说的写作看得太艰难了，肯定是我长期阅读长篇小说所造成的心理感受。我常常在阅读那些优秀的长篇小说时一回又一回地感叹，这个作家长着一颗怎么样的脑袋，怎么会写出让人意料不到的故事和几乎可以触摸的人物！好在这时候上级突然通知我去南泥湾"五七"干校劳动锻炼改造，我便以此为由而推卸了这个不可胜任的压力。我去陕北的南泥湾干校之后，老何来信说他也被抽调到西藏去工作，时限为三年，然而仍然继续着动员鼓励我写长篇小说的工作。随着他在西藏新的工作的投入，来信中关于西藏的生活和工作占据了主要内容，长篇小说写作的话题也还在说，却只是提及一下而已。这是一九七四年的春天和夏天，"批林批孔"运动又卷起新的阶级斗争的旋涡……这次长篇小说写作的事就这样化解了。我因此而结识了一位朋友老何。

三

老何再一次到西安来组稿，大约是刚刚交上八十年代的夏天，我从文化馆所在的灞桥古镇赶到西安，在西安饭庄——"双十二事变"中招待过周恩来的百年老店——招待老何吃一顿饭。那时候尚不兴公款请客吃饭。我刚刚开始收入稿费（千字十元），大有陈奂生进城的那份高涨的心情，况且是从小寨街头一别七八年之后的第一次共餐。我要了西安饭庄的看家菜葫芦鸡，老何直说好吃。多年以来的几次相见相聚中，老何总会突然歪过头问我："那年你在西安请我吃的那个鸡真不错，叫什么鸡？"

　　他是为创刊不久的《当代》来组稿的。我仍然畏怯这个高门楼里跃出的为文坛瞩目的《当代》，不敢轻易投寄稿件。直到我从短篇小说转入中篇小说的第一部《初夏》写成，才斗胆寄给老何。这个中篇小说是我的写作生涯中最艰难的一部，历经三年多时间，修改重写四次，才得以在一九八四年的《当代》刊出。我曾在一篇短文中回味过这个至为重要的过程："在这个过程中，令人感佩的是《当代》的编辑，尤其是老朋友何启治所显示出来的巨大耐心和令人难以叙说的热诚。他和他们的工作的意义不单是为《当代》组织了一部稿子，更是促使一个作者完成了习作过程中的一次跨越，得到了属于自己的一次至为重要的艺术体验，拯救了一个苦苦探索的业余作者的艺术生命。"我说以上这些话是真诚的，更是真实的。《初夏》历经三年时间的四次修改和重写，始得以发表，不仅是鼓舞，最基本的收益是锻炼了我驾驭较大规模、较多人物和多重线索的能力，完成了从较为单纯的短篇小说的结构到中篇小说结构形式的过渡。此后我连续写作的几部或大或小的中篇小说，不论得失如何，仅就各自结构的驾驭而言，感到自如得多了，写作过程也顺利得多了。正是从自身写作的这个意义上，我是十分钦敬老何这位良师益友的。

　　《初夏》之后，我正热衷于中篇小说各种结构形式的探索，老何在一次见面中问我，有长篇写作的考虑没有。我很直率地回答，没有。这是实话实说。由他的突然发问，我立即想起十多年前第一次见面在小寨街头的那一幕，心里竟是一种负压感。天哪！他还没有忘记长篇小说的事。他却轻松地说，你什么时候打算写长篇的话，记住给我就是了。

再后来的一次会面，他又问到长篇小说写作的事。我觉得对他若要保密，是一种有违良知的事，尽管按着我的性情是很难为的事情。我便告诉他，有想法，仅仅是个想法，正在想着准备着，离实际操作尚远。我那时候确实正在做着《白鹿原》的先期准备，查阅县志、党史、文史资料，在西安郊县做社会调查，研读有关关中历史的书籍，同时酝酿构思着《白鹿原》。我随即叮嘱他两点：不要告诉别人，不要催问。我知道我的这部长篇小说不会在"短促突击"中完成，初步计划实际写作时间为三年。我希望在这三年里沉心静气地做这件大活儿，而不要在人们的议论，哪怕是好朋友的关心中写作，更不要说编辑的催逼了。过多的谈论过分关心的问询以及进度的催问，都会给我心理造成紊乱造成压力，影响写作的心境。按着我的性情，畏怯张扬，如同农家妇女蒸馍馍，未熟透之前是切忌揭开锅盖的。

然而还是有压力产生。我已经透露给老何了，况且是在构思阶段，便觉得很不踏实，如果最终写不成呢，如果最终下了一个"软蛋"又怎样面对期待已久的老朋友呢！甚至产生过这样的疑问，按照我当时的写作的状况，中短篇小说虽已出版过几本书，然而没有一篇作品产生过轰动性效应，我清醒地知道自己的分量和位置，而老何为什么要盯着我的尚在构思中的长篇小说呢？如他这样资深的职业编辑，难道不知面对名家之外的作者所难以避免的约稿易而退稿尴尬的情景吗？因为我对在构思中的《白鹿原》没有向他提及任何一句具体的东西，我自己尚在极大的不自信无把握之中。直到今天，我仍然不得其解，老何约稿的依据是什么？

后来的几年里，证明着老何守约如禁。每有一位人民文学出版社的编辑到西安组稿，都要带来老何的问候，进门握手时先申明：老何让我来看看你，只是问个好，没有催的意思，老何再三叮嘱我不要催促陈忠实。我常常握着他们的手说不出一句话。直到一九九一年的初春时节，老何领一班人马到西安来，以分片的形式庆祝人民文学出版社建社四十周年，在西安与新老作家朋友聚会。这个时候，《白鹿原》书稿已经完成三分之二，计划年底写完。见面时老何仍然恪守约律，淡淡地说，我没有催的意思，你按你的计划写，写完给我打个招呼就行了，我让人来取稿。我也仍然紧关口舌，没有道及年底可以完稿的计划，只应诺着写完就报告。

这一年的夏天，先后有两家大出版社向我邀约长篇小说稿，一位是在艰难的情况下给我出过中篇小说集子《初夏》的上海文艺出版社的老张，我忍着心向她坦诚地解释老何有话在先，无论作品成色如何，我得守信。另一位是作家出版社老朱，她到西安来组稿，听人说我正在写一部长篇，我同样以与老何有约在先须守友道为由辞谢了。我坚守着与老何的约定，发端自十七八年前小寨街头的初识，那次使我着实吓住了的长篇小说写作的提议，现在才得以实施，时间虽然长了点，却切合我的实际。

直到一九九一年末写完全部书稿，直到春节过后的一九九二年早春的某天晚上，可以确定《白鹿原》手稿复阅修饰完成的时间以后，我终于决定给老何写信报告《白鹿原》完全脱稿的消息了，忐忑不安地要奔文学书籍出版界的高门楼了。

四

老何很快复过信来，他将安排两位同志于三月二十五日左右到西安。果然，三月二十四日下午，作协机关办公室把电话打到我所在地区的灞陵乡政府，由一位顺道回家的干部传话给我，让我于二十五日早八时许到火车站接北京来客。

给我捎信传话的乡上干部刚出门，村子里的保健医生搀着我母亲走进门来，说我母亲的血压已经高过两百，必须躺下。母亲躺下后就站不起来了，半边身子麻木僵硬了，就发生在我注视着的眼皮底下。医生很快为她挂上了用以降血压的输液瓶。我的头都木了，北京来客此时可能刚刚乘着火车开出京城。真是凑巧了，傍晚时分还有夕阳霞光，天黑以后却骤然一场大雪。我几乎一夜未曾合眼，守护着母亲，看着院子里的雪逐渐加厚到足可盈尺。离天明还有一个多小时，我请来一位村人照看母亲，就踏着积雪上路了。大雪真好，从我家大门口起始，走过两个村庄和村庄之间的原野，我给处女的雪原和村巷踩出第一溜脚印。我赶上了第一班远郊公共汽车，进入作协大院时尚未到上班的钟点。我要了一辆公车赶到西安火车站，等候许久，高门楼里来的尊贵的高贤均、洪清波终于走出车站来，时间八时许。

高贤均和悦随意，一见面就不存在陌生和隔膜，笑起来很迷人的。洪清波更年轻，却戴着一副厚厚的眼镜，不大说话，笑起来有一缕拘谨的羞涩，显得更加迷人。我当时想，从高门楼里出来的人怎么到了地方省份还会有拘谨的羞怯？我把他们安排到招待所，由他们自己去找饭吃找风景玩，就匆匆赶回乡下去了，只说还有两章没有"通"完，没有告诉他们还有突然躺倒吊着药瓶的母亲。我当时家分两地，夫人和孩子住在城里，我住在乡下老屋写我的书稿，母亲是过春节时从城里回到乡下，尚未回城却病倒了。这样，我一边守护着母亲监视着吊在空中的药液的降速，一边在隔壁书房审阅最后两三章手稿的文字，想到高、洪两位朋友正住在西安等着拿稿子，我第一次感到了心理紧促和压迫，这是《白》书从起头到完成四年以来从未有过的催逼感。

过了两天，我一早赶到西安，包里装着这部书稿。在远郊公共汽车上，我一直抱着这摞书稿，一种紧张中的平静和平静里的紧张。我一路上都在斟酌着把这摞书稿交给高、洪时该怎么说话才合适，既希望他们能认真审读，又不想给他们造成压力，所以以不提任何写作的构想和写作的艰难为好。这样，在作家协会招待所的客房里，我只是把书稿从兜里取出来交给他们，竟然连一句话也说不出来，那时突然涌到嘴边一句话，我连生命都交给你们了，最后关头还是压到喉咙以下而没有说出，却憋得几乎涌出泪来。其实基于一种自己对文学的理解，只须让编辑去看书稿而无须阐释。下午，我又匆匆赶回乡下老家照看母亲，连请高、洪两位新结识的朋友品尝一下葫芦鸡的机缘也没有，至今尚以为憾事。

我由此时开始进入一种完全的闲适状态。我不读任何小说，有了平生里从未发生过的、拒绝以至逆反阅读现代文学书籍的奇怪的心理状态。却突然想读古典诗词，我把塞在书架里多年未动过的《词综》抽出来，品赏那些古色古香的墨痕之中的韵味而惊叹不已。按常规我把《白》书书稿的审阅过程设想得较长，初审、复审和终审，一部近五十万字的书稿走完这个轮番审阅的过程，少说也得两个月以上，因为编辑们不可能只看这一部书稿，他们要开会要接待四面八方的来访者还要处理家务事。在他们统一结论之前，估计很难给我一个具体的说法。所以，我就在少有的闲静中等待，品赏一个个诗词大家的妙句。出乎意料的是，在高、洪拿着书稿离开西安之后的第二十天，我接到了高贤均的来信。我匆匆读完信后"嗷嗷"叫了三声就跌倒在沙发上，把在他面前交稿时没有流出的眼泪倾泻出来了。

这是一封足以使我癫狂的信。信中说了他和洪清波从西安到成都再回北京的旅程中相继读完了书稿，回到北京的当天就给我写信。他俩阅读的兴奋使我感到了期待的效果，他俩共同的评价使我战栗。我由此而又一次检验了自己的个性，很快便沉静下来，进入一种前所未有的舒缓静谧之中。我也才发现此前二十多天的闲适之表象下隐藏着等待判决的紧张和恐惧，只是明知那个结果尚遥远而已。这个超出预料的判决词式的信件的提前到来，就把深层心理的恐惧和紧张彻底化释了。我的全部用心都被高、洪理解了，六年以来的所有努力都是合理的，还有什么事情能使人感到创作这种劳动之后的幸福呢！随后对唐诗宋词的品赏才真正进入一种轻松自悦的心理状态。

老何随后来信了，可以想象的兴奋和喜悦，为此他等待了几近二十年，从一九七三年冬天小寨街头的鼓励鼓动到一九九二年春天他在北京给我写《白》书的审阅意见，对于他来说是太长了点，对于我来说，起码没有使这位益友失望，我们的友谊便不言而喻。随后便是如何处理书稿的种种琐细的事，我都由他去处理，我完全信赖高门楼里的这一帮编辑了。

五

《白鹿原》先在《当代》分两期连载，之后由人民文学出版社出书，中央人民广播电台和西安人民广播电台差不多同时连播，在读者和文学界迅即引起反响，这在我几乎是猝不及防的。书稿写完时，我当然也有一种自我估计，如若能够面世，肯定不会是悄无声息的，会有反应的。然而反应如此之迅速如此之强烈，我是始料不及的；尤其是社会各个阶层，非文学圈子的读者的强烈反响，让我第一次如此深刻地感受到读者才是文学作品存活的土壤。

一九九三年八月，《白》书在京召开的研讨会，也是我平生所经历的最感动的一次会议。会后某天晚上，老何和高贤均找到我住的宾馆，主动与我商议修改原先的出书合同的事。按原先的出书合同，千字三十元，是九十年代初人民文学出版社执行的最高稿酬标准了。按这个标准算下来，近五十万字的书稿可得稿酬约一万五千元，这是从签订合同时便一目了然的计算，我也很兴奋一次可以拿到万元以上的大宗稿酬而进入万元户的行列了。现在，何与高给我在算另一笔账，如若用版税计酬，我将可以多得三四千元。《白》按计划经济的征订数目近一万五千册，这在一九九三年的新华书店发行征订中已是令人鼓舞的大数了。按百分之十的版税和近十三元的书价算下来，比原合同的稿酬可以多得三千多元吧。他们已经对比核算过了，考虑到我花六年时间写这一本书，能多得就争取多得一点吧。我尚未用版税方式拿过稿酬，问了半天才算明白了其中的好处，自然是乐意的。然而更令我感动的是他们替我所做的谋算，以至于如此细心。作为一本书的作者，面对这样体贴入微的编辑，说什么感谢之类的话都显得多余而俗套。

在《白》行世之后的几年里，有一些认真的或不甚认真的批评文字，无论我无论老何、老高或人文社的其他编辑，尚都能持一种平和的心态，这是文坛上再正常不过的事。然而有一种批评却涉及作品的存活，即"历史倾向性"问题，我从听到时就把这种意见看成是误读。在被误读误解的几年里，涉及《白鹿原》的评论和几种评奖，都发生过一些不大不小的麻烦。在这些过程中，老何、老高们坚守着自己对《白鹿原》的观点，当我事后了解某些情况时，真是感慨而又感佩，甚至因为《白鹿原》给他们添麻烦而负疚，反倒劝慰他们。他们均表示，此种事已经不属和我的友谊或照顾关系的庸俗做法，而是涉及关于文学本身的重大话题。

大约是一九九七年酷暑时月，某天晚上老何打来电话，告诉我一个消息，说陈涌对某位理论家坦言，《白鹿原》不存在"历史倾向性"问题，这个看法已经在文学圈子里流传开来。我听了有一种清风透胸的爽适之感，关于"历史倾向性"问题的释疑解误，最终还是有陈涌这样德高望重的文学理论家坦率直言。老何便由此预测，茅盾文学奖的评奖可能因此而有了希望可寄。约在此前半年，我和他在京见面时，老何还在为我做宽慰性的工作。说茅盾文学奖评奖的可能性不大，对《白鹿原》而言评不评此奖意义不大，有读者和文学界的认可就足够了。我也基本是这样的心态，评奖是一码事，而"历史倾向性"问题是另一码事。我和他在评奖这件事上仍然保持着一种平常心理。现在，陈涌的话对《白鹿原》评茅盾文学奖可能出现的转机仅是一种猜估，对我来说解除"历史倾向性"问题的疑虑和误读才是最切实际的。我也忍不住激动起来，评奖与否且不管，有陈涌这句话就行了。有人说过程不必计较，关键是看结果。在《白鹿原》终于评上茅盾文学奖这个结果出来以后，我恰恰感动的是那个过程。尤其在误读持续的几年时间里，人民文学出版社的老何、老高、小洪等一群坚守着文学意义的编辑，才构成了那个使我难以磨灭的动人的过程。至此，这个高门楼在我的感觉里融入了亲切温暖的感觉。

高门楼的人民文学出版社，凭着一帮如老何、老高、小洪这样的文学圣徒撑着，才撑起一个国家的文学出版大业的门面，看似对一个如我的作者的一部长篇小说的过程，透见的却是一种文学圣徒的精神。作为一个自以为文学神圣的作者，我结识老何、老高、小洪们，是自以为荣幸也以为骄傲的。

一九八○年夏天的一顿午餐

一

一顿午餐，留下两个人半生的记忆。

这两个人，一个是作家刘恒，一个是我。

十一月中旬在北京召开的中国作家协会第七次全国代表大会期间，在堪称豪华的北京饭店的过厅里，我和刘恒相遇了。几年不见，他胖了，头发却稀疏了。心想着按他的年纪，头发不该这么稀，眼见的却稀了。对视的一瞬，都伸出手来握到一起。没有热烈的问候，也没有搂肩捶胸的亲昵举动，他似乎和我一样不善此举。刚握住手，他便说起那顿午餐，在我家乡的灞桥古镇上吃的那一碗牛羊肉泡馍。正说间，围过来几位作家朋友，刘恒着意强调是站在街道上吃的。我说是的，一间门面的小饭馆容纳不下汹涌而来的食客，就站在饭馆门外的街道上吃饭，站着还是蹲着我记不清了……

这是一九八〇年夏天的事。

这年的春节刚刚过罢，我所供职的西安郊区随区划变更为雁塔、未央和灞桥三个区。我的具体单位郊区文化馆也分为三个。我选择了离家较近的灞桥区文化馆，为着关照依赖生产队生活的老婆孩子比较方便，还有自留地须得我播种和收割。刚刚设立的灞桥区缺少办公房舍，把文化馆暂且安排到距离区政府机关近十里远的灞桥古镇上。这儿有一家电影院，用木材和红瓦建构的放映大棚，据说是一九五八年"大跃进"年代兴建的文化娱乐设施，地上铺的青砖已经被川流不息的脚步踩得坑坑洼洼了，既可见久远的历程，更可见当地乡民观赏电影的盛况。放映棚后边，有一排又低又矮的土坯垒墙的平房，是电影放映人员工作和住宿兼用的房子，现在腾出一半来，给我等文化馆干部入住，同时也就挂出一块灞桥区文化馆的白底黑字的招牌。我得到一间小屋，一张办公桌、两把椅子和一块床板，都是公家配备的公物。一只做饭烧水的小火炉是自购的私家财物，烧煤是按统购物资每月的定量，到三里外的柳巷煤店去购买。我那时已官晋一级，兼着区文化局副局长，舍弃了区政府给文化局分配的稍好的办公室，选择了和文化馆干部搅和在一起。我喜欢古人折柳送别的这个千古老镇，一缕温情来自桥南头的高中母校，三年读书留下的美好记忆全都浮泛出来了；另一缕情思或者说情调，来自职业爱好，多年来舞文弄墨尽管还没弄出多大的响声，尽管生活习性生活方式和当地农民差不了多少。而文人的那些酸不酸甜不甜的情调却顽固地潜在着，诸如早春到刚刚解冻的灞河长堤上漫步，看杨柳枝条上日渐萌生的黄色嫩芽，夏日傍晚把脚伸进水里看长河落日的灿烂归于模糊，深秋时节灞河滩里眼看着变得枯黄的杂草野花，每逢集日拥挤着推车挑担拉牛牵羊的男女乡民，大自然在这个古镇千百年来周而复始地演绎着绿了枯了暖了又冷了的景致。刚跨入二十世纪八十年代的古镇周边的乡民在这里聚集，呈现出从极左律令下刚刚获得喘息的农民脸上的轻松和脚下的急迫，我常常在牛马市场、木材市场和小吃摊前沉迷……我觉得傍着灞河依着一堤柳绿的古镇灞桥，更切合我的生活习性和生存心理。

刘恒突然来了。是我在这个古镇落脚扎铺大约半年。一九八〇年正值酷暑三伏最难熬的季节，一个高过我半头的小伙子走进电影院后院的平房，找我，自我介绍是《北京文学》的编辑。我在让座和递茶的时候，心里已不单是感动，更有沉沉的负疚了。古镇灞桥通西安的十三路公交汽车，那时候是一小时一趟，我每逢到西安赶会或办事，在车上前胸后背都被挤拥得长吸粗吁；汽车在坑坑洼洼的沙石路上左避右躲，常常抵不上小伙子骑自行车的速度。这是唯一的公共交通设施，别无选择，出租车的名称还没有进入中国人的生活。刘恒肯定是冒着燥热乘坐西安到城郊的这班公共汽车来的，而且是从北京来的。我的那间宿办合用的屋子，配备两把椅子，超过两个来客我便坐在床沿上，把椅子让给客人，沙发在那时也是一个奢侈的名词。刘恒便坐在另一把椅子上，喝我递给他的粗茶。他说他来约稿。他似乎说他刚进《北京文学》做编辑不久。他说是老傅让他来找我的。说到老傅，我顿然觉得和近在咫尺的这位小伙子拉得更近了，距离和陌生顿然大部分化释了。

二

老傅是傅用霖，年龄和我不相上下，还不上四十，大家都习惯称老傅而很少直呼其名，多是一种敬重和信赖，他的谦和诚恳对熟人和生人都发生着这样潜在的心理影响。我和他相识在一九七六年那个在中国历史上不会淡漠的春天。已经复刊出版的《人民文学》杂志约了八名业余作者给刊物写稿，我和老傅就有缘相识了。他不住编辑部安排的旅馆，我和他也就只见过两回面，分手后也没有书信来往。一九七八年秋天我从公社（乡镇）调到西安郊区文化馆，专注于阅读，既在提升扩展艺术视野，更在反省和涮涤极左的思想和极左的艺术概念，有整整三个月的时间，完全是自我把握的行为。到一九七九年春天，我感到一种表述的欲望强烈起来，便开始写小说，自然是短篇。正在这时候，我收到老傅的约稿信。这是一封在我的创作历程中不会泯灭的约稿信，在于它是第一封。

此前在西安的一次文学聚会上，《陕西日报》长我一辈的老编辑吕震岳当面约稿，我给了他一篇《信任》。这篇六千字①的小说随之被《人民文学》转载（那时没有选刊，该杂志辟有转载专栏），到一九八〇年初被评为第二届全国优秀短篇小说奖。老吕是口头约稿。我正儿八经接到本省和外埠的第一封约稿信件，是老傅写给我的，是在中国文学刚刚复兴的新时期的背景下，也是在我刚刚拧开钢笔铺开稿纸的时候。我得到鼓舞，也获得自信，不是我投稿待审，而是有人向我约稿了，而且是《北京文学》杂志的编辑。对于从中学就喜欢写作喜欢投稿的我来说，这封约稿信是一个标志性的转折。我便给老傅寄去了短篇小说《徐家园三老汉》，很快便刊登了。这是新时期开始我写作并发表的第三个短篇小说。直到刘恒受他之嘱到灞桥来的时候，我和他再没见过面，却是一种老朋友的感觉了，通信甚至深过交手。

三

我和刘恒说了什么话，刘恒对我说了什么话，确已无从记忆。印象里是他话不多，也不似我后来接触过的北京人的口才天性。到中午饭时，我就领他去吃牛羊肉泡馍。这肯定是作为主人的我提议并得到他响应的。在电影院我的住所的马路对

---

① 七千字，见前文《何谓良师——我的责任编辑吕震岳》（第八十二页）。此处可能为作者笔误。——编者注

面，有镇上的供销社开办的一家国营食堂，有几样炒菜，我尝过，委实不敢恭维。再就是八分钱的素面条和一毛五的肉面条。我想有特点的地方风味饭食，在西安当数羊肉泡馍了。经济政策刚刚松动，我在镇上发现了头一副卖豆腐脑的挑担，也过了久违的豆腐脑口瘾；紧跟着就是这家牛羊肉泡馍馆开张，弥补或者说填充了古镇饮食许久许久的空缺。这家只一间门面的泡馍馆开张的炮声刚落，在古镇以及周围乡村引起的议论旷日持久，波及一切阶层所有职业的男女，肯定与疑惑的争论互不妥协。这是一九八○年特有的社会性话题，牵涉到两种制度和两条道路的议争。无论这种议争怎样持续，牛羊肉泡馍馆的生意却火爆异常，从早晨开门并拨旺昨夜封闭的火炉，直到天黑良久，食客不仅盈门，而且是排队编号。呼喊着号码让客人领饭的粗音大响，从早到晚响个不停。尤其是午饭时间，一间门面四五张桌子根本无法容纳接踵而来的食客，门外的人行道和上一阶土台的马路边上，站着或蹲着的人，都抱着一只大号粗瓷白碗，吃着同一个师傅从同一只铁瓢里用羊肉汤烩煮出来的掰碎了的馍块。

我领着刘恒走出文化馆所在的电影院的敞门，向西一拐就走到熙熙攘攘吃着喊着的一堆人跟前。我早已看惯也习惯了这壮观的又是奇特的聚吃景象，刘恒肯定是头一回驾临并亲眼看见，似不可想象也无所适从吧。我早已多回在这里站着吃或蹲着吃过，便按着看似杂乱无序里的程序做起，先交钱，再拿七成熟的烧饼，并领取一个标明顺序数码的牌号，自然要申明"普通"或"优质"，有几毛钱的差价，有两块肉的质量差别。我招待远道而来的贵宾刘恒，自然是肉多汤肥的"优质"。那时候中国人还没有肥胖的恐惧，还没有减肥尿糖抽脂刮油等富贵症，还过着拿着肉票想挑肥膘肉还得托熟人走后门的光景。我便和刘恒蹲在街道边的人行道上，开始掰馍。我告诉他操作要领，馍块尽量小点，汤汁才能浸得透，味道才好。对于外来的朋友，我都会告知这些基本的掰馍要领，然而这须得耐心，尤其是初操此法者，手指别扭，捏也罢掰也罢往往很不熟练。刘恒大约耐着性子掰完了馍，由我交给掌勺的师傅。

我和刘恒就站在街道边上等待。我估计他此前没经过这种吃饭的阵势，此后大概也难得再温习一回，因为这景象后来在古镇灞桥也很快消失了。不是吃午餐的人减少了，而是如雨后春笋般接连开张的私营饭馆分解了食客，单是泡馍馆就有四五家可供食客比对和选择；反倒是那些刚刚扔下镰刀戴上小白帽的乡村少男少女，站在饭馆门口用七成秦腔三成京腔招徕笼络过往的食客。

四

几年之后，我有幸得到专业作家的资格，可以自主支配时间，也可以不再坐班上班，自我把握和斟酌一番，便决定撤出古镇灞桥，回归到灞河上游白鹿原下祖居的老屋，吃老婆擀的面条喝她熬烧的苞谷糁子，想吃一碗羊肉泡馍须得等到进城开会办事的机会。

住在乡下，应酬事少了，阅读的时间自然多了，在赠寄的一本杂志上，我发现了刘恒，有一种特别兴奋的感觉。随之又读到了《狗日的粮食》，我有一种抑压不住的心理冲动，一个成熟的禀赋独立的作家跃到中国文坛前沿了。每与本地文学朋友聊起文学动态，便说到《狗日的粮食》，也怀一份庆幸和得意，说到灞桥街头站着或蹲着招待刘恒的那一碗泡馍，朋友听了不无惊诧和朗笑，玩笑说，你把一个大作家委屈了。我也隐隐感到，便盼着有一天能在西安最知名的百年名店"老孙家泡馍馆"招待一回，挽回小镇站吃的遗憾。这时候不仅公家有了列项的招待款，我个人的稿酬收入也水涨船高了，况且"老孙家"也得了刘华清题写的"天下第一碗"的真笔墨宝，店堂已是冬暖夏凉和细瓷雕花碗的现代化装备了，我在这儿招待过组团的兄弟省作家和单个来陕的作家朋友，却遗憾着刘恒。刘恒似乎不大走动，似乎除了一部一部不同凡响的作品之外，再没有其他逸事或作品之外的响动。我能获得的信息，都是他的作品所引发的话题。这样，刘恒在中国文坛的姿态，便在我心里形成了，让我无形中形成了敬重，不受年龄的限制。敬重不在年龄。

从一九八〇年夏天初识于我的灞桥，街道边的一顿午餐，成为我们二十多年深刻的记忆。这期间，我和刘恒大约有两三次相遇，每当见面握手，便说到街头的那顿午餐，一碗牛肉或羊肉泡馍。以我推想，随着经济快速发展，也随着作家腰包的不断填充，大餐、小餐、中餐、西餐乃至豪华宴会，他和我都经历过了。在他，起码我没听见对某一顿大餐的感受；在我，即使吃过什么稀罕饭菜，稀罕过后也就不稀罕了。灞桥街头的这一顿牛羊肉泡馍，之所以让两个人经久不忘，我想在于这情景发生的年代——一九八〇年夏天，中国新的发展契机初露端倪时的一个标志性的年份，第一家私营饭馆在古镇灞桥张扬出来时的特有景观；另一因由于这碗牛羊肉泡馍，标记着那个年月的我的消费水平，自参加工作十八年第一次涨薪，拿到四十五元月薪了，发表了十多篇小说，累计有一千多元的外快稿酬了，可以请本地和外埠的朋友吃一餐泡馍了；还有一点在于，蹲或站在街道上吃泡馍的这两个人，后来都成了有点名气的作家，一个在北京，一个还在关中。这似乎才是造成记忆不泯的关键——作家微妙的生活感受；此前此后我陪过老朋友新相识包括乡村亲邻等都吃过，过后统忘记了；唯有作家不会忘记，我记着，刘恒也记着。

这回在北京饭店和刘恒握手，他开口便说起这顿牛羊肉泡馍午餐。笑罢，我突然想到，这顿街边的午餐已成为一种情结，也成为一种警示，在我千万别弄出摆显"贵族"的嗲来，当下这种发"贵族"的嗲气小成气候。那样一来，刘恒可能再不说一九八〇年夏天古镇灞桥的午餐，也不屑于和我握手了。

陪一个人上原

　　电话里响着一个陌生的声音，开门见山："我是北京人艺的林兆华。"我在意料不及的瞬间本能地"噢"了一声，随口回应："你是大导演呀我知道。"接着再没有寒暄和客套，他就说起要把《白鹿原》改编成话剧的设想。我只是确定了小说《白鹿原》被大导演林兆华相中改为话剧的事，自然是一种新鲜而又欣然的愉悦，都不太用心听他说有关改编的纯粹的具体事务了；倒是欣赏起他说话的声音，温厚绵软而又简洁，没有盛气，更没有夸夸，自始至终没有一句新名词。我之所以敏感他的说话方式，似乎是某种先入为主的印象，我虽然是几年也难得看到一场话剧演出的与戏剧隔得老远的门外汉，却早已闻知林兆华的大名，尤其知晓他是一位艺术观念颇为新潮的导演。我依积久的经验自然地作为参照和推想，不料却令我诧异，竟不见一句新潮词，而且声音如此温厚如此平实，可以信赖的踏实感就在短短的第一次通话里形成了。

随后就有了第一次见面。那是几年前的早春时节，我把几件事挪攒到一起赶到北京。西安已经是柳絮绽黄迎春花开的气象，北京还裹在丝毫不见松懈的寒冷里。我找到北京人艺门口，看见一个小小的"北京人民艺术剧院"的牌子，注目许久，顿生慨叹，真正的名牌依然保持着原有的标徽，当是一种自信。我第一眼瞅见林兆华导演同时握住手的时候，电话里的印象迅即延伸为一个更令人意料不及的具象，一个号称中国话剧第一导的又以现代派闻名的人，不见披肩长发，没有垂胸的胡须或别致的短髭，却是灰塌塌的不经任何修饰的本色寸发，还有不显线条也不见棱角的对襟纽扣的布褂。我在那一刻暗自发笑，文艺界的朋友调侃我的脸是关中老汉的典型代表，我也在记者关于电影《白鹿原》采访的提问里自我调侃，我最适宜演老年的长工鹿三。我突然发现握着手的林兆华，如果走进关中乡村的任何一个村子，那里的农民会以为是一位老亲友来了。他的对襟布褂和看不见裤缝的裤子，更触发得我一时眼热，我自小一直穿这种家母织布家母染色家母缝制的褂子和裤子，穿到高中毕业都换不出一件新式样，照毕业相片时借同学的一件制服上装改换了一回装束。我虽向来不打领带极少着西装，却也再没有穿这种老式对襟衫褂的兴趣，包括花样翻新的"唐装"。我在握着这位新结识的大导演的手时，又生出一层慨叹，一个以探索现代新潮话剧导演风格闻名的人，却用过时的中国乡村最传统的民间服饰打扮包装自己，割裂了矛盾了，还是某种天然的融汇和统一？抑或纯粹属于生活习性？然而确凿无疑的一点，以服装的式样和须发的长短来判断一个艺术家精神气象的明暗，看来难免会出意外的。

我已经记不清他来过西安几趟了。印象深的有两次。他要上白鹿原上去观察感受那里的天象地脉气韵，我完全能理解。我做向导，从灞桥区辖的原的西坡上去，直到蓝田县辖的原的东头下了北坡，沿着灞河川道途经我的隔河相望的家门再回到西安城里。我按他的意趣指向，进一个村子又找到另一个村子，寻找二十世纪五十年代以前的民居住宅，还有家族的祠堂，还有类似小说主人公白嘉轩经济实力的宅基房屋的规模和样式。令他也令我遗憾的是，二十世纪五十到六十年代成片成堆的土坯墙小灰瓦的大房和厦屋已经很少了，几乎是一色的装饰着瓷片的水泥平房或二层小楼房。祠堂连一座也没有找到，所答几乎众口一词，早都拆了。林兆华仍不死心，我更是觉得过意不去。无论如何，我还是为这个原上的乡亲庆幸，他们终于有了一砖到顶脊瓦或楼板覆盖的结实而又美观的新房子，基本实现了独门独户，几乎见不到三家五家乃至八家拥挤一院的穷酸相了。无论种田植果树抑或出苦力打工，尽管比不上城里人生活水平提升幅度大，总是比改革开放前几十年好得远了。至于旧房老屋之无存，让林导难以感受贫穷乡村的氛围，自是不成遗憾的遗憾。我们终于找到一家古旧的房屋，可以看出曾经是颇有点经济实力也就比较讲究的建筑，迎面的门板是宽幅的木扇，门板上有简单的格子雕刻。经打问得知，建造这房子的业主，是一位手艺超群的刻字匠，曾给民国时代的几多要员刻过墓碑铭记，收入自然优于乡民，房子就讲究了。林兆华当即就拍板："这个门和窗子我要了。"房主人说了这个旧房马上就要拆掉，林导嘱咐把门窗妥为保管。进得屋里，有木板镶成的木楼，早已被烟熏成黑色。一架宽板木梯搭在后墙边，两根梯柱原为一根粗大的木头，用锯居中锯为两半，镶着一块一块尺余宽的踏板，比那些木条梯子豪华气派多了。我家曾经有一架木板梯子，与这架梯子似乎出于同一个木匠之手。林兆华又是一句："这梯子我也要了，给我保护好。"出门到了乡村街道里，他便告诉我这些东西将作何用场，在于展示旧时乡村的一种逼真的景象。我却想到，这个人现在脑子里整个转着一部戏，随即都有最敏锐的招儿在触景中冒出来。

不能忘记的是下到原上的一条沟底的兴奋场景。这个沟里原有的居民几乎都住窑洞，整个村庄搬迁到原上的平地里去了，无法搬动的土窑洞留下一片败落和荒凄，倒塌的窑院围墙，杂草野树丛生的院落，一孔孔或大或小的被烟熏黑的窑洞。林兆华一看见就惊叫起来："这就是小娥和黑娃住的窑洞呀！"他一个接一个察看卸掉门窗的空洞的窑，始终兴奋不已。我便提示他，这就是关中一些坡崖沟坎地区的窑洞，比较高，比较宽大，更显得深。我作为比较的对象是陕北的窑洞，一般比较低矮、比较窄小也比较浅，却比较精致。我开玩笑说，千万不要把小娥和黑娃的窑洞，在布景上搞成毛泽东在陕北住过的那种窑洞的样式。

去年夏天，正是西安酷热难熬的伏季，林兆华领着剧组二十多号男女演员来到西安。我把他们安排在原坡下河边的半坡饭店，图得演员上原到乡村体验生活方便。灞桥区文化局给予精细周到安排。观众喜爱的濮存昕等演员上到原上，几乎每个人在到达原上时都发出同一声感叹，噢！这就是原。原是西北特有的一种地理地貌，不过就是一个小平原而已。阅读小说所发生的对"原"的神秘和不可理解，瞬间就成为一种真实的感觉和体验，与我初见南方的小桥流水和水上人家的感觉相类比。这些北京来的演员大多在电视电影里出现过，被偏远的原上的乡民指点出来，受到最诚朴的欢迎。他们走村串户，看当地的男人走路的姿势、说话的口吻和身体动作语言，看女人如何烧火做饭、管教儿女，看得津津有味。我陪他们看了两家颇气派的老宅旧院，一家仍有人住，一家已荒废，都是青砖包墙方砖铺地的四合大院，尽管陈旧破败，依然可见当年的品格。这两家的主人都是乡村中医，我自小就听说过他们的名字，川原上下不幸生病的人都上门求救。他们的子孙大多已在西安或外省安家立业，留在乡村的人也已另择新居地。林兆华在这两个院子里踏勘。我猜想，他大约在琢磨让白嘉轩还是鹿子霖主掌这样的庭院。濮存昕也始终笑眯眯地，看那过道里生动的砖雕，是否还是他——白嘉轩当年刻意的镶嵌？他将如何进入这个庭院并演绎他的人生？

相聚过来的男女乡民，在街道上或立或蹲。濮存昕也学

着村民站一会儿又蹲一会儿，东拉西扯着闲话。我陪着林导和
濮存昕，在树荫下在房檐下和南枝村的老少闲聊。这个村分白
姓和魏姓两大宗族，有人悄悄向我探问，你书里写的白家是不
是俺村的白姓，鹿家是不是俺村的魏姓。我说不是。他反而不
信，又问，为啥你写的白家和鹿家的事跟俺村××和××的事
情那么相像。我说我是瞎编的，偶合了。我随后和林导、濮存
昕到一户农家吃午饭，煎饼卷黄瓜丝和洋芋丝，是地道的农家
灶锅烹饪的食品，林、濮都吃得很新鲜，似乎还说这样可口的
饭菜拿到北京去卖，生意会很火。

　　林导提出要看纯粹的民间演出的秦腔。不费多少力气就
召唤来一批男女唱家。这些人农忙时务庄稼，农闲时组合在一
起，到乡间的庙会集市去演唱，也为新婚庆典和丧事葬礼演
唱，有报酬，却不高。其中一些男女唱家已唱出影响，在方圆
几十里乡村甚为闻名。我担心这些业余唱家达不到林导的要
求，还联系来西安几位年轻的专业演员。演唱一毕，林导就拍
板了，就是这个就是那个还有某某……全是业余唱家。我大略
领会他的意图，在话剧几个主要情节转折处，插唱一段或三五
句秦腔唱段，要乡野里这种原生形态的唱法和腔调，太完美的
专业演员的唱腔不适宜话剧的乡土气氛。同时请来了华阴县的
"老腔"演唱班子，也是纯一色的农民，他们保存着流传在华
山脚下的一种几乎失传的古老唱腔，乐器也区别于秦腔，更为
苍凉悲壮。我看着林导目不转睛的神情，想到他已经入迷了。
果然他兴奋地拍了板。这个老腔早已在张艺谋的电影里作为衬

底的旋律，正恰切不过地流动着关中这块土地沉重苍凉浑厚的底蕴。林兆华敏锐地感知到了，这从他的专注沉迷的神色里显示出来。

我后来到北京人艺，参加了《白》剧的新闻发布会。我看到了林兆华的自信。他的自信溢于言语和神色。这应该是我参加这次活动的最富实际意义的收获。还有宋丹丹的发言，她说林导告知她出演田小娥一角的第二天，就去健身房减肥健身了。她婉谢了电视剧邀约。我也深受感动，艺术创造意义和价值，不是经济实惠所可完全改变一切艺术家的。

我在把话剧改编应诺给林兆华导演的时候，基于纯粹的我对写作的一种理解，我写小说的一个基本目的，就是要争取与最广泛的读者完成交流和呼应。我从短篇写到中篇再写到长篇，这个交流和呼应的层面逐渐扩大，尤其到《白》书的出版和发表，读者的热情和热烈的呼应，远远超出了我写作完成之时的期待。我以为这是对我的最好回报，最高奖励。即，在于作家通过作品所表述的关于历史或现实的体验和思索，得到读者的认可，才可能引发那种呼应，这就奠定了一部作品存活的价值，也就肯定了作家的思考和劳动的意义。话剧将是完成《白》书与观众交流的另一种形式。小说阅读是一种交流形式，话剧舞台的立体式的活生生的表演是迥然不同的交流形式，有文字阅读无法替代的鲜活性，以及直接的情感冲击。这与我创作的初衷完全一致，我自己甚至也觉得新奇而又新鲜：看到活跃于舞台上的白嘉轩们当是怎样一种感觉？濮存昕创造的白嘉轩和宋丹丹创造的田小娥当会和观众完成怎样的交流和呼应？

我几乎没有提出任何条件性的要求。我唯一关注的是能体现我创作小说的基本精神就行了。我知道话剧很难在有限的时间里演绎所有情节，取舍是很难的事。我相信林导和编剧，让他们做艺术处理吧。我在初见林兆华的交谈里，领受到他对《白》书的深层理解，已经产生最踏实的信赖，连"体现原作精神"的话都省略不说了。

我记下与林兆华导演几次接触中的印象，在于体察和理解一位艺术大家，如何完成他艺术世界里的一次新的创造理想。

我在写完《白》书最后一行句子时就宣布过，我已经下了那个原了。林兆华导演却上了原。我期待看到他创造的白鹿原上的新景观。

第三章

路已远，酒尚温

第一次投稿

背着一周的粗粮馍馍，我从乡下跑到几十里远的城里去念书，一日三餐，都是开水泡馍，不见油星儿，顶奢侈的时候是买一点杂拌咸菜；穿衣自然更无从讲究了，从夏到冬，单棉衣裤以及鞋袜，全部出自母亲的双手，唯有冬来防寒的一顶单帽，是出自现代化纺织机械的棉布制品。在乡村读小学的时候，似乎于此并没有什么不大良好的感觉；现在面对穿着艳丽、别致的城市学生，我无法不"顾影自卑"。说实话，由此引起的心理压抑，甚至比难以下咽的粗粮以及单薄的棉衣遮御不住的寒冷更使我难以忍受。

在这种处处使人感到困窘的生活里，我却喜欢文学了；而喜欢文学，在一般同学的眼里，往往被看作极浪漫的人的极富浪漫色彩的事。

新来了一位语文老师，姓车，刚刚从师范学院毕业。第一次作文课，他让学生们自拟题目，想写什么就写什么。这是我以前所未遇过的新鲜事。我喜欢文学，却讨厌作文。诸如《我的家庭》《寒假（或暑假）里有意义的一件事》这些题目，从小学作到中学，我是越作越烦了，越作越找不出"有意义的一天"了。新来的车老师让我们想写什么就写什么，我有兴趣了，来劲了，就把过去写在小本上的两首诗翻出来，修改一番，抄到作文本上。我第一次感到了作文的兴趣而不再是活受罪。

我萌生了企盼，企盼尽快发回作文本来，我自以为那两首诗是杰出的，会震一下的。我的作文从来没有受过老师的表彰，更没有被当作范文在全班宣读的机会。我企盼有这样的一次机会，而且正朝我走来了。

车老师抱着厚厚一摞作文本走上讲台，我的心无端地慌跳起来。然而四十五分钟过去，要宣读的范文宣读了，甚至连某个同学作文里一两句生动的句子也被摘引出来表扬了，那些令人发笑的错句病句以及因为一个错别字而致使语句含义全变的笑料也被点出来了，终究没有提及我的那两首诗，我的心里寂寒起来。离下课只剩下几分钟时，作文本发到我的手中。我迫不及待地翻看了车老师用红墨水写下的评语，倒有不少好话，而末尾却悬下一句："以后要自己独立写作。"

我愈想愈觉得不是味，愈觉不是味愈不能忍受。况且，车老师给我的作文没有打分！我觉得受了屈辱。我拒绝了同桌以及其他同学伸手要交换作文的要求。好容易挨到下课，我拿着作文本赶到车老师的房子门口，喊了一声："报告——"

获准进屋后，我看见车老师正在木架上的脸盆里洗手。他偏过头问："什么事？"

我扬起作文本："我想问问，你给我的评语是什么意思？"

车老师扔下毛巾，坐在椅子上，点燃一支烟，说："那意思很明白。"

我把作文本摊开在桌子上，指着评语末尾的那句话："这'要自己独立写作'我不明白，请你解释一下。"

"那意思很明白，就是要自己独立写作。"

"那……这诗不是我写的？是抄别人的？"

"我没有这样说。"

"可你的评语这样子写了！"

他冷峻地瞅着我。冷峻的眼里有自以为是的得意，也有对我的轻蔑的嘲弄，更混含着被冒犯了的愠怒。他喷出一口烟，终于下定决心说："也可以这么看。"

我急了："凭什么说我抄别人的？"

他冷静地说："不需要凭证。"

我气得说不出话……

他悠悠地抽烟："我不要凭证就可以这样说。你不可能写出这样的诗歌……"

于是，我突然想到我的粗布衣裤的丑笨，想到我和那些上不起伙的乡村学生围蹲在开水龙头旁边时的窝囊，就凭这些瞧不起我吗？就凭这些判断我不能写出两首诗来吗？我失控了，一把从作文本上撕下那两首诗，再撕下他用红色墨水写下的评语。在朝他摔出去的一刹那，我看见一双震怒得可怕的眼睛。我的心猛烈一颤，就把那些字纸用双手一揉，塞到衣袋里去了，然后一转身，不辞而别。

我躺在集体宿舍的床板上，属于我的那一块床板是光的，没有褥子也没有床单，唯一不可或缺的是头下枕着的这一卷被子，晚上，我是铺一半再盖一半。我已经做好了接受开除的思想准备。这样受罪的念书生活还要再加上屈辱，我已不再留恋。

晚自习开始了，我摊开了书本和作业本，却做不出一道习题来，捏着笔，盯着桌面，我不知做这些习题还有什么用。由于这件事，期末我的操行等级降到了"乙"。

打这以后，车老师的语文课上，我对于他的提问从不举手，他也不点我的名要我回答问题，校园里或校外碰见时，我就远远地避开。

又一次作文课，又一次自选作文。我写下一篇小说，名曰《桃园风波》，竟有三四千字，这是我平生写下的第一篇小说，取材于我们村子里果园入社时发生的一些事。随之又是作文评讲，车老师仍然没有提到我的作文，于好丁劣都不曾提及，我心里的底火又死灰复燃。作文本发下来，揭到末尾的评语栏，连篇的好话竟然写下两页作文纸，最后的得分栏里，有一个神采飞扬的"5"字，在"5"字的右上方，又加了一个"+"号，这就是说，比满分还要满了！

既然有如此好的评语和"5+"的高分，为什么评讲时不提我一句呢？他大约意识到小视"乡下人"的难堪了，我猜想，心里也就膨胀了愉悦和报复，这下该有凭证证明前头那场说不清的冤案了吧？

僵局继续着。

入冬后的第一场大雪是夜间降落的，校园里一片白。早操临时取消，改为扫雪，我们班清扫西边的篮球场，雪下竟是干燥的沙土。我正扫着，有人拍我的肩膀，一仰头，是车老师。他笑着。在我看来，他笑得很不自然。他说："跟我到语文教研室去一下。"我心里疑虑重重，又有什么麻烦了？

走出篮球场，车老师的一只胳膊搭到我肩上了，我的心猛地一震，慌得手足无措了。那只胳膊从我的右肩绕过脖颈，就搂住我的左肩。这样一个超级亲昵友好的举动，顿然冰释了我心头的疑虑，却更使我局促不安。

走进教研室的门，里面坐着两位老师，一男一女。车老师说："'二两壶''钱串子'来了。"两位老师看看我，哈哈笑了。我不知所以，脸上发烧。"二两壶"和"钱串子"是最近一次作文里我的又一篇小说的两个人物的绰号。我当时顶崇拜赵树理，他的小说的人物都有外号，极有趣，我总是记不住人物的名字而能记住外号。我也给我的人物用上外号了。

车老师从他的抽屉里取出我的作文本，告诉我，市里要搞中学生作文比赛，每个中学要选送两篇。本校已评选出两篇来，一篇是议论文，初三一位同学写的，另一篇就是我的作文《堤》了。

啊！真是大喜过望，我不知该说什么了。

"我已经把错别字改正了，有些句子也修改了。"车老师说，"你看看，修改得合适不合适？"说着又搂住我的肩头，搂得离他更近了，指着被他修改过的字句一一征询我的意见。我连忙点头，说修改得都很合适。其实，我连一句也没听清楚。

他说："你如果同意我的修改，就把它另外抄写一遍，周六以前交给我。"

我点点头，准备走了。

他又说："我想把这篇作品投给《延河》。你知道吗，《延河》杂志？我看你的字不太硬气，学习也忙，就由我来抄写投寄。"

我那时还不知道投稿，第一次听说了《延河》。多年以后，当我走进《延河》编辑部的大门深宅以及在《延河》上发表作品的时候，我都情不自禁地想到过车老师曾为我抄写投寄的第一篇稿。

这天傍晚，住宿的同学有的活跃在操场上，有的遛大街去了，教室里只有三五个死贪学习的女生。我破例坐在书桌前，摊开了作文本和车老师送给我的一沓稿纸，心里怎么也平静不下来。我感到愧悔，想哭，却又说不清是什么情绪。

第二天的语文课，车老师的课前提问一提出，我就举起了左手，为了我的可憎的狭隘而举起了忏悔的手，向车老师投诚……他一眼就看见了，欣喜地指定我回答。我站起来后，却说不出话来，喉头哽塞了棉花似的。自动举手而又回答不出来，后排的同学哄笑起来。我窘急中又涌出眼泪来……

我上到初三时，转学了，暑假办理转学手续时，车老师探家尚未回校。后来，当我再探问车老师的所在时，只说早调回甘肃了。当我第一次在报刊上发表处女作的时候，我想到了车老师，应该寄一份报纸去，去慰藉被我冒犯过的那颗美好的心！当我的第一本小说集出版时，我在开着给朋友们赠书的名单时又想到车老师，终不得音讯，这债就依然拖欠着。

经过多少年的动乱，我的车老师不知尚在人间否，我却忘不了那淳厚的陇东口音……

晶莹的泪珠

　　我手里捏着一张休学申请书朝教务处走着。

　　我要求休学一年。我写了一张要求休学的申请书。我在把书面申请交给班主任的同时，又口头申述了休学的因由，发觉口头申述因为穷而休学的理由比书面申述更加难堪。好在班主任对我口头和书面申述的同一因由表示理解，没有经历太多的询问便在申请书下边空白的地方签写了"同意该生休学一年"的意见，自然也签上了他的名字和时间。他随之让我等一等，就拿着我写的申请书出门去了，回来时那申请书上就增加了校长的一行签字，比班主任的字签得少自然也更简洁，只有"同意"二字，连姓名也简洁到只有一个姓，名字略去了。班主任对我说："你现在到教务处去办手续，开一张休学证书。"

　　我敲响了教务处的门板。获准以后便推开了门，一位年轻的女先生正伏在米黄色的办公桌上，手里捏着长杆蘸水笔在一厚本表册上填写着什么，并不抬头。我知道开学报名时教务处最忙，忙就忙在许多要填写的各式表格上。我走到她的办公桌前鞠了一躬："老师，给我开一张休学证书。"然后就把那张签着班主任和校长姓名和他们意见的申请递放到桌子上。

她抬起头来，诧异地瞅了我一眼，拎起我的申请书来看着，长杆蘸水笔还夹在指缝之间。她很快看完了，又专注地把目光留滞在纸页下端班主任签写的一行意见和校长更为简洁的意见上面，似乎两个人连姓名在内的十来个字的意见批示，看去比我大半页的申请书还要费时更多。她终于抬起头来问：

"就是你写的这些理由吗？"

"就是的。"

"不休学不行吗？"

"不行。"

"亲戚全都帮不上忙吗？"

"亲戚……也都穷。"

"可是……你休学一年，家里的经济状况也不见得能改变，一年后你怎么能保证复学呢？"

于是我就信心十足地告诉她我父亲的精确安排计划：待到明年我哥哥初中毕业，父亲谋划着让他投考师范学校，师范生的学杂费和伙食费全由国家供给，据说还发三块钱零花钱。那时候我就可以复学接着念初中了。我拿父亲的话给她解释，企图消除她对我能否复学的疑虑："我伯说了，他只能供得住一个中学生，俺兄弟俩同时念中学，他供不住。"

　　我没有做更多的解释。我的爱面子的弱点早在此前已经形成。我不想再向任何人重复叙述我们家庭的困窘。父亲是个纯粹的农民，供着两个同时在中学念书的儿子。哥哥在距家四十多里远的县城中学，我在离家五十多里的西安一所新建的中学就读。在家里，我和哥哥可以合盖一条被子，破点旧点也关系不大。先是哥哥接着是我要离家到县城和省城的寄宿学校去念中学，每人就得有一套被褥行头，学费、杂费、伙食费等种种花销都空前增加了。实际上轮到我考上初中时已不再是考中秀才般的荣耀和喜庆，反而变成了一团浓厚的愁云忧雾笼罩在家室屋院的上空。我的行装已不能像哥哥那样有一套新被子、新褥子和新床单，被简化到只能有一条旧被子卷成小卷背进城市里的学校。我的那一块床板终日裸露着缝隙宽大的木质板面，晚上就把被子铺一半再盖上一半。我也不能像哥哥那样由父亲把一整袋面粉送交给学生灶，而只能是每周六回家来背一袋杂面馍馍到学校去，因为学校灶上的管理制度规定一律交麦子面，我们家总是短缺麦子而苞谷面还算宽裕。这样的生活我并未意识到有什么不好。因为背馍上学的学生远远超过能搭得起灶的学生人数。每到三顿饭时，背馍的学生便在开水灶的一排供水龙头前排起五六列长队，把掰碎的各色馍块装进各自的大号搪瓷缸子里，用开水浸泡后，便三人一堆五人一伙围在乒乓球台的周围进餐。佐菜大都是花钱买的竹篓咸菜或家制的腌辣椒，说笑和争论的声浪甚至压制了那些从灶房领取炒菜和热饭的"贵族阶层"。

这样的念书生活终于难以为继。父亲供给两个中学生的经济支柱，一是卖粮，一是卖树，而我印象最深的还是卖树。父亲自青年时就喜欢栽树，我们家四五块滩地地头的灌渠渠沿上，是纯一色的生长最快的小叶杨树，稠密到不足一步就是一棵，粗的可做檩条，细的能当椽子。父亲卖树早已打破了先大后小、先粗后细的普通法则，一切都是随买家的需要而定，需要檩条就任其选择粗的，需要椽子就让他们砍伐细的。所得的票子全都经由哥哥和我的手交给了学校，或是换来书籍课本和作业本，以及哥哥的菜票、我的开水费。树卖掉后，父亲便迫不及待地刨挖树根，指头粗细的毛根也不轻易舍弃，把树根劈成小块晒干，然后装到两只大竹条笼里挑起来去赶集，卖给集镇上那些饭馆、药铺或供销社单位。一百斤劈柴的最高时价为一元五角，得来的块把钱也都经由上述的相同渠道花掉了。直到滩地上的小叶杨树在短短的三四年间全部砍伐一空，地下的树根也掏挖干净，渠岸上留下一排新插的白杨枝条或手腕粗细的小树……

我上完初一第一学期，寒假回到家中便预感到要发生重要变故了。新年佳节弥漫在整个村巷里的喜庆气氛与我父亲眉宇间的那种根深蒂固的忧虑形成强烈的反差。直到大年初一刚刚过去的当天晚上，父亲便说出来谋划已久的决策："你得休一年学，一年。"他强调了一年这个时限。我没有感到太大的惊讶。在整个一个学期里，我渴盼星期六回家又惧怕星期六回家。那年我刚刚十三岁，从未出过远门，而一旦出门便是五十多里远的陌生的城市，只有星期六才能回家一趟去背馍，且不要说一周里一天三顿开水泡馍所造成的对一碗面条的迫切渴望了。然而每个周六在吃罢一碗香喷喷的面条后便进入感情危机，我必须说出明天返校时要拿的钱数，一元班会费或五毛集体买理发工具的款项。我知道一根丈五长的椽子只能卖到一块五毛钱，一丈长的椽子只有八角到一块的浮动区。我往往在提出要钱数目之前就折合出来这回要扛走父亲一根或两根椽子，或者是多少斤树根劈柴。我必须在周六晚上提前提出钱数，以便父亲可以从容地去借款。每当这时我就看见父亲顿时阴沉下来的脸色和眼神，同时，夹杂着短促的叹息，我便低了头或扭开脸不看父亲的脸。母亲的脸色同样忧愁，我似乎可以看；而父亲的眼睑一旦成了那种样子，我就不忍对看或者不敢对看。父亲生就的是一脸的豪壮气色，高眉骨、大眼睛、通直的高鼻梁和鼻翼两边很有力度的两道弯沟，忧愁蒙结在这样一张脸上似乎就不堪一睹……我曾经不止一次地产生过这样的念头，为什么一定要念中学呢？村子里不是有许多同龄伙伴没有考取初中仍然高高兴兴地给牛割草给灶里拾柴吗？我为什么要给父亲那张脸上周期性地制造忧愁呢……父亲接着就讲述了他的让哥哥一年后投考师范的谋略，然后可以供我复学念初中了。他怕影响一家人过年的兴头儿，所以压在心里直到过了初一才说出来。我说："休学？"父亲安慰我说："休学一年不要紧，你年龄小。"我也不以为休学一年有多严重，因为同班的五十多名男女同学中有不少人都结过婚，既有孩子的爸爸，也有做了妈妈的，这在五十年代初并不奇怪，中华人民共和国成立后才获得上学机会的乡村青年不限年龄。我是班里年龄最小、个头最矮的一个，座位排在头一张课桌上。我轻松地说："过一年个子长高了，我就不坐头排头一张桌子咧——上课扭得人脖子疼……"父亲依然无奈地说："钱的来路断咧！树卖完了——"

她放下夹在指缝间的木制长杆蘸水笔，合上一本很厚很长的登记簿，站起来说："你等等，我就来。"我就坐在一张椅子上等待，总是止不住"她出去干什么"的猜想。过了一阵她回来了，情绪有些亢奋也有点激动，一坐到她的椅子上就说："我去找校长了……"我明白了她的去处，似乎验证了我刚才的几种猜想中的一种，心里也怦然动了一下。她没有谈她找校长说了什么，也没有说校长给她说了什么。她现在双手扶在桌沿上低垂着眼，久久不说一句话。她轻轻舒了一口气，扬起头来时我就发现，亢奋的情绪已经隐退，温柔妩媚的气色渐渐回归到眼角和眉宇里来了，似乎有一缕淡淡的无能为力的无奈。

她又轻轻舒了口气，拉开抽屉取出一本公文本在桌子上翻开，从笔筒里抽出那支木杆蘸水笔，在墨水瓶里蘸上墨水后又停下手，问："你家里就再想不下办法了？"我看着那双滋浮着忧郁气色的眼睛，忽然联想到姐姐的眼神。这种眼神足以使任何被痛苦折磨着的心平静下来，足以使任何被痛苦折磨得心力交瘁的灵魂得到抚慰，足以使人沉静地忍受痛苦和劫难而

不至于沉沦。我突然意识到因为我的休学致使她心情不好这个
最简单的推理，而在校长、班主任和她中间，她恰好是最不应
该产生这种心情的。她是教务处的一位年轻职员，平时就是在
教务处做些抄抄写写的事，在黑板上写一些诸如打扫卫生的通
知之类的事，我和她几乎没有说过话，甚至至今也记不住她的
姓名。我便说："老师，没关系。休学一年没啥关系，我年龄
小。"她说："白白耽搁一年多可惜！"随之又换了一种口吻
说，"我知道你的名字也认得你。每个班前三名的学生我都认
识。"我的心情突然灰暗起来而没有再开口。

她终于落笔填写了公文函，取出公章在下方盖了，又在切
割线上盖上一枚合缝印章，"吱吱吱"撕下并不交给我，放在
桌子上，然后把我的休学申请书抹上糨糊后贴在公文存根上。
她做完这一切才重新拿起休学证书交给我说："装好。明年复
学时拿着来找我。"我把那张硬质纸印制的休学证书折叠了两
番装进口袋。她从桌子那边绕过来，又从我的口袋里掏出来塞
进我的书包里，说，"明年这阵你一定要来复学。"

我向她深深地鞠了躬就走出门去。我听到背后"咣当"
一声闭门的声音，同时也听到一声"等等"。她拢了拢齐肩的
整齐的头发朝我走来，和我并排在廊檐下的台阶上走着，两只
手插在外套的口袋里。走过一个又一个窗户，走过一个又一个
教室的前门和后门。校园里和教室里出出进进着男女同学，有
的忙着去注册、去交费，有的已经抱着一摞摞新课本、新作业
本走进教室，还有从校门口刚刚进来的背着被卷、馍袋的迟来

者。我忽然心情很不好，在争取到了休学证后心劲松了吧？我很不愿意看见同班同学的熟悉的脸孔，便低了头匆匆走起来，凭感觉可以知道她也加快了脚步，几乎和我同时走出学校大门。

学校门口又拥来一拨偏远地区的学生，熟悉的同学便连连问我："你来得早！报过名了吧？"我含糊地笑笑就走过去了，想尽快远离正在迎接新学期的、洋溢着欢跃气浪的学校大门。她又喊了一声"等等"。我停住脚步。她走过来拍了拍我的书包："甭把休学证弄丢了。"我点点头。她这时才有一句安慰我的话，"我同意你的打算，休学一年不要紧，你年龄小。"

我抬头看她，猛然看见那双眼睫毛很长的眼眶里溢出泪水来，像雨雾中正在涨溢的湖水，泪珠在眼里打着旋儿，晶莹透亮。我瞬即垂下头避开目光。要是再在她的眼睛里多驻留一秒，我肯定就会号啕大哭。我低着头咬着嘴唇，脚下盲目地拨弄着一颗碎瓦片来抑制情绪，感觉到有一股热辣辣的酸流从鼻腔倒灌进喉咙里去。我后来的整个生命历程中发生过多次这种酸水倒流的事，而倒流的渠道却是从十四岁刚来到的这个生命年轮上第一次疏通的。第一次疏通的倒流的酸水的渠道肯定狭窄，承受不下那么多的酸水，因而还是有一小股从眼睛里冒出来，模糊了双眼，顺手就用袖头揩掉了。我终于扬起头鼓起劲说："老师……我走咧……"

她的手轻轻搭上我的肩头："记住，明年的今天来报到复学。"

我看见两滴晶莹的泪珠从眼睫毛上滑落下来，掉在脸鼻之间的谷地上，缓缓流过一段就在鼻翼两边挂住。我再一次虔诚地深深鞠躬，然后就转过身走掉了。

二十五年后，卖树卖树根（劈柴）供我念书的父亲在癌病弥留之际，对坐在他身边的我说："我有一件事对不住你……"

我惊讶得不知所措。

"我不该让你休那一年学！"

我浑身战栗，久久无言。我像被一吨烈性梯恩梯炸成碎块细末飞向天空，又似乎跌入千年冰窖而冻僵四肢冻僵躯体也冻僵了心脏。在我高中毕业名落孙山回到乡村的无边无际的彷徨苦闷中，我曾经猴急似的怨天尤人："全都倒霉在休那一年学……"我一九六二年毕业恰逢中国经济最困难的年月，高校招生任务大大缩小，我们班里剃了光头，四个班也只考取了一个个位数，而在上一年的毕业生里，我们这所不属重点的学校也有百分之五十的学生考取了大学。我如果不是休学一年，当是一九六一年毕业……父亲说："错过一年……让你错过了二十年……而今你还算熬出点名堂了……"

我感觉到炸飞的碎块细末又归结成了原来的我，冻僵的四肢自如了冻僵的躯休灵便了冻僵的心又嗵嗵嗵跳起来的时候，猛然想起休学出门时那位女老师溢满眼眶又流挂在鼻翼上的晶莹的泪珠。我对已经跨进黄泉路上半步的、依然向我忏悔的父亲讲了那一串的泪珠的经历，我称呼伯的父亲便安然合上了眼睛，喃喃地说："可你……怎么……不早点跟我……说这女先生哩……"

　　我今天终于把几近四十年前的这一段经历写出来的时候，对自己算是一种虔诚祈祷，当各种欲望膨胀成一股强大的浊流冲击所有大门窗户和每一个心扉的当今，我便企望自己如女老师那种泪珠的泪泉不致堵塞更不敢枯竭，那是滋养生命灵魂的泉源，也是滋润民族精神的泉源哦……

与军徽擦肩而过

　　进入高中最后一个学期，我的心境心绪便进入一种慌乱，说惶惶不可终日也不为过。去向的把握不定，未来职业的艰难选择，前途的光明与黑暗，像一涡没有流向的混浊的旋流翻腾搅和在心里，根本无法理出一个清晰的流向。我只觉得自己整个被那个旋流冲撞翻搅得变轻了。

　　把书念到高中即将毕业，十二年的读书生活中经历的无以诉叙的经济艰难，此时都被即将结束这种艰难的兴奋所淡漠。仅仅在春节前的高三第一学期结束时，心境和心绪还是踏实的，还是一种进入最后冲刺的单纯和自信，还没有感觉到这种既无法出手又无法伸脚的惶惶和轻松。仅仅过罢春节，重新坐到自己的桌子前的最后一学期，才发觉一切都乱套了。这是高考前的最后四个月，是万米长跑的最后一百米，容不得任何杂念，只需要单纯，只需要咬紧牙关拼尽最后一丝力气冲过那条终点线闯进大学的校门里去。然而我却乱套了，无法凝神，也难以聚力，陷入一种旋流翻搅的无法判断、无法选择，也无法驾驭自己的艰难之中。造成这种混沌心态的直接因由，竟然全都是与军徽有关的事。

刚刚开学不久，突然传达下来验招飞行员的通知。校长在应届毕业生大会上传达了上级文件，班主任接着就在本班做了动员，然后分小组讨论，均是围绕着国防建设的神圣任务和青年个人的责任为主题的。虽然千篇一律，却是真诚的表白、真实的感动和心甘情愿的迫切。想想吧，神秘的驾驶飞机的飞行员，对于任何一个高中毕业生来说，简直是做梦都不敢想的好事，谁还会迟疑或说不呢？从切实的意义上说，所有动员和讨论都是多余的，因为这样的好事美差是争都争不来的。学校领导的用意却在于进行一次普遍的爱国主义教育。其实学校各级领导都知道，这几乎是一个只开花而不会结果的事。因为从本校历史上看，每届高中毕业生都要验招飞行员，结果依旧是零的纪录，从来没有从本校走出一个驾驶飞机保卫领空的学生。然而，仍然满怀热情和忠诚地层层动员，仍然满怀精忠报国的赤诚参加讨论和表白。参加验招的人选是由学校团委具体操办的。出身"地、富、反、坏、右"家庭的学生是没有任何希望可寄的，亲友关系中有海外关系的学生也是没有指望的，家庭和直系旁系亲属中有被杀、被关、被管制过的成员的学生同样过不了政治审查这一关。这是那个紧绷着阶级斗争一根弦的年

代里，学生们都已习惯接受的条例，况且，驾驶飞机太了不得
了。这样审查下来，一个班能参加身体检查的学生也就是十来
个人，除去女生。更进一步也更严格的政治审查还在后头，要
视身体检查的结果再定。我是这十余个经政审粗筛通过的幸运
者之一，又是被大家普遍看好的几个人中的一个。我那时刚好
二十岁，一年到头几乎不吃一粒药，打篮球可以连续赛完两场
打满八十分钟，一米七六的个头，肥瘦大体均匀，尤其视力仍
然保持在一点五，这在高三年级里是很可骄傲的。尽管知道飞
行员要求严格几乎是千里挑一，尽管知道本校历史上尚未出现
过一个幸运儿的严峻事实，然而仍怀着一份侥幸和期望。也
许，因为挑选太过严格，对所有被挑选者都是一个未知数，于
是所有有资格进行测检的人反而都可以发生侥幸。我的侥幸大
约在第四项检查时就轻易地被粉碎了。

"脱掉衣服。"医生说。

"再脱。"医生坐在椅子上，歪过头瞅我一眼又说。

"脱光。"医生又转过脸再次命令。

我赤条条站在房子中间。尽管医生是位男性，但毕竟是
陌生人，也毕竟是紧绷着阶级斗争之弦，也紧绷着道德之弦的
六十年代。我浑身的不自在，完全处于无助无倚的状态下，总
想弯下腰去，不由自主地并拢紧夹住双腿，真想蹲下去。医生
却不紧不慢地命令说："两腿叉开，站直了，双手平举。"

我就照命令做出站姿。

医生从椅子上站起来，先走到我的背后——我感觉到那双

眼睛在挑剔——在我的左肩胛骨下戳了戳；然后再走到我的前面，不看我的脸，却从脖颈一路看下去。

他仍然不看我又走回桌前，坐下，就在那个体检册上写起来。我慌忙穿好衣服，站到他的面前，等待判词。他不紧不慢地说："你不用再检查了。"

飞行员与普通兵身体检查的不同之处就在这里，某一项不合格就终止检查。我问哪儿出了问题。他说，小腿上有一块疤。这块疤不过指甲盖大，小时候碰破感染之后留下的，几乎与周边皮肤无异。我的天哪，飞行员的金身原来连这么一小块疤痕都是不能容忍的。我不甘就此终结那个存寄的希望，便解释说，这个小疤没有任何后遗症。医生说，到高空气压压迫时，就可能冒血。我吓了一跳，完全信服了医家之言，再不敢多舌，便赶回学校去，把演算本重新摊开。尽管失败了，许多同学也和我一样破灭了飞行员之梦，然而学校却实现了验招飞行员的零的突破，一个和我同龄的学生走进了人民解放军航空兵飞行员的队列。这个幸运儿就出在我们班里，我和他同窗两年半，而且联手进行班际的乒乓球赛。他顿时成为全校师生最瞩目的人物。班主任按上级指令已经指示他停止复习功课，以保护身体尤其是眼睛。他的两颗把上唇撑起的虎牙，现在不仅不成为缺憾，倒是平添了亮闪闪的魅力。

我的飞行员之梦破灭了，却无太大挫伤，原本就是碰碰运气的，侥幸心理罢了，而真正心里揣着较大希望的，却是炮兵。按照历届毕业生的惯例，每年都要给军事院校保送一批学生。保送就是免去考试，直奔。政治审查条例虽然和飞行员一样严格，我却并不担心；学习成绩也不是要求拔尖而只须中上水平，我自酌也是不成问题的；身体条件比普通士兵稍微严格，却远远不及飞行员那么挑剔。比我高一级的学生，保送入军事院校的竟有十余名之多，他们大多数我都认识，有几个还是我的同乡，他们在各个方面的状况我是清楚的，我悄悄地把自己与他们比较。我早在验招飞行员之前就做着这个梦了，许多同学也在做着同一个梦了。有人悄悄问过班主任程老师，说还没有开始这项推荐保送军校的工作，但这是迟早的事。做着同一个梦的同学，很自然地就扎到了一堆，私下里悄悄传递着种种有利和不利的消息。而客观的事实是，上一届军校保送学生的工作在去年这个时候早已开始了，今年为什么迟迟不见动静？上一届保送军校的十多名同学，大都去了一所炮兵学院，据说炮院院长还是我们灞桥人。传说今年仍然是对口保送，炮兵便成为一个切实的梦想，令人日夜揪着心。真应了俗谚所说的夜长梦多的话，终于等来了令我彻底丧气的消息。

程老师走进教室，匆匆的样子，神色也不好。他说校长刚传达完上边一个指示，国家正处于经济困难时期，今年高校招生的比例大减。他说到这里时，脸色顿时变青发黑了。他似乎怕同学们不能充分理解"大减"的严峻性，几乎用喊的声调警示我们说："大减就是减少的比例很大！大到……很大很大的程度（上级不许说那个比例）……今年考大学……可能比考举人……还难。"整个教室里鸦雀无声。我已经不敢再看程老師的脸，也不敢看任何同学的脸，微低了头，眼里什么景物人物都没有了，脑子里一片空白。程老师一只手撑着讲桌，最后又像报丧似的说，"军校保送生的任务也取消了。不单陕西，整个北方省份的军校保送生都取消了。本来我们班有几位同学是完够保送军校条件的。现在……你们得加倍用功学习……"

我不知道程老师什么时候走出教室的，走出教室的脚步和脸色是什么样子的。他走了以后，教室里许久都没有人动一动，或说一句话。最早做出反应拉开坐凳离开课堂走出教室的，是学习最差的几位同学，他们大约原本就没有考取高校的信心，这下反倒彻底放松了。我没有任何再去和其他同学交流的意图。程老师已经一竿子扎到人心的底层了，还有什么不明白的需要讨论吗？没有了。而停断军校保送生的决定，更是对我蓄谋已久的一个希望的破灭。我从教室走向操场，进入乱争乱抢的篮球场子。我在走出教室时，突然想起初中课本上《最后一课》里的韩麦尔先生。程老师向我们宣布招生大减和军校停止保送生的指示的神态，有点类近韩麦尔先生。

后来的结果完全注释了程老师所说的招生比例大减的内容，全校四个毕业班只考取了八名大学生，我们班竟然剃了光头。仅仅比我们早一年的毕业生，录取比例是百分之五十，而高两级的那一届毕业生，大学录取比例达到百分之九十以上。这是一九六二年。这是中华人民共和国短短的历史中史称"三年困难时期"的一九六二年①。这是我对"三年困难时期"最强烈最深刻的记忆，远远超出对于饥饿的印象。许多年后我从捂盖已久而终于公开的资料上看到，因饥饿死亡于"三年困难时期"的人数之众，完全冲淡了我的那点损失，能活下来已属幸运了。

寄托于飞行员和炮兵的幻想彻底破灭了，所有捷径都被堵死，任何选择的机会都没有了，反而没有了选择的游移不定，反而粉碎了也廓清了一切侥幸心理，很快就进入一种别无选择的沉静和单纯。明知那个比例减得"很大很大"，反而激起一种反弹，一种不愿就此完结的垂死挣扎。教室里几乎没有杂音，从早到晚都是安静的，晚自习的灯光彻夜不熄。这个时期大约是我漫长的学生时代最认真最下功夫的一段时日。有一天，教导处通知我和班里几位同学去开会，传达上级指示，对取消保送军校的决定补发新的决定，说保送军校的工作还要继续，但只限于"政治保送"，考试照常参加，考生一视同仁。这项被说得颇为神秘的"政治保送"的文件，在我看来，没有任何实质性的含义，因为考试分数才是关键。只要考分上线，能上军校最好，分配到地方院校也不赖，所以依旧埋头在课桌上做着最后的拼争。

这种近乎垂死的专一心境很快又被扰乱了。本年破例在

---

① "三年困难时期"为一九五九年至一九六一年。此处可能为作者笔误。——编者注

高中毕业生中征召现役军人。此前的征兵对象只是初中以下的青年，高中毕业生只作为飞行员和军校的挑选对象。道理无须解释，招生任务既然大大削减，正好为部队提供了选拔较高文化兵源的机遇，也为高中毕业生增加了一条新的出路。这是一九六二年，"三年困难时期"做出的任何破例的举措，都是能被接受的。

又是校方传达文件，又是团支部、学生会层层动员，又是各班级里的各个学习小组分组讨论，又是人人表态统一认识。连不在征召范围的女生也一样要接受这一整套的动员过程，应召普通士兵的决定，远不及应召飞行员那么众口一词地踊跃。学生中明显地分成两种倾向，那些对高考根本不抱任何侥幸心理的同学，从一听到这个突然发生的意外消息，就表现出一种惊喜，一种不需任何动员说教的坚定，道理也很简单，这是一条提供了新的发展可能的人生之路。班里那些自恃学业优秀的学生陷入了两难之中，既想考入大学，又怕万一落榜，反而连这一条出路也丢掉了。小组讨论中虽然一样表示着"守卫边疆"的决心，眼神和语气中却无法掩饰选择中的两难心态。

我也陷入两难中。我的两难选择不是自恃学业优秀，而是纯属个人的没有普遍意义的小算盘。我在专心做着最后拼命的同时，也做好了落榜之后的准备，仿照柳青深入长安农村深入生活的路子，回到农村自修文学，开始创作。已经基本确定的这"两手准备"被打乱了，我既想参加高考一试，又怕落榜而丢失了当兵的机会；在当兵与回农村自修文学的两项对比中，农村生活条件最不占优势，甚至连饭也吃不大饱。那个时候诱惑农村青年当兵的一个最基本的因素，便是部队上那白花花的米饭和白生生的馒头。我在几经权衡几度反复掂量之后，还是倾向于当兵，在美好的高校和艰苦的农村的三项对照中，只有当兵可能是最把稳的，因为对考取高校的畏怯，因为对农村的艰苦和自修文学的不自信，自然就倾向于当兵一条路了。当兵起码可以填饱肚子，出身农村的孩子自然不会在乎吃苦，又可以穿不用钱买的军装，说不定还可以在部队干上个班长排长什么的。唯一让我心存叽咕的事，就是整晌整天整月的立正和稍息的走步。那种机械那种呆板那种整齐划一的没完没了的训练，我不喜欢，却终究是小事。

我很快倒向那些热心当兵的同学一族了，自然就不能专心致志地演算数理化习题了。有人打听到接兵的军官已经到达当地武装部的消息，我们便迫不及待地追到区政府所在地纺织城，十余里的路不知不觉就到了。那位军官出面接待了这一帮年约二十的高中生，很热情，也很客气，又显示着一种胸有成竹的矜持。我是第一次与一位军官如此近距离地对话，他的个头高挑，英武，一种完全不同于地方干部也不同于老师的站姿和风度，令人有一种陌生的敬畏。同学们七嘴八舌地询问种种在他看来纯属于ABC的问题，他也不烦不躁地做着解答，遇到特别幼稚的问题，他顶多淡淡一笑，作为回答。学生们最关心的问题还是有关身体检验，诸如身高、体重、视力、熊掌脚等最表层也最容易被刷下来的项目。有同学突然提到沙眼，说许多人仅就这一项就丧失了保卫祖国的机会，而北方人十个有九个都有不同程度的沙眼，最后直戳戳地问：究竟怎样的眼睛才算你们满意的眼睛？

军官先做解释，说北方人有沙眼是不奇怪的，关键看严重程度如何，一般有点沙眼并无大碍，到部队治疗一下就好了。究竟什么样的眼睛才是军人满意的眼睛呢？军官把眼光从那位发问的同学脸上移开，在围拢着他的同学之中扫巡，瞰视完前排，又扫巡后排，突然把眼睛盯住我的脸，说：这位同志的眼睛没有问题，有点沙眼也没关系。我在这一瞬脑子里呈现了空白，被军官和几十位同学一齐看着，看着我的眼睛，我不知所措了。大概从来也没有被人如此近距离地注视过，大概从来也没有人称我为"同志"。我至今清楚记得第一次被称为同志，就发生在这一次。在我缓过神来以后，我才有勇气提出了第一个问题：腿上的一块指甲盖大的疤痕能不能过关？军官笑笑说不要紧。

既然眼睛被军官看好，既然那块疤痕也不再成为大碍，我想我就不会再有麻烦了，这个兵就十拿九稳当上了。礼拜六回到家中，我把这个过程全盘告知父亲和母亲。父亲半天不说话，许久之后才说，即使考不上大学，回家来务农嘛！天下农民也是一层人哩！我便开始说服父亲。最基本的一个道理，如果不念高中，回乡当农民心甘情愿，念过高中再回来吆牛犁地就有点心不甘，部队毕竟还有比农村更多的发展机会……这种父子间的对话，与在学校小组讨论会上的表态，是我的人生中发生过的两面派的最初表现形式。公开的表态是守卫边疆的堂皇，而内心真正焦灼的是个人的人生出路。在我的解说下，父亲稍微松了口，说让他再想想，也和亲戚商量一下。我已经不太重视父亲最后的态度了，因为我已经明确告诉他，已经报过名了。

周日返回学校之后的第三天，上课时候发现了异常，几位和我一起报名验兵的同学的位子全部空着，便心生疑猜。好容易挨到下课，同学才告知今天体检。我直奔班主任办公室，门上挂着锁子。再问，才知班主任领着同学到医院体检去了。我不知发生了什么事，为什么单独扔下我？我便直奔十几里外的纺织城一家大医院，告知说我们班的几位同学已经检验完毕，跟着班主任去逛商场了。我再追到商场，果然找到了班主任，他正借此闲暇，领着爱妻转悠。他对我只说一句话，回到学校再说。对于我急促中的种种发问，他不急不躁，却仍然不说底里，只是重复那一句话。我的热汗变成冷汗，双腿发软，口焦舌燥，迷茫不知所向，无论如何也弄不清突然取消了我体检资格的原因，甚至怀疑是否"政审"出了什么麻烦。我不知怎样走回学校的，躺到宿舍就起不了身了，迫在眉睫的高考前紧张的复习功课，于我都无任何刺激了。

班主任让班长通知我谈话。

班主任很坦率也很平静地告诉我，我的父亲昨天找过他。我自然申述我的志愿，不能单听父亲的。班主任反而更诚恳地说，第一次在高中毕业生中征兵，是试验，也是困难时期的非常举措。征兵名额很少，学校的指导思想是让那些有希望考取大学的同学保证高考，把这条出路留给那些高考基本没有多少希望的同学。班主任对我的权衡是尚有一线希望，所以不要去争有限的当兵的名额。最后，班主任有点不屑地笑笑说，人家都争哩，你爸却挡驾，正好。

我便什么话也说不成了。

我又坐到课桌前，重新摊开课本和练习本的时候，似乎真有一种从战场上撤退回来的感觉。我顺理成章地名落孙山了。没有任何再选择的余地，没有人也不需要谁做任何思想工作，回归我的乡村。

我在大学、兵营和乡村三条人生道路中最不想去的这条乡村之路上落脚了，反而把未来人生的一切侥幸心理排除净尽了；深知自修文学写作之难，却开始了；一种义无反顾的存储心底的人生理想，标志是一只用墨水瓶改装的煤油灯。

红腰带

汽笛·布鞋·

一个年过五十的人，依然清晰地记得平生听到第一声火车汽笛时的情景。

他当时刚刚勒上了头一条红腰带。这是家乡人遇到本命年时避灾禳祸乞求平安福祉的吉祥物，无论男女无论长幼无论尊卑都要在本命年到来的头一天早晨穿裤子时勒上腰的。那是母亲用自纺的棉线四股合成一股，经过浆洗经过大红颜色的煮染再经过蜂蜡的打磨，然后把经线绷在两个膝盖之前织成的，母亲早在搓棉花捻子和纺线的时候就不断念叨："娃的本命年快到了，得织一条红腰带。"在标志着一年将尽的最后一个月份——腊月 到来之前，母亲已经织好了一条红腰带，只让他试着勒了一下就藏进木板柜里，直到大年三十晚上才取了出来放在枕头旁边，叮嘱他天明起来换穿新衣新裤时结上那根红腰带。他那时只是因为那条鲜红的线织腰带感到新奇而激动不已，却不能意识到生命历程的第二个十二年将从明天早晨开始……

半年以后，他勒在腰里的红腰带已经变成紫黑色的了，鲜艳的红色被汗渍尿垢以及褪色的黑裤污染得失去了原本的颜色。他依旧勒着这条保命带走出了家乡小学所在的小镇，到三十里外的历史名镇灞桥去投考中学。领着他的是一位四十多岁的班主任，姓杜；和他一起去投考的有二十多个同学，这些小学同学中有的已经结婚，那是他们在中华人民共和国成立后才迟迟获得读书机会的缘故，他是他们当中年龄最小、个头最矮的一个。

这是一次真正的人生之旅。

从小镇小学校后门走出来便踏上了公路。这是一条国道，西起西安，沿着灞河川道再进入秦岭，在秦岭山中盘旋蜿蜒一直通到湖北省内。这是他第一次走出家门三公里以远的旅行。他昨夜激动惶惧得几乎不能成眠。他肩头挎着一个书包，包里装着课本，一支毛笔和一只墨盒，还有几个学生灶发给的混面馍馍，还有一块洗脸擦脸用的布巾，同样是母亲用织布机织下的手工布巾……口袋里却连一分钱也没有。

开始上路他和老师、同学相跟着走，走出十多里路也不觉得累，同学们大都来自小镇附近的村庄，谁也没出过远门，兴致很高，兴劲十足，一路说说笑笑叽叽嘎嘎。后来的悲剧是从脚下发生的。他感觉脚后跟有点疼，脱下鞋来看了看，鞋底磨透了，脚后跟上磨出红色的肉丝淌着血，血浆渗湿了鞋底和鞋帮。他首先诅咒的便是沙石铺垫的国道上的沙子，全然想不到母亲纳扎的布鞋鞋底经不住沙石的磨砺，随后才意识到是一双早已磨薄了的旧布鞋的鞋底。在他没有发现鞋破脚破之前还能撑持住往前走，而当他看到脚后跟上的血肉时便怯了，步子也慢了。

似乎不单是脚后跟上出了毛病，全身都变得困倦无力，双腿连往前挪一步的勇气都没有了，每一次抬脚举步都畏怯落地之后所产生的血肉之苦。他看见杜老师在向他招手，他听见同学在前头呼叫他。他流下眼泪来，觉得再也撵不上他们了。他企望能撞见一位熟人吆赶的马车，瞬间又悲哀地想到，自己其实原来就不认识一位车把式。

他看见杜老师和一位结过婚的小学生大同学倒追过来，立即擦干了眼泪。老师和同学的关心鼓励丝毫也不能减轻脚下的痛楚和抬脚触地时引发的内心的畏怯。老师和大同学因不能只等他一人而往前走了。他没有说明鞋底磨透脚跟磨烂的事，不是出于坚强而纯粹是因为爱面子，他怕那些穿得起耐磨的胶质球鞋的同学笑自己的穷酸。这种爱面子的心理不知何时形成的，以致影响到他后来的全部生活历程，不愿意在任何人面前哭穷，即使在党的面前。老师和大同学临走时留给他的一句话是："往前走不敢停。慢点要紧只是不敢停下。我们在前头等你。"

他已经看不见杜老师率领着的那支小小的赶考队列了。

他期望在路上捡到一块烂布包住脚后跟，终于因没有发现哪怕是巴掌大的一块碎布而失望了。他从路边的杨树上捋下一把树叶塞进鞋窝，大约只舒服了两分钟走出不过十几米就结束了短暂的美好和幼稚。他终于下狠心从书包里摸出那块擦脸用的布巾，相当于课本的两倍大，只能包住一只脚。洗脸擦脸已经不大重要了，撩起衣襟就可以代替布巾来使用。用布巾包住的一只脚不再直接遭受沙石的蹭磨减轻了疼痛，况且可以使另一只脚踮起脚尖而避免脚后跟着地。他踮着一只脚就着往前赶，果然加快了行速。走过不知有多少路程，布巾很快又磨透了，他把布巾倒过来再包到脚上，直到那块布巾被踩磨得稀烂而毫无用处。他最后从书包里拿出了课本，先是算术，后是语文，一沓一沓撕下来塞进鞋窝……只要能走进考场，他自信可以不需要翻动它们就能考中；万一名落孙山，这些课本无论语文或是算术就都变成废物了。那些课本的纸张更经不住沙石的蹭磨，很快被踩踏成碎片从鞋窝里泛出来撒落到沙石国道上，像埋葬死人时沿路抛撒的纸钱。直到课本被撕光，他几乎完全绝望了，脚跟的疼痛逐渐加剧到每一抬足都会心惊肉跳，走进考场的最后一丝勇气终于断灭了。他站起随之又坐下来，等待有一驾回程的马车，即使陌生的车夫也要乞求。他对念中学似乎也没有太明晰的目标，回家去割草拾柴也未必不好……伟大的转机就在他完全崩溃刚刚坐下的时候发生了，他听到了一声火车汽笛的嘶鸣。

他被震得从路边的土地上弹跳起来。他被惊吓得几乎又软瘫坐下。他的耳膜长久地处于一种无知觉的空白。他的胸腔随着铿锵铿锵的轮声起伏着战栗着。他惊惧慌乱不知所措而茫然四顾，终于看见一股射向蓝天的白烟和一列呼啸奔驰过来的火车。他能辨识出火车凭借的是语文课本上的一幅拙劣的插图。这是他平生第一次看见火车，第一次听见火车汽笛的鸣叫。隐蔽在原坡皱褶里的家乡村庄，一年四季只有人声牛哞狗吠鸡鸣和鸟叫。列车从他眼前的原野上飞驰过去，绿色的车厢、绿色的窗帘和白色的玻璃，启开的窗户晃过模糊的男人或女人的脸，还有一个把手伸出窗口的男孩的脸……直到火车消失在柳林丛中，直到柳树梢头的蓝烟渐渐淡化为乌有，直到远处传来不再那么震慑而显得悠扬的汽笛声响，他仍然无法理解火车以及坐在火车车厢里的人会是一种什么滋味，坐在飞驰的火车上透过敞开的窗口看见的田野会是怎样的情景，坐在火车上的人瞧见一个穿着磨透了鞋底磨烂了脚后跟的乡村娃子会是怎样的眼光，尤其是那个和他年岁相仿已经坐着火车旅行的男孩！

天哪！这世界上有那么多人坐着火车跑哩而根本不用双腿走路！他用双脚赶路却穿着一双磨穿了底磨烂了脚后跟的布鞋一步一蹭血地踯躅！一时似乎有一股无形的神力从生命的那个象征部位腾起，穿过勒着红腰带的腹部冲进胸腔又冲上脑顶，他无端地愤怒了，一切朦胧的或明晰的感觉凝结成一句：不能永远穿着没后底的破布鞋走路……他把残留在鞋窝里的烂布绺、烂树叶、烂纸屑腾光倒净，咬着牙在沙石国道上重新举步，腿上有劲了，脚后跟也还在淌血还在疼，走过一阵竟然奇迹般地不疼了，似乎那越磨越烂得深的脚后跟不是属于他的，而是属于另一个怯弱者懦弱鬼王八蛋的……在离考试的学校还有一二里远的地方，他终于追赶上了老师和同学，却依然不让他们看他惨不忍睹的两个脚后跟。

……

在那场历时十年的大浩劫发生时，他虽未被完全打翻却感到已经走到生命的尽头。那一年又正好是他勒上第二条红腰带开始第三轮十二年的时候。他被划为刘少奇路线而注定了政治生命的完结，他所钟情的文学在刚刚发出处女作时便夭折了，家庭的灾难也接踵而至，不是祸不单行而是三面伏击、四面楚歌。他步入社会尚无任何生活经验也无丝毫的防卫能力，很快便觉得进入绝境而看不到任何希望，不止一次于深夜走到一口水井边企图结束完全行尸走肉的自己。没有促成他纵身一投的缘由，便是他在那最后一刻听到了发自生命内部的那一声汽笛的鸣叫……

在他勒上第三条红腰带开始生命年轮的第四个十二年的时候，恰好又遭遇到一次重大的挫折。如果说上一次的遭遇与红腰带有无什么联系尚未意识到，这一次就令他暗暗惊诧了，人类生命本身是否存在着一种神秘的周期性灾变？他不再以一个简单的无神论者的简单态度轻易去判断其有无了。这一次挫折纯粹是自作自受，不能怨天不能怨地更不能怨天下任何人，自己写下一篇对生活做出简单谬误判断的小说而声名狼藉。他曾想告别政坛也告别文学，重新回到学校做一名乡村教师，与农村孩子去交朋友。在那个人生重大抉择的重要关头，他不仅又一次听到了那声汽笛，而且想到了那双磨透了鞋底磨烂了脚跟的布鞋。有什么可畏惧的呢？本来就是穿着磨透鞋底的布鞋走进社会的，最终最糟失掉的大不了也就是又一双破烂布鞋……他走进图书馆，把莫泊桑和契诃夫的小说抱回住屋，昼夜与这两个欧洲人拥抱在一起。

他后来成为一个作家，不是著名的，却终归算一个作家。这个作家已过"知天命"的年岁，回顾整个生命历程的时候，所有经过的欢乐已不再成为欢乐，所有经历的灾难挫折引起的痛苦也不再是痛苦，变成了只有自己可以理解的生命体验，剩下的还有一声储存于生命磁带上的汽笛鸣叫和一双磨透了鞋底的布鞋。

他想给进入花季刚刚勒上头一条或第二条红腰带的朋友致以祝贺，无论往后的生命历程中遇到怎样的挫折怎样的委屈怎样的龌龊，不要动摇也不必辩解，走你认定了的路吧！因为任何动摇包括辩解，都会耗费心力耗费时间耗费生命，不要耽搁了自己的行程。

最初的晚餐

想到这件难忘的事，忽然联想到《最后的晚餐》这幅名画的名字，不过对我来说，那一次难忘的晚餐不是最后的，而是最初的一次，这就是我平生第一次陪外国人共进的晚餐。

那时候我三十出头，在公社（即现今的乡政府）学大寨正学得忙活。有一天接到省文艺创作研究室（即省作协）的电话，通知我去参加接待一个日本文化访华团。接到电话的最初一瞬就愣住了，我的第一反应是我穿什么衣服呀？我便毫不犹豫地推辞，说我在乡村学大寨的工作多么多么忙。回答说接待人名单是省革委会定的，这是"政治任务"，必须完成。这就意味着不许推辞更不许含糊。

我能进入那个接待作陪的名单，是因为我在《陕西文艺》（即《延河》）上刚刚发表过两篇短篇小说，都是注释演绎"阶级斗争"这个"纲"的,而且是被认为演绎注释得不错的。接待作陪的人员组成考虑到方方面面,大学革委会主任、革命演员、革命工程师等,我也算革命的工农兵业余作者。陕西最具影响的几位作家几棵大树都被整垮了,我怎么也清楚我是猴子称王地被列入……

最紧迫的事便是衣服问题。我身上穿的和包袱里包的外衣和衬衣,几乎找不到一件不打补丁的,连袜子也不例外。我那时工资三十九元,连我在内养活着一个五口之家,添一件新衣服大约两年才能做到。为接待外宾而添一件新衣造成家庭经济的失衡,太划不来了。我很快拿定主意,借。

借衣服的对象第一个便瞄中了李旭升。他和我同龄,个头高低身材粗细也都差不多。他的人样俊气且不论,平时穿戴比较讲究,我几乎没见过他衣帽邋遢的时候。他的衣服质料也总是高一档,应该说他的衣着代表着七十年代中期我们那个公社地区的最高水平。"四清"运动时,工作组对他在经济问题上的怀疑首先是由他的穿着诱发的,不贪污公款怎么能穿这么阔气的衣服?我借了一件半新的上装和裤子,虽然有点褪色却很平整,大约是哔叽料吧我已记不清了。衬衣没有借,我的衬衣上的补丁是看不见的。

我带着这一套行头回到驻队的村子。我的三个组员(工作组)经过一番认真的审查,还是觉得太旧了,而且再三点示我这不是个人问题,是一个"政治影响"问题,影响国家声誉的问题……其中一位老大姐第二天从家里带来了她丈夫的一套黄呢军装,硬要我穿上试试。结果连她自己也失望地摇头了,因为那套属于将军或校官的黄呢军装整个把我装饰得面目全非了，或者是我的老百姓的涣散气性把这套军装搞得不伦不类了。我最后只选用了她丈夫的一双皮鞋，稍微小了点但可以凑合。

第二天中午搭郊区公共车进西安，先到作家协会等候指令。《陕西文艺》副主编贺抒玉见了，又是从头到脚地一番审视，和我的那三位工作组员英雄所见一致：太旧。我没有好意思说透，就这旧衣服还是借来的。她也点示我不能马虎穿戴，这不是个人问题而是"国家影响""政治影响"的大事。我从那时候直到现在都为这一点感动，大家都首先考虑国家面子。老贺随即从家里取来李若冰的蓝呢上衣，我换上以后倒很合身。老贺说很好，其他几位编辑都说好，说我整个都气派了。

接待作陪的事已经淡忘模糊了，外宾是些什么人也早已忘记，只记得有一位女作家，中年人，长我十余岁。我第一眼瞧见她首先看见的是那红嘴唇。她挨我坐着，我总是由不得看她的红嘴唇，那么红啊！我竟然暗暗替她操心，如果她单个走在街上，会不会被红卫兵逮住像剪烫发砍高跟鞋一样把她的红嘴唇给割了削了？

那顿晚餐散席之后我累极了，比学大寨拉车挑担还累。

现在，因为工作的关系我常常接待外宾并作陪吃饭，自然不再为一件衣服而惶惶奔走告借了；再说，国家的面子也不需要一个公民靠借来的衣服去撑持了；还有，我也不会为那位日本女作家的红嘴被割削而操心担忧了，因为中国城市女人的红嘴唇已经灿若云霞红如海洋了。

拥有一方绿荫

农历十月初一是家乡的鬼节，活着的人要给死去的亲人烧纸送"钱"，好让他们在冬季到来之前备置防寒的衣物。在这种事情上我一直是处于理智和情感的分离状态，结果却是一次又一次顺从了情感的驱使，便匆匆赶回乡下老家，去为我的那位终身都在为吃饭穿衣愁肠百结的父亲烧一匝纸钱，让他在冥冥之域不再饥寒交困。

转过村里那座濒临倒塌的关帝庙，便瞅见我的家园。那株法桐撑开偌大的三角形树冠，昂昂扬扬侍立在大门前不过十米的街路边。我的树——每一次回归家园第一眼瞅见这株法桐，我的心里就会涌出"我的树"的欣然浩叹。原因再简单不过，这株法桐是我栽的。父亲在世时喜欢栽树，我们家的房前屋后现在还蓬勃着他老先生栽植的树群，场垴上的那株白椿树已经有一搂粗了。然而我每一次回乡看见自己栽下的树都要比看见父亲栽的树更亲切，说穿了不过是栽树的人对那株幼苗当初所寄托的希冀将实现。是的，当我看见自己掘坑挖栽下的那株不过指头粗细的幼苗终于雄壮起来，屹立在村巷里，在浩渺的天空撑起一片绿盖的时候，我的那种感觉颇近似阅读自己刚刚写完的一部小说。

十二年前的这个月，我调进陕西作协专业创作组。我那时的唯一感觉便是开始进入最理想的人生状态；专业创作对我来说的实质性含义只有一点，所有时间可以由我自由支配，再不要听命于谁对我的指派了。压力也同时俱来，生活、学习、创作既然全由自己支配，那么再写不出像样的作品，也就没有任何托词可以替自己遮盖了。

我几乎同时决定回归老巢，回归我父亲我爷爷我老太爷一脉相承的家园。不是因为他们都死了须得由我来承继，纯粹是图得一个耳根清净的环境，可以平心静气地坐下来读书，思考一些不单是艺术也包括艺术的问题。深知自己知识残缺不全，而生活演进的步伐又如此急骤，好多好多问题太需要沉心静气地想一想了。

住在乡间真是令人心旷神怡，所有的骚扰和诱惑都自然排除。每每在清静到令人寂寞的时候我便走出大门，和村巷里随意相遇的任何一个人拉拉闲话，哪怕逗小孩玩也觉得十分快活。夏天暴日当头时，走出门来就招架不住炎炎烈日的烤炙，暴晒后我的头顶和赤臂就生出一层红红的小米粒似的斑点，奇痒难支，医生说那叫日光性皮炎。我便畏惧已构成暴力的太阳，于是便想到应该有一方绿荫做庇护。出得大门站在浓厚而清凉的树荫下和农人闲谝、抽烟那真是太惬意了……便想到栽两株树。

首先是树种的选择。我要栽两株法桐。几近四十年前我读初中，看过一场中国和法国合拍的儿童电影《风筝》，巴黎街道上那高大的街树令我记忆特深，我在家乡没有见过这种树。又过了二十年我才知道这种树叫法桐，中国的许多城市的公路两边已经形成风景，家乡的一些农家屋院也栽植起来。

是我动手那部长篇小说写作那年的早春，我托村子里一位青年从庙会上买回两株法桐，一株一块钱。树买到了自然很遂心愿，只是遗憾着它太小太细了，只有食指那么粗。天哪！想要乘它的阴凉，想要拥有一方绿荫，得等多少年啊！

我仍然毫不犹豫地挖了坑，给坑底垫下土肥，把它栽下了；栽下了它，也就把一种对绿荫的期盼坚定地埋下了。我挂着铁锨把儿抹着脸上的汗水，欣赏着只及我胸脯高的幼株，一缕忧虑产生了，猪可以拱断它，小孩随手可以掐折它，它太弱小了嘛！于是我便扛着镢头上山坡，挖回一捆酸枣棵子，插在幼株周围，把它严严密密地保护起来。

令我失望的是，几乎所有树木的嫩叶都变成了绿叶，我的两株法桐依然叶苞不动。我拨开酸枣棵子在那树干上掐破表皮，发现已经是干死的褐色。我想把它拔起来扔掉，就在我拽住树干准备用力的一瞬，奇迹发生了，挨近地皮的地方露出来

174

一点嫩黄的幼芽，我的心就由惊喜而微微颤抖了。

这是从法桐的根部冒出的新芽，证明树根还活着。树根活着就会发出新的幼芽，生命多么顽强又多么伟大啊！那是一个尚看不出叶形的粗壮的锥形幼芽，刚刚拱破地皮而崭露头角，嫩黄中有淡淡的嫩绿，估计也就只经受过一两回春天阳光的沐浴吧。我久久地蹲在那里而舍不得离开，庆祝一个新的生命的诞生。我把扒掉的酸枣棵子重新插好，这幼芽不仅经不起车碾马踏人踩猪拱，鸡爪子只要一下就会轻而易举地把它刨断、把它摧毁。

我一日不下八次地看那幼芽。它蹿起来了。它由嫩黄变成嫩绿了。它终于伸出一片绿叶了。它又抽出一片新叶了。它终于冒过围护着它的酸枣棵子，以一身勃勃的绿叶挺立起来，那么欢实、那么挺拔地向着天空……唯其丝毫不敢松懈，每年春天挖一捆酸枣棵子加固防护的围障，它依然弱小，依然经不起意外的或有意的伤害。

它长到我的胳膊粗的时候，我终于享受到它的绿荫了。那树荫投射到地面上，有筛子般大小，我站在我的树的阴凉下，接受它的庇护。它的尚不雄壮的枝干和尚不宽厚的绿叶，毕竟具备遮挡烈日烈焰的能力，我想拥有的一方绿荫的愿望实现了。那一年底，我也终于完成了历时四年的长篇小说写作工程，回城里去了。临走之前，我仍然给它的周围加固了一层酸枣棵子。

去年夏天我回去，发现那树干已经长到小碗那么粗了，不知哪家的孩子用小刀在树干上刻写下我的名字，刻刀的印迹已经愈合，颜色却是褐红色的，在树皮的灰白色中十分显眼。从去年到这次回归，我发现那树干急遽加粗，刻着我的名字的那俩字也在长大。树下已经有偌大一片绿荫了。

法桐已经成为一株真正的树挺立在那里，巨大的伞状树冠撑持在天空。父亲在世时跟我说过，树冠在天空有多大，树根在地下就会延伸多么远；树干有多粗，树的主根也就有多粗；树枝在空中往上往前伸长一尺一寸，树根在地下也就往下往周围延伸一尺一寸。我至今无法判断父亲这话有多少科学的可靠性，但确凿相信，这树的根已经扎得很深了，即使往坏处想到极点，譬如说突然被过往的汽车撞断了，或者被几十年不遇而在某一天却遇到了雷劈电击，这自然都无法预防，但这根是不会被撞毁劈断的。它会重新冒出新芽，它的生命还会重新开始。真的发生这种情况，我将无怨无悔地再去挖酸枣棵子，重新开始对我的法桐新芽的围护。

我久久伫立在我的法桐树旁，欣赏着那已经变形却依然清晰可辨的我的名字，那刻下我名字的淘气鬼也该和这树一样长高长壮了吧？天空飘落着零星小雨，日头隐没了，虽然看不到树荫，却也毫无遗憾。到明年三伏那燥热难熬的时候，我就回家园，享受暴日烈焰下的我的那一方绿荫。

皮鞋·鳝丝·花点衬衫

　　第一次到上海，是一九八四年，大概是五月。上海文艺出版社举办"《小说界》第一届文学奖"颁奖活动，我的第一部中篇小说《康家小院》荣幸获奖，便得到走进这座大都市的机缘，心里踊跃着、兴奋着。整整二十年过去，尽管后来又几次到上海，想来竟然还是第一次留下的琐细的记忆最为经久，最耐咀嚼，面对后来上海魔术般的变化，常常有一种感动，更多一缕感慨。

　　第一次到上海，在我有两件人生的第一次生活命题被突破。

　　我买的第一双皮鞋就是那次在上海的城隍庙购买的。说到皮鞋，我有过两次经历，都不大美好，曾经暗生过今生再不穿皮鞋的想法。大约是西安解放前夕，城里纷传解放军要攻城，自然免不了有关战争的恐慌。我的一位表姐领着两个孩子躲到乡下我家，姐夫安排好他们母子就匆匆赶回城里去了。据说姐夫有一个皮货铺子，自然放心不下。表姐给我们兄姊三人各带来一双皮鞋。父亲和母亲让我试穿一下。我在屋子里走了几步就脱下来，夹脚夹得生疼，皮子又很硬，磨蹭脚后跟，走路都迈不开脚了。大约就试穿了这一次，便永远收藏在母亲那个装衣服的大板柜的底层。直到二十世纪七十年代初，我已经在家乡的公社（乡）里工作，仍然穿着农民夫人手工做的布鞋。

我家乡的这个公社（乡）辖区，一半是灞河南岸的川道，另一半即是地理上的白鹿原的北坡。干部下乡或责任分管，年龄大的干部多被分到川道里的村子，我当时属年轻干部，十有八九都奔跑在原坡上某个坪某个沟某个湾的村子里，费劲吃苦倒不在乎，关键是骑不成自行车，全凭腿脚功夫，自然就费脚上的布鞋了。一双扎得密密实实的布鞋底子，不过一月就磨透了，后来就咬牙花四毛钱钉一个用废弃轮胎做的后掌，鞋面破了妻子可以再补。在这种穿鞋比穿衣还麻烦的情境下，妻弟把工厂发的一双劳保皮鞋送给了我。那是一双翻毛皮鞋。我冬夏春秋四季都穿在脚上，上坡下川，翻沟蹚滩，都穿着它。既不用擦油，也不必打光，乡村人那时候完全顾不得对别人的衣饰审美，男女老少的最大兴奋点都敏感在粮食上，尤其是春天的救济粮发放份额的多少。这双翻毛皮鞋穿了好几年，鞋后掌换过一回或两回，鞋面开裂修补过不知多少回，仍舍不得去掉，几年里不知省下多少做布鞋的鞋面布和锥鞋底的麻绳和鞋底布，做鞋花费的工夫且不论了。到我和家庭经济可以不再斤斤计较一双布鞋的原料价值的时候，我却下决心再不穿皮鞋尤其是翻毛皮鞋了。体验刻骨铭心，双脚的脚掌和十个脚趾，多次被磨出血泡，血泡干了变成厚茧，最糟糕的还有鸡眼。

这回到上海买皮鞋，原是动身之前就与妻子议定了的重大家事。首先当然是家庭经济改善了，有了额外的稿酬收入，也有"额内"工资的提升；再是亲戚朋友的善言好心，说我总算熬出来，成为有点名气的作家了，走南闯北去开会，再穿着家做的灯芯绒布鞋就有失面子了。我因为对两次穿皮鞋的切肤记忆太痛苦，倒想着面子确实也得顾及，不过还是不用皮鞋而选择其他式样的鞋，穿着舒服，不能光彩了面子而让双脚暗里受折磨。这样，我就多年也未动过买皮鞋的念头。"买双皮鞋。"临行前妻子说，"好皮鞋不磨脚。上海货好。"于是就决定买皮鞋了。"上海货好。"上海什么货都好，包括皮鞋。这是北方人的总体印象，连我的农民妻子都形成并且固定着这个印象。那天是一位青年作家领我逛城隍庙的。在他的热情而又内行的指导下，我买了一双当时比较价高的皮鞋，宽大而显得气派，圆形的鞋头，明光锃亮的皮子细腻柔软，断定不会让脚趾受罪，就买下来了。买下这双皮鞋的那一刻，心里就有一种感觉，我进入穿皮鞋的阶层了，类似进了城的陈奂生的感受。

回到西安东郊的乡村，妻子也很满意，感叹着以后出门再不会为穿什么鞋子发愁犯难了。这双皮鞋，只有我到西安或别的城市开会办事才穿，回到乡下就换上平时习惯穿的布鞋。

这样，这双皮鞋似乎是为了给城里的体面人看而穿的，自然也为了我的面子。另外，乡村里黄土飞扬，穿这皮鞋须得天天擦油打磨，太费事了；在整个乡村还都顾不上讲究穿戴的农民中间，穿一双油光闪亮的皮鞋东走西逛，未免太扎眼……这双皮鞋就穿得很省，有七八年寿命，直到二十世纪九十年代初才换了一双新式样。此时，我居住的乡村的男女青年的脚上，各色皮鞋开始普及。

我第一次吃鳝鱼，也是那次上海之行时突破的。关中人尤其是乡下人，基本不吃鱼，成为外省人尤其是南方人惊诧乃至讥笑的蠢事。这是事实。这样的事实居然传到胡耀邦耳朵里，他到陕西视察时在一次会议上讲过："听说陕西人不吃鱼？"其实秦岭南边的陕南人是有吃鱼传统的，确凿不吃鱼的只是关中人和陕北人。我家门前的灞河里有几种野生鱼，有两条长须不长鳞甲的鲇鱼，还有鲫鱼，稻田里的黄鳝不被当地人看作鱼类，而视为蛇的变种。灞河发洪水的时候，我看到过成堆成堆的鱼被冲上河岸，晒死在苞谷地里，发臭变腐，没有谁捡拾回去尝鲜。直到二十世纪五十年代中期国家第一个五年计划实施时，西安拥来了许多东北和上海老工业区的技术人员和熟练工人，这些人因为买不到鱼而生怨气，就自制钓竿到西安周围的河里去钓鱼。我和伙伴们常常围着那些操着陌生口音的钓鱼者看稀罕。当地乡民却讥讽这些吃鱼的外省人：南蛮子是脏熊，连腥气烘烘的鱼都吃！我后来尽管也吃鱼了，却几乎没有想过要吃黄鳝。在稻田里我曾像躲避毒蛇一样躲避黄鳝，那黑黢黢的皮色，不敢想象入口会是一种什么感觉。

那天在上海郊区参观之后，晚饭就在当地一家餐馆吃。点菜时，《小说界》编辑、现任副主编的魏心宏突然兴奋地叫起来："啊呀，这儿有红烧鳝丝！来一盘，来一盘鳝丝。"还歪过头问我，你吃不吃鳝丝，就是鳝鱼丝。我只说我没吃过。当一盘红烧鳝丝端上餐桌时，我看见一堆紫黑色的肉丝，就浮出在稻田里踩着滑溜的黄鳝时的那种恐惧。魏心宏动了筷子，连连赞叹"味道真好""做得真好"。随之就煽动我：忠实你尝一下嘛，可好吃啦，在上海市内也很少能吃到这么好的鳝丝。我就用筷子夹了一撮鳝丝，放入口里，倒也没有多少冒险的惊恐，无非是耿耿于黄鳝丑陋形态的印象罢了。吃了一口，味道挺好，接着又吃了，都在加深着从未品尝过的截然不同于猪、牛、羊、鸡肉的新鲜感觉。盛着鳝丝的盘子几乎是一扫而光，是餐桌上第一盘被吃光掠净的菜。似乎魏心宏的筷子出手最频繁。多年以后，西安稍有规格的餐馆也都有鳝丝、鳝段供食客选择了，我常常偏重点一盘鳝丝。每当此时，朋友往往会侧头看我一眼，那眼神里的诧异和好奇是不言而喻的。

还有两把小勺子，也是此行在上海城隍庙买的，不锈钢做的，把儿是扁的。从造型到拿在手里的感觉，都特别好，不知在什么时候弄丢了一把，现在仅剩一把，依然光亮如初，更不要说锈痕了。有时出远门图得自便，我就带着这把勺子，至今竟然整整二十年了。

还有一个细节，颇有点刻铭的意味。

还是那位年轻作家陪我逛街。我们随意走着，我已记不得那是条什么街什么弄了，只记得街道两边多是小店铺。陪我的青年作家随意介绍着传统风情和市井传闻，我也很难一遍成记，尽管听得颇有趣味。突然看见一个十分拥挤的场面，便停住脚步。一家小店仅一间窄小的门面，塞满了顾客，往里硬挤的人在门外拥聚成偌大的一堆；从里头往外挤的人，几乎是从对着脸拥挤的人的肩膀上爬出来；绝大多数为男性青年，亦有少数女性夹在其中，肌肤之紧密接触也不忌讳了；往外挤着的人，手里高扬着一种白底碎花的衬衫。不用解释，正是抢购这种白底上点缀着蓝的、红的、黄的、橙的小花点的衬衫。

一九八四年春末夏初，上海青年男女最时髦、最新潮的审美兴奋点，是白底花点的衬衫。

十余年后，我接连两三次到上海。朋友们领我先登东方明珠电视塔，再逛浦东新区，令我眼花缭乱，目不暇接，新的景观和创造新景观的奇迹般的故事，从眼睛和耳朵里都溢出来了。我在宝钢的轧钢车间走了一个全过程，入口处看见的橙红色的钢板大约有两块砖头那么厚，到出口处的钢材已经自动卷成等量的整捆，厚薄类近厚一点的白纸，最常见的用途是做易拉罐。车间里几乎看不见一个工人，我也初识了什么叫全自动化操作。技术性的术语我都忘记了，只记住了讲解员所讲的一个事实：这个钢厂结束了中国钢铁业不能生产精钢的历史，改变了精钢完全依赖进口的局面。尽管是外行，这样的事实我不仅能听懂，而且很敏感，似乎属于本能性地特别留意，在于百年以来留下的心理亏虚太多了。

从小学生时代直到进入老龄的现在，我都在完成着这种从祖先遗传下来的先天性心理亏空的填垫和补偿过程。我们的第一台名为"解放牌"的汽车出厂了。我们有了自己生产的"红旗牌"轿车。我们的第一颗原子弹爆炸成功。我们的卫星上天了飞船也进入太空了。我们有了国产的彩色电视和国产空调和国产电脑和国产什么什么产品。这样的消息，每有一次都是对那个心理亏虚的填垫和补偿，增加一份骄傲和自信，包括制造易拉罐的这种钢材对进口依赖的打破，也属同感。我便想到，什么时候让欧美人发出一条他们也能"国产"中国的某种独门技术的产品的消息的时候，我的不断完成着填垫补偿心理亏空的过程，才能得到一个根本性的转折。

告别布鞋换皮鞋的过程发生在上海。吃第一口黄鳝的食品革命也始发于上海。这些让我的孩子听来可笑到怀疑虚实的小事，却是我这一代人体验"换了人间"这个词的难以轻易抹去的记忆。还有历历在目的上海青年抢购白底花点衬衫的场景，与我上述的皮鞋和黄鳝的故事差不了多少。在南方和北方、东部和西部都被灰色、黑色和蓝色的中山服红卫兵服覆盖着的国家里，一双皮鞋、一餐鳝鱼丝和一件白底花点衬衫，留给人的镂刻般的记忆，记忆里的可笑和庆幸，肯定不只属于我一个人。

三九的雨

这是我村与邻村之间一片不大的空旷的台地。只有一畛地宽的平台南头开始起坡，就是白鹿原北坡根的基础了。平台往北下一道浅浅的坡垯，就是灞河河滩了。我脚下踏着的平台上的这条沙石大路，穿过一个个大大小小的村庄，通往西安。

天明时雨止歇了。天阴沉着，云并不浓厚，淡灰的颜色，估计一时半刻挤拧不出雨水来。空气很清新，湿润润的，山坡上的麦子绿莹莹的，河川里的麦子也是莹莹的绿色。原坡上沟坎里枯干的荒草被雨浇成了褐黑色，却有一种湿润的柔软。河川北岸是骊山的南麓，清晰可辨一株树一道坡一条沟，直至山岭重叠的极处。四野宁静到令人耳朵自生出纤细的音响来。

前日落了雨。小雨。通常是开春三月才有的那种"随风潜入夜，润物细无声"的春雨。腊月初二（二〇〇二年一月十四日）下起，断断续续稀稀拉拉下到今天天明，让整个村子里的男女惊诧不已，该当滴水成冰冻破砖头的"三九"时月，居然是小雨缠绵。太过反常的天气给农人心里一种不祥的妖孽氛征。这是我半生里仅见的一次"三九"的雨，以及不仅不冻反而松软如酥的土地。

我脚下这条颇为宽绰的沙石大路是一九七七年冬天动工拓宽的。与这条大路同时开工的是灞河河堤水利工程，由我任副总指挥具体实施的。那时，我完成这项家乡的水利工程的心态，与我后来写作长篇小说《白鹿原》时的心境基本类同，就是尽力做成一件事。

我第一次背着馍口袋从这条路走出村子走进西安的中学时，这条路大约也就一步宽，架子车是无法通行的。我背着一周的干粮走出村子时的心情是雀跃而又高涨的，然而也是完全模糊的。我只是想念书，想上城里的中学去念书，念书干什么等抱负之类的事，完全没有。我再三追寻记忆，充其量只会有当个工人之类的宏愿，而且这主要是父母供儿女上学的原始动机。在乡村人的眼睛里，挣工资吃商品粮的工人是世界上最幸福的人。我在初中二年级却喜欢文学了，这不仅大大出乎父母的意料，连我自己也感到奇怪。通常情况下，爱好文学是被视为浪漫而又富于诗意的事情，怎么会发生在一个穿粗布衣服吃开水泡馍的人身上呢？许多年后我把自己的这种现象归结为一根对文字敏感的神经——文学的兴趣由此而发端。书香门第以及会讲故事会唱歌谣的奶奶们的熏陶，只能对具备文字敏感的神经的儿孙起反应起作用，反之讲了也是白讲唱了也是白唱。

背着馍口袋出村夹着空口袋回村，在这条小路上走了十二年，我完成了高中学业。我记忆中最深的是十六岁那年遇到过狼。天微明时，我已走出村子五里的一条深沟的顶头，做伴壮胆的父亲突然叫了一声"狼"！就在身旁不过二十步远的齐摆着谷穗的地边上，有一只狼。稍远一点，还有一只。我没有感觉到丝毫的害怕，尽管是我第一次看见这种吓人的动物；不是我胆大，而是身旁跟着父亲。我第一次感受父亲的力量和父亲的含义，就是面对两只成年狼的时候，竟然没有产生恐惧。我成了一个父亲的时候，又在这条几经拓宽的乡村公路上接送我的三个念书的孩子。我比父亲优裕的是有了一辆自行车，孩子后来也有了，比当年父亲步行送我要快捷多了。我和孩子再也没有遭遇狼的惊险故事。狼已经成为大家怀念的珍稀宝贝了。

我的一生其实都粘连在这条已经宽敞起来的沙石路上。我在专业创作之前的二十年基层农村工作里，没有离开这条路；我在取得专业创作条件之后的第一个决断：索性重新回到这条路起头的村子——我的老家。我窝在这里的本能的心理需求，就是想认真实现自己少年时代就发生的作家之梦。从一九八二年冬天得到专业写作的最佳生存状态到一九九二年春天写完《白鹿原》书，我在祖居的原下的老屋里写作和读书，整整十年。这应该是我最沉静最自在的十年。

我现在又回到原下祖居的老屋了。老屋是一种心理蕴藏。新房子在老房子原来的基础上盖成的，也是一种心理因素吧。

这个祖居的屋院只有我一个人住着。父亲和他的两个堂弟共居一院的时代早已终结了。父亲一辈的男人先后都已离开这个村子，在村庄后面白鹿原北坡的坡地上安息有年了。我住在这个过去三家共有的屋院里，可以想见其宽敞和清爽了。我读着的欧美那些作家的书页里，偶尔竟会显现出爷爷或父亲或叔父的脸孔来，且不止一次。夜深人静我坐在小院里看着月亮从东原移向西原的无边无际的静谧里，耳畔会传来一声两声沉重而又舒坦的呻吟。那是只有像牛马拽犁拉车一样劳作之后歇息下来的人才会发出的生命的呻唤。我在小小年纪的时候就接受着这种生命乐曲的反复熏陶，有父亲的，有叔父的，还有祖父的。他们早已在原坡上化作泥土。他们在深夜熟睡时的呻吟萦绕在这个屋院里，依然在熏陶着我。

这是一个不可思议的冬天。我站在我村和邻村之间的旷野里。

从我第一次走出这个村子到城里念书的时候，父亲和母亲每每送我出家门时的眼神，都给我一个永远不变的警示：怎么出去还怎么回来，不要把龌龊带回村子带回屋院。在我变换种种社会角色的几十年里，每逢周日回家，父亲迎接我的眼睛里仍然是那种神色，根本不在乎我干成了什么事干错了什么事，升了或降了，根本不在乎我比他实际上丰富得多的社会阅历和完全超出他的文化水平。那是作为一个父亲的独具禀赋的眼神，这个古老屋院的主宰者的不可侵扰的眼神，依然朝我警示着，别把龌龊带回这个屋院来。

北京丰台。我从大礼堂走出来，《西安晚报》记者王亚田第一个打来电话。选举刚刚结束，他问我当选中国作家协会副主席后首先想的是什么。我脱口而出：作为一个作家，应该始终把智慧投入写作。

他又问：还有什么呢？

我再答：自然还有责任和义务。

我站在我村与邻村之间空旷的台地上，看"三九"的雨淋湿了的原坡和河川，绿莹莹的麦苗和褐黑色的柔软的荒草，从我身旁匆匆驶过的农用拖拉机和放学回家的娃娃。粘连在这条路上倚靠着原坡的我，获得的是沉静，自然不会在意"三九"的雨有什么祥与不祥的猜疑了。

原下的日子

一

新世纪到来的第一个农历春节过后，我买了二十多袋无烟煤和吃食，回到乡村祖居的老屋。我站在门口对着送我回来的妻女挥手告别，看着汽车转过沟口那座塌檐倾壁残颓不堪的关帝庙，折回身走进大门进入刚刚清扫过隔年落叶的小院，心里竟然有点酸酸的感觉。已经摸上六十岁的人了，何苦又回到这个空寂了近十年的老窝里来。

从窗框伸出的铁皮烟筒悠悠地冒出一缕缕淡灰的煤烟，火炉正在烘除屋子里整个冬天积攒的寒气。我从前院穿过前屋过堂走到小院，南窗前的丁香和东西围墙根下的三株枣树苗子，枝头尚不见任何动静，倒是三五丛月季的枝梢上暴出小小的紫红的芽苞，显然是春天的讯息。然而整个小院里太过沉寂太过阴冷的气氛，还是让我很难转换出回归乡土的欢愉来。

我站在院子里，抽我的雪茄。东邻的屋院差不多成了一个荒园，兄弟两个都选了新宅基建了新房搬出许多年了。西邻曾经是这个村子有名的八家院，拥挤如同鸡笼，先后也都搬迁到村子里新辟的宅基地上安居了。我的这个屋院，曾经是父亲和两位堂弟三分天下的"三国"，最鼎盛的年月，有祖孙三代十五六口人进进出出在七八个或宽或窄的门洞里。在我尚属蒙眬混沌的生命区段里，看着村人把装着奶奶和被叫作厦屋爷的黑色棺材，先后抬出这个屋院，再在街门外用粗大的抬杠捆绑起来，在儿孙们此起彼伏的哭号声浪里抬出村子，抬上原坡，沉入刚刚挖好的墓坑。我后来也沿袭这种大致相同的仪程，亲手操办我的父亲和母亲从屋院到墓地这个最后驿站的归结过程。许多年来，无论有怎样紧要的事项，我都没有缺席由堂弟们操办的两位叔父一位婶娘最终走出屋院走出村子走进原坡某个角落里的墓坑的过程。现在，我的兄弟姊妹和堂弟堂妹及我的儿女，相继走出这个屋院，或在天之一方，或在村子的另一个角落，以各自的方式过着自己的日子。眼下的景象是，这个给我留下拥挤也留下热闹印象的祖居的小院，只有我一个人站在里面。原坡上漫下来寒冷的风。从未有过的空旷。从未有过的空落。从未有过的空洞。

我的脚下是祖宗们反复踩踏过的土地。我现在又站在这方小小的留着许多代人脚印的小院里。我不会问自己也不会向谁解释为了什么又为了什么重新回来，因为这已经是行为之前的决计了。丰富的汉语言文字里有一个词叫龌龊。我在一段时日里充分地体味到这个词的不尽的内蕴。

我听见架在火炉上的水壶发出噗噗噗的响声。我沏下一杯上好的陕南绿茶。我坐在曾经坐过近二十年的那把藤条已经变灰的藤椅上，抿一口清香的茶水，瞅着火炉炉膛里炽红的炭块，耳际似乎萦绕着见过面乃至根本未见过面的老祖宗们的声音：嘿！你早该回来了。

第二天微明，我搞不清是被鸟叫声惊醒的，还是醒来后听到了一种鸟的叫声。我的第一反应是斑鸠。这肯定是鸟类庞大的族群里最单调最平实的叫声，却也是我生命磁带上最敏感的叫声。我慌忙披衣坐起，隔着窗玻璃望去，后屋屋脊上有两只灰褐色的斑鸠。在清晨凛冽的寒风里，一只斑鸠围着另一只斑鸠团团转悠，一点头，一翘尾，发出连续的咕咕咕、咕咕咕的叫声。哦！催发生命运动的春的旋律，在严寒依然裹盖着的斑鸠的躁动中传达出来了。

我竟然泪眼模糊。

二

傍晚时分，我走上灞河长堤。堤上是经过雨雪浸淫沤泡变成黑色的枯蒿枯草。沉落到西原坡顶的蛋黄似的太阳绵软无力。对岸成片的白杨树林，在蒙蒙灰雾里依然不失其肃然和庄重。河水清澈到令人忍不住又不忍心用手撩拨。一只雪白的鹭鸶，从下游悠悠然飘落在我眼前的浅水边。我无意间发现，斜对岸的那片沙地上，有个男子挑着两只装满石头的铁丝笼走出一个偌大的沙坑，把笼里的石头倒在石头垛子上，又挑起空笼走回那个低陷的沙坑。那儿用三脚架撑着一张铜丝箩筛。他把刨下的沙石一锨一锨抛向箩筛，发出连续不断千篇一律的声响，石头和沙子就在箩筛两边分流了。

我久久地站在河堤上，看着那个男子走出沙坑又返回沙坑。这儿距离西安不足三十公里。都市里的霓虹此刻该当缤纷。各种休闲娱乐的场合开始进入兴奋期。暮霭渐渐四合的沙滩上，那个男子还在沙坑与石头垛子之间往返。这个男子以这样的姿态存在于世界的这个角落。

我突发联想，印成一格一框的稿纸如同那张箩筛。他在他的箩筛上筛出的是一粒一粒石子。我在我的"箩筛"上筛出的是一个一个方块汉字。现行的稿酬标准无论高了低了贵了贱了，肯定是那位农民男子的石子无法比对的。我自觉尚未无聊到滥生矫情，不过是较为透彻地意识到构成社会总体坐标的这一极：这一极与另外一极的粗细强弱的差异。

这是新世纪的第一个早春。这是我回到原下祖屋的第二天傍晚。这是我的家乡那条曾为无数诗家墨客提供柳枝，却总也寄托不尽情思离愁的灞河河滩。此刻，三十公里外的西安城里的霓虹灯，与灞河两岸或大或小村庄里隐现的窗户亮光；豪华或普通轿车壅塞的街道，与田间小道上悠悠移动的架子车；出入大饭店小酒吧的俊男靓女打蜡的头发涂红（或紫）的嘴唇，与拽着牛羊缰绳背着柴火的乡村男女；全自动或半自动化的生产流水线，与那个在沙坑在箩筛前挑战贫穷的男子……构成当代社会的大坐标。我知道我不会再回到挖沙筛石这一极中去，却在这个坐标中找到了心理平衡的支点，也无法从这一极上移开眼睛。

三

村庄背靠白鹿原北坡。遍布原坡的大大小小的沟梁奇形怪状。在一条阴沟里该是最后一坨尚未化释的残雪下，有三两株露头的绿色，淡淡的绿，嫩嫩的黄，那是茵陈，长高了就是蒿草，或卑称臭蒿子。嫩黄淡绿的茵陈，不在乎那坨既残又脏经年未化的雪，宣示了春天的气象。

桃花开了，原坡上和河川里，这儿那儿浮起一片一片粉红的似乎流动的云。杏花接着开了，那儿这儿又变幻出似走似住的粉白的云。泡桐花开了，无论大村小庄都被骤然暴出的紫红的花帐笼罩起来了。洋槐花开的时候，首先闻到的是一种令人总也忍不住深呼吸的香味，然后惊异庄前屋后和坡坎上已经敷了一层白雪似的脂粉。小麦扬花时节，原坡和河川铺天盖地的青葱葱的麦子，把来自土地最诱人的香味，释放到整个乡村的田野和村庄，灌进庄稼院的围墙和窗户。椿树的花在庞大的树冠和浓密的枝叶里，只能看到秀成一团一串的粉黄，毫不起眼，几乎没有任何观赏价值，然而香味却令人久久难以忘怀。中国槐大约是乡村树族中最晚开花的一家，时令已进入伏天，燥热难耐的热浪里，闻一缕中国槐花的香气，顿然会使焦躁的心绪沉静下来。从农历二月二龙抬头迎春花开伊始，直到大雪漫地，村庄、原坡和河川里的花便接连开放，各种奇异的香味便一波迭过一波。且不说那些红的黄的白的紫的各色野草和野花，以及秋来整个原坡都覆盖着的金黄灿亮的野菊。

五月是最好的时月，这当然是指景致。整个河川和原坡都被麦子的深绿装扮起来，几乎看不到巴掌大一块裸露的土地。一夜之间，那令人沉迷的绿野变成满眼金黄，如同一只魔掌在翻手之瞬间创造出来神奇。一年里最红火最繁忙的麦收开始了，把从去年秋末以来的缓慢悠闲的乡村节奏骤然改变了。红苕是秋收的最后一料庄稼，通常是待头一场浓霜降至，苕叶变黑之后才开挖。湿漉漉的新鲜泥土的垄畦里，排列着一行行刚刚出土的红艳艳的红苕，常常使我的心发生悸动。被文人们称为弱柳的叶子，居然在这河川里最后卸下盛装，居然是最耐得霜冷的树。柳叶由绿变青，由青渐变浅黄，直到几番浓霜击打，通身变成灿灿金黄，张扬在河堤上河湾里，或一片或一株，令人钦佩生命的顽强和生命的尊严。小雪从灰蒙蒙的天空飘下来时，我在乡间感觉不到严冬的来临，却体味到一缕圣洁的温柔，本能地仰起脸来，让雪片在脸颊上在鼻梁上在眼窝里飘落、融化，周围是雾霭迷茫的素净的田野。直到某一日大雪降至，原坡和河川都变成一抹银白的时候，我抑止不住某种神秘的诱惑，在黎明的浅淡光色里走出门去，在连一只兽蹄鸟爪的痕迹也难觅踪的雪野里，踏出一行脚印，听脚下的好雪发出铮铮铮的脆响。

我常常在上述这些情景里，由衷地咏叹，我原下的乡村。

四

漫长的夏天。

夜幕迟迟降下来。我在小院里支开躺椅，一杯茶或一瓶啤酒，自然不可或缺一支烟。夜里依然有不泯的天光，也许是繁密的星星散发的。白鹿原刀裁一样的平顶的轮廓，恰如一张简洁到只有深墨和淡墨的木刻画。我索性关掉屋子里所有的电灯，感受天光和地脉的亲和，偶尔可以看到一缕鬼火飘飘忽忽掠过。

有细月或圆月的夜晚，那景象就迷人了。我坐在躺椅上，看圆圆的月亮浮到东原头上，然后渐渐升高，平静地一步一步向我面前移来。幻如一个轻摇莲步的仙女，再一步一步向原坡的西部挪步，直到消失在西边的屋脊背后。

某个晚上，瞅着月色下迷迷蒙蒙的原坡，我却替两千年前的刘邦操起闲心来。他从鸿门宴上脱身以后，是抄哪条捷径便道逃回我眼前这个原上的营垒的？"沛公军灞上"，灞上即指灞陵原。汉文帝就葬在白鹿原北坡坡畔，距我的村子不过十六七里路。文帝陵史称灞陵，分明是依着灞水而命名。

这个地处长安东郊自周代就以白鹿得名的原，渐渐被"灞陵原""灞陵""灞上"取代了。刘邦驻军在这个原上，遥遥相对灞水北岸骊山脚下的鸿门，我的祖居的小村庄恰在当间。也许从那个千钧一发命悬一线的宴会逃跑出来，在风高月黑的那个恐怖之夜，刘邦慌不择路翻过骊山涉过灞河，从我的村头某家的猪圈旁爬上原坡直到原顶，才嘘出一口气来。无论这逃跑如何狼狈，并不影响他后来打造汉家天下。

大唐诗人王昌龄，原为西安城里人，出道前隐居白鹿原上滋阳村，亦称芷阳村。下原到灞河钓鱼，提镰在菜畦里割韭菜，与来访的文朋诗友饮酒赋诗，多以此原和原下南灞水为叙事抒情的背景。我曾查阅资料企图求证滋阳村村址，毫无踪影。

我在读到一本《历代诗人咏灞桥》的诗集时，大为惊讶，除了人皆共知的"年年柳色，灞陵伤别"所指的灞桥，灞河这条水，白鹿（或灞陵）这道原，竟有数以百计的诗圣诗王诗魁都留了绝唱和独唱。

宠辱忧欢不到情，
任他朝市自营营。
独寻秋景城东去，
白鹿原头信马行。

这是白居易的一首七绝，是诸多以此原和原下的灞水为题的诗作中的一首，是最坦率的一首，也是最通俗易记的一首。一目了然，白诗人在长安官场被蝇营狗苟的龌龊惹烦了，闹得腻了，倒胃口了，想呕吐了，却终于说不出口呕不出喉，或许是不屑于说或吐，干脆骑马到白鹿原头逛去。

还有什么龌龊能淹没脏污这个以白鹿命名的原呢，断定不会有。

我在这原下的祖屋生活了两年。自己烧水沏茶。把夫人在城里擀好切碎的面条煮熟。夏日一把躺椅冬天一抱火炉。傍晚到灞河沙滩或原坡草地去散步。一觉睡到自来醒。当然，每有一个短篇小说或一篇散文写成，那种愉悦，相信比白居易纵马原上的心境差不了多少。正是原下这两年的日子，是近八年以来写作字数最多的年份，且不说优劣。

我愈加固执一点，在原下进入写作，便进入我生命运动的最佳气场。

家之脉

女儿和女婿在墙壁上贴着几张识字图画，不满三岁的小外孙按图索文，给我表演：白菜、茄子、汽车、火车、解放军、农民……

一九五〇年春节过后的一天晚上，在那盏祖传的清油灯下，父亲把一支毛笔和一沓黄色仿纸交到我手里：你明日早起去上学。我拔掉竹筒笔帽，是一撮黑里透黄的动物毛做成的笔头。父亲又说：你跟你哥合用一只砚台。

我的三个孩子的上学日，是我们家的庆典日。在我看来，孩子走进学校的第一步，认识的第一个字，用铅笔写成的汉字第一画，才是孩子生命中光明的开启。他们从这一刻开始告别黑暗，走向智慧人类的途程。

我们家木楼上有一只破旧的大木箱，乱扔着一堆书。我看着那些发黄的纸页和一行行栗子大的字问父亲：是你读过的书吗？父亲说是他读过的，随之加重语气解释说，那是你爷爷用毛笔抄写的。我大为惊讶，原以为是石印的，毛笔字怎么会写得和我的课本上的字一样规矩呢？父亲说，你爷爷是先生，当先生先得写好字，字是人的门脸。在我之前已谢世的爷爷会写一手好字，我最初的崇拜产生了。

父亲的毛笔字显然比不得爷爷，然而父亲会写字。大年三十的后晌，村人夹着一卷红纸走进院来，父亲磨墨、裁纸，为乡亲写好一副副新春对联，摊在明厅里的地上晾干。我瞅着那些大字不识一个的村人围观父亲舞笔弄墨的情景，隐隐感到了一种难以言说的自豪。

多年以后，我从城市躲回祖居的老屋，在准备和写作《白鹿原》的六年时间里，每到春节的前一天后晌，为村人继续写迎春对联。每当造房上大梁或办婚丧大事，村人就来找我写对联。这当儿我就想起父亲写春联的情景，也想到爷爷手抄给父亲的那一厚册课本。

我的儿女都读过大学，学历比我高了，更比我的父亲和爷爷高了（他们都没有任何文凭，我仅高中毕业）。然而儿女唯一不及父辈和爷辈的便是写字，他们一律提不起毛笔来。村人们再不会夹着红纸走进我家屋院了。

礼拜五晚上一场大雪，足足下了一尺厚。第二天上课心里都在发慌，怎么回家去背馍呢？五十余里路程，步行，我十三岁。最后一节课上完，我走出教室门时就愣住了，父亲披一身一头的雪迎着我走过来，肩头扛着一口袋馍馍，笑吟吟地说：我给你把干粮送来了，这个星期你不要回家了，你走不动，雪太厚了……

二女儿因为误读俄语，补习只好赶到高陵县一所开设俄语班的中学去。每到周日下午，我用自行车载着女儿走七八里土路赶到汽车站，一同乘公共汽车到西安东郊的纺织城，再换乘通高陵县的公共汽车，看着女儿坐好位子随车而去，我再原路返回蒋村——正在写作《白》书的祖屋。我没有劳累的感觉，反而感觉到了时代的进步和生活的幸福，比我父亲冒雪步行五十里为我送干粮方便得多了。

我不止一次劝告女儿和女婿，别太着急了，孩子三岁还不到，你教他认什么字嘛！他现在就应该吃饭、玩耍甚至捣蛋，才符合天性。女儿和女婿便说现在人对孩子智商如何如何开发，及至胎儿。我便把我赌上去：你爸爸八岁才上学识字，现在不光写小说当作家，写毛笔字偶尔还赚点润笔费哩！

父亲是一位地道的农民，比村子里的农民多了会写字会打算盘的本事，在下雨天不能下地劳作的空闲里，躺在祖屋的炕上读古典小说和秦腔戏本。他注重孩子念书学文化，他卖粮卖树卖柴，供我和哥哥读中学，至今依然在家乡传为佳话。

我供三个孩子上学的过程虽然也颇不轻松，然而比父亲当年的艰难却相去甚远。从私塾先生爷爷到我的孙儿这五代人中，父亲是最艰难的。他已经没有了私塾先生爷爷的地位和经济，而且作为一个农民也失去了对土地和牲畜的创造权利，而且心强气盛地要拼死供给两个儿子读书。他的耐劳、他的勤俭、他的耿直和左邻右舍的村人并无多大差别，他的文化意识才是我们家里最可称道的东西，却绝非书香门第之类。

这才是我们家几代人传承不断的脉。

旦旦记趣

外孙取名旦旦，已经长到两岁半，常有"惊人"之语出口。每每听到，先是猝不及防，随之便捧腹，或忍不住而喷饭，且不能忘。

他很贪玩，几乎没有片刻的闲静，即使吃饭，仍然是手不闲脚亦不停。这时候，我便哄他说，你不好好吃饭，屁股上都没肉啦！顺手便捏一捏他的小屁股；再鼓励一番，好好吃肉，屁股上就长肉啦。他便真听了话，张口接住他妈妈递到嘴边的一块肉，刚嚼了两下，估计还未嚼碎，便急忙咽下，跑过来，背过身，撅起小屁股："爷爷你再摸一下，看看长肉了没有？"在一家人的哄笑声中，我只好将错就错："长了长了！再吃再长！"我亦忍不住笑，这才叫立竿见影！林彪让中国人学习"语录"要"立竿见影"，肯定没有想到这样的效果和这样幼稚的荒诞和荒谬！

　　旦旦吃了一块豆腐，蹦过来，转过身，又一次撅起小屁股，认真地说："爷爷你再摸一下，看看屁股上长豆腐了没？"哇！一家人全部放下碗，停住筷子，笑得前仰后合。

　　然后就没完没了。一次连一次地重复如前的动作和姿势，一次比一次更加认真地问：

　　爷爷你再摸一下，屁股上长蘑菇了没？

　　爷爷你再摸一下，屁股上长木耳了没？

　　我已经再没劲笑了，无可奈何地对他说，旦旦的屁股成了副食超市了。

　　有一天，我要上班了，照例先和旦旦说再见，然后就走到门口。旦旦却急了，从沙发上跳下来，鞋也顾不得穿，光着脚跑过来，边跑边喊，爷爷别走爷爷别走。我就站住安慰他。他却盯着我喊："爷爷我送你。"我也就释然，还以为他缠住我不让出门呢。我拉开门，他先蹦了出去，站在楼梯口，伸出一只小手来。我尚弄不明白他要做什么，就牵住他的手引他进门回屋。小家伙抽回手去，甩了几下，又伸到我面前。我女儿终于明白了，提示我说，他要跟你握手送别呢。我恍然醒悟，随即弯下腰伸出手去，攥住他的小手。他却当即跳着蹦着，另一只手像翅膀一样上下扇着扇着，嘴里连续丢出一串话来："再见！拜拜！巴尼哈！那就这！"

　　我对这突如其来的发挥毫无心理准备。旦旦表演完毕，向我摇摇手，又跑回屋里沙发上去了。我走下楼梯走过楼院走出住宅区的大门，心里还一直在想着。"再见"和再见的英语口语"拜拜"他早都会说了，自然是他爸爸妈妈教的。"巴尼哈"是维吾尔语"再见"的意思，肯定是他奶奶教给他的。我和老伴今年夏天去了一趟新疆，就学会了这么一句维吾尔语的"再见"。这些当然都不足为奇，奇就奇在"那就这"从何而来，谁教给他的？

想想也不难破译。家里来了人，说完了事，送客人出门，握手告别时我常习惯说"那就这"，意思是我们说过的事就这样了。不仅如此，打完电话时，我也习惯说一句："那就这，再见。"这娃娃不知观察了多少次我的举动和说话，终于和我要来表演一回了。

从这天开始，这样的握手告别仪式就成为必不可缺的铁定的程序，我一天出几次门，就有几次这样的表演仪式，地点也必须是门外的楼梯口。有一次因事急我匆匆开门出去，走到楼下，从窗户里传出旦旦的哭声，哭声不仅大而强烈，且很悲伤。我感到了一种他被轻视了的伤心，我犹豫一下，还是返身回家，补救了那个握手告别的仪式。他的脸蛋上挂着泪珠，仍然把小手递到我手里，蹦着跳着，左胳膊还是小鸟翅膀一样上下扇动着，哽咽着却一字不漏地说完"再见……拜拜……巴尼哈……那就这"。

旦旦学骑小三轮车几乎无师自通，哪怕是车子只能擦轴而过的狭窄过道，他都可以骑过去。旦旦对我说：爷爷我到北京去了。说罢便踩动车轮钻进另一间房子去了。不一会儿，旦旦又转回来：爷爷我到上海去了。说罢又钻入第三间屋子。我的三室住房加上厨房，不时变换着中国十几个城市的名字，大都是我或家人出差去过的城市。因为去某个城市的时间和回来之后的一段日子，家人总是说在那些城市的见闻和观察。旦旦便在谁也不留意他的时候记住了这些城市的名字，而且被他骑车一日几次地往返了。

旦旦睡觉了，家里便恢复了安静。他的一双小鞋却丢在我的房间的床边，我总是在看见那一双小鞋时忍不住怦然心动。我说不清什么原因，似乎也没有什么关于鞋的往事的参照或触发，反正看见那双脱下的小鞋时心里就怦然一动，甚至比看见他穿着鞋跑来跑去更加富于诱惑。

回到家，迎上前来打招呼的总是旦旦。这时候，无论什么顺心的事和烦恼的事甚至令人窝火的事，全都在旦旦的无序的话语里化解了。说宠辱皆忘说心静如水似乎都不大恰切，只是觉得自己就是一个爷爷了。

秋收过后，我带着旦旦回到老家乡村。今年夏天雨水好，秋粮得到了近来少有的好收成，村巷里的椿树槐树皂荚树树杈上，架着一串串剥光了皮壳的玉米棒子，橙黄鲜亮的。这虽然是我自小就看惯了的家乡的最亮丽最惹眼的风景，依然抑制不住对丰收果实的那种诗意的感受。旦旦也激动起来，扬起两条小胳膊，睁大惊异的眼睛欢呼起来：啊呀！这么多的香蕉呀……

旦旦的惊人之举引来哄然大笑。他奶奶他妈妈和周围的乡亲都笑了。我笑过之后，便由不得感慨。这孩子生在城里，长在城里，两岁半了，第一次看见玉米棒子，把形状类似的香蕉就联想起来混淆一起了。我的三个儿女，包括旦旦的妈妈，都生长在这祖传的乡间老屋里，她们生在"文化大革命"的非常时期，也是我的生活最困窘的时期，香蕉无异于天国的神果，她们正好可能把香蕉当作玉米棒子。香蕉在现时的乡村，已经不是什么稀奇的水果，乡村小镇和马路边的小店散摊，都摆着一堆堆零售的香蕉，肯定不会再有农村孩子把它当作玉米棒子的笑话发生了。无论大人们怎样开心地调笑，旦旦却早跑到树下，仰起脸盯着树杈上的玉米棒子，跳着叫着要摘下"香蕉"来。

两岁半的旦旦，大约正处于人生的混沌状态，什么都要问，却什么也懂不了；什么都感觉新鲜，过眼之后便兴味索然；什么人的什么话都可以不听，一味固执于自己当时的兴趣；什么行动和动作都想去模仿，结果是毫不在意地又丢弃了。我可以看到一个人成长过程中两岁半这个年龄区段里的全部可爱，混沌的可爱。不必做任何意义上的猜想和推测，两岁半的混沌形态容不得意义，因为它本身属于无意义的自然形态。

这个年龄区段的混沌可能很短暂。因为在两岁的时候，旦旦还不是这样的形态。半岁的变化有点急骤，两岁时说不出的浑话和做不出的行为动作，到两岁半时就都发生了。那么我就猜想，再过半岁呢？到了三岁时，该是从混沌状态走出来而踏入半混沌半清明的状态了吗？他在蜕去一半混沌的同时，还能保持那一份憨态的可爱吗？

猜测那混沌状态的可能消失，依依着那混沌状态的全部可爱，我便打算笔记下来。我的记性已经很差，无疑是老年的生理特征的显现。想到生命的衰落生命的勃兴从来都是这样的首尾接续着，我便泰然而乐。

第四章

关山千重，遮不住归途

在河之洲

汽车驶出古城西安东门，不久就进入麦深似海的关中平原的腹地。时令刚交上五月，吐穗扬花的小麦一望无际，眼前是嫩滴滴的密密匝匝的麦叶麦穗，稍远就呈现为青色了。放开眼远眺，就是令人心灵震颤的恢宏深沉的气象了。车过渭河，田堰层叠的渭北高原，在灰云和浓雾里隐隐呈现出独特的风貌，无论立陡的垴，无论舒缓的慢坡，都被青葱葱的麦子覆盖着，如此博大深沉，又如此舒展柔曼，无法想象仅仅在两个月之前的残破与苍凉，顿然发生对黄土高原深蕴不露的神奇伟力的感动。

我的心绪早已舒展欢愉起来，却不完全因为满川满原的绿色的浸染和撩拨，更有潜藏心底的一个极富诱惑的企盼，即将踏访两千多年前那位"窈窕淑女"曾经生活和恋爱的"在河之洲"了。确切地说，早在几天之前朋友相约的时候，我的心里就踊跃着期待着，去看那块神秘莫测的"在河之洲"。

我是少年时期在初中语文课本上，初读那首被称作中国第一首爱情诗歌的《关雎》的。无须语文老师督促，一诵我便成记了，也就终生难忘了。"关关雎鸠，在河之洲。窈窕淑女，君子好逑。"许是少年时期特有的敏感，对那位好逑的君子不大感兴趣，甚至有莫名的逆反式的嫉妒，一个什么样的君子，竟然能够赢得那位窈窕淑女的爱？在河之洲，在哪条河边的哪一块芳草地上，曾经出现过一位窈窕淑女，而且演绎出千古诵唱不衰的美丽的爱情诗篇？神秘而又圣洁的"在河之洲"，就在我的心底潜存下来。后来听说这首爱情绝唱就产生在渭北高原，却不敢全信，以为不过是传说罢了，而渭河平原的历史传说太多太多了。直到朋友约我的时候，确凿而又具体地告诉我，在河之洲，就是渭北高原合阳县的洽川，这是大学问家朱熹老先生论证勘定的。朱熹著《诗集传》里的"关雎"篇，以及《大雅·大明》，有"在洽之阳，在渭之涘"可证明，更有"洽，水名，本在今同州郃阳夏阳县"，指示出不容置疑的具体方位。郃阳即今日的合阳县，二十世纪五十年代还沿用古体字作为县名，后来为图得简便，把右边的耳朵削减省略了，郃阳县就成今天通用的合阳县了。洽水在合阳县投入黄河，这一片黄河道里的滩地古称洽川，就是千百年来让初恋男女梦幻情迷的"在河之洲"。我现在就奔着那方神秘而又圣洁的芳草地来了。

　　远远便瞅见了黄河。黄河紧紧贴着绵延起伏的群山似的断崖的崖根，静静地悄无声息地涌流着。黄河冲出禹门，又冲出晋陕大峡谷，到这里才放松了，温柔了，也需要抒情低吟了，抖落下沉重的泥沙，孕育出渭北高原这方丰饶秀美的河洲。这是令人一瞅就感到心灵震颤的一方绿洲，顿然便自惭想象的狭窄和局限。这里坦坦荡荡铺展开的绿莹莹的芦苇，左望不见边际，右眺也不见边际，沿着黄河也装饰着黄河，竟有三万多亩，那一派芦苇的青葱的绿色所蕴聚的气象，人在初见的一瞬便感到巨大的摇撼和震颤。我站在坡坎上，久久说不出一句话来，那方自少年时代就潜存心底的"在河之洲"，完全不及现实的洽川之壮美。

　　芦苇正长到和我一般高，齐刷刷，绿莹莹，宽宽的叶子上积着一层茸茸白毛，纯净到纤尘不染。我漫步在芦苇荡里青草铺垫的小道上，似可感到正值青春期的芦苇的呼吸。我自然想到那位身姿窈窕的淑女，也许在麦田里锄草，在桑树上采摘桑叶，在芦苇丛里聆听鸟鸣，高原的地脉和洽川芦荡的气韵，孕育出窈窕壮健的身姿和洒脱清爽的质地，才会让那个万众景仰的周文王一见钟情，倾心求爱。我便暗自好笑少年时期自己的无知与轻狂，好逑的君子可是西周的周文王啊，哪里还有比他更能称得起君子的君子呢？一个君王向一个锄地割麦采桑养蚕的民间女子求爱，就在这莽莽苍苍郁郁葱葱的芦苇荡里，留下《诗经》开篇的爱情诗篇，萦绕在这个民族每一个子孙的情感之湖里，滋润了两千余年，依然在诵着吟着品着咂着，成了一种永恒。

　　雨下起来了。芦苇荡里白茫茫一片铺天盖地的雨雾，腾起排山倒海般雨打苇叶的啸声，一波一波撞击人的胸膛。走到芦苇荡里一处开阔地时，看到一幅奇景，好大的一个水塘里，竟然有几十个人在戏水，男人女人，年轻人居多，也有头发稀落皮肉松弛的上了年岁的人。这个时月里的渭北高原，又下着大雨，气温不过十度，那些人只穿泳衣在水塘里戏闹着，似乎不可思议。这是一个温泉，名处女泉，大约从文王向民间淑女求爱之前就涌流到今天了。温泉蒸腾着白色的水汽，像一只沸滚的大锅，一团一团温热湿润的水汽向四周的芦苇丛里弥漫，幻如仙境。洽川人得了这一塘好水，冬夏都可以尽情洗浴了，自古形成一个风俗，女子出嫁前夜，必定到处女泉净身，真是如诗如画。洽川这种温泉在古籍上有一个怪异的专用汉字——瀵。自地下冒涌出来，冲起沙粒，对浴者的皮肤冲击搓磨，比现代浴室超豪华设施美妙得远了。在洽川，这样的泉有很多，细如蚁穴，大如车轮。《水经注》等多种典籍都有生动具体的描绘。现在成了各地旅客观赏或享受沙浪浴的好去处了。

　　这肯定是我见过的最绝妙的温泉了，也肯定是我观赏到的最壮观最气派的芦苇荡了，造化给缺雨干旱的渭北高原赐予这样迷人的一方绿地一塘好水，弥足珍贵。我在孙犁的小说散文里领略过荷花淀和芦苇荡的诗意美，前不久从媒体上看到有干涸的危机，不免扼腕；从京剧《沙家浜》里知道江南有一片可藏匿新四军的芦苇荡，不知还有芦苇否？芦苇丛生的湿地沙滩，被誉为地球的肺。无须特意强调，谁都知道其对于人类生存不可或缺的功能。

　　我便庆幸，在黄河滩的洽川，芦苇在蓬勃着，温泉在涌着冒着，现代淑女和现代君子，在这一方芳草地上，演绎着风流。

关山小记

汽车刚钻进山，车里的朋友就兴奋起来，争相发出连续不断的赞美的话，夹裹着由衷的惊诧的叫声，近似鼓噪。不过从口吻声调判断，还属真实。想想这些常年出入高楼游走在水泥沥青马路上的人，眼里看的是瓷片玻璃鼻孔吸入的是种种废气，时下又正当溽热难耐的三伏，突然钻进这不见人烟的群山之中，仅生理心理的本能性舒悦就足以开怀了，况且全都是挟有绝技绝招的文墨人，更敏感也更习惯表述。

这山也真是美。在仅容得汽车穿过的窄道里，两边或陡直挺立或悬空扑突的青色岩石，轻易就可以把钢铁制品挤弯压扁。溪水就在车轮下飞迸着水花，喧闹山弥天铺地的浪声。车在群山里盘绕，一会儿上了一会儿下了，眼前的空间一会儿宽了一会儿窄了，瞬息变换着的景致，却再也激发不起朋友们的大呼小叹了。也许是目不暇接了，也许是喊得累了。车子再翻过一道缓坡横梁，眼前展开一片宽阔漫长的谷地，峭壁陡峰早已不见了踪影，溪水隐没到草丛里去了，满眼都是阅览不尽的绿草，在西斜的阳光下迭变着色彩，人被狭谷窄道挤压过的心胸顿然舒展开来。又是一片惊诧的咏叹。

这是关山。我这回是专意瞅着关山来的。

我对关山的向往，是两年前电视播放的一则风光片诱发的。记得是在一场顶级足球比赛的场间休息时随意转换频道，不经意间看到一片奇异的高山草地，一下子就被吸引被诱惑住了。起初竟然以为是异国风光，而且与在图片和荧屏上见过的阿尔卑斯山的风景叠印在一起；后来听着优美抒情的播音员的解说词，才知道这是中国的关山草原。更令我意料不及的，这关山就隐藏在秦岭山地里边，属于陕西陇县辖地，离西安不过三个多小时的车程。我在那一刻就有了"养在深闺人未识"的惊喜，向往也在那一刻注定了。终于逮着机会，直奔关山来了。

一眼望不透的高矮起伏着的群山。这里的山已经不见秦岭的陡峭挺拔威严凛峻，却是一派舒缓柔曼的气象，从山根到山顶，坡势拉得悠长，一种自在自如的娴静和浅淡。由近处望到远处，山头都被绿树笼罩着，近在眼前的是一派惹眼的葱绿，越往远处颜色渐渐加深到墨绿，再到目力所及处和雾气灰云混融了，完全看不出绿色了。这里的树林颇为怪异：从每一座山头覆盖下来，到半山腰便齐展展收住，形成一道密不透风的绿色壁垒。看去颇为壮观，往往使初见者误猜为人工有意所为，其实是自自然然形成的地理地貌性奇观。山腰往下直到河谷，漫坡漫川都是绿毡铺着一样的野草，草里点缀着黄的红的紫的白的小花。这山里的世界就显得十分简洁。绿的树和绿的草，树占山腰以上，草铺山腰以下。这种简洁的美是一种大气象的美，是舍弃了繁复舍弃了芜杂也舍弃了匠心的美，非阅览过千番景致，也见惯了各种色彩的大手笔不可造得。这当然是大自然的神笔造出的神韵，却也启示舞笔弄墨泼彩的文人画家，不可把一种自营的色彩色调说绝了。

从河谷里随意走过去，走过一个山间谷地再到一个山间谷地，每一道沟每一面坡都各有风姿，绝不重复类近。然而稍微留心，或浅短或长远，或伸直或斜延，那一面面坡一道道梁，其走势其形态都显示舒缓优雅、自在自如、气韵酣畅、神闲气静，一弯一转一扭一回旋，都丝毫不显急促，更不见猥琐，如一张张锦帛一条条绿绸随着轻微的山风随意飘落。我不止一回提问自己，这是秦岭吗？以陡险雄峻闻名的秦岭，到这里却呈现出一派舒缓柔曼的姿态和情调，当可看作伟岸凛峻的大丈夫的躯体里，原本怀有诗意绵绵也情意绵绵的软心柔肠。

关山和秦岭一样悠久，却是山系里的壮年汉子，多少万年以来，这天赐的美景只是默默地自我欣赏。从二十世纪后半段的几十年里，这里是繁殖培育骑兵所用战马的军事禁地，旁人不得进入。再说那时候的中国人，无论城乡，都是数着粮票掐斤抠两过着日子，不仅没有游山逛景的资本，作为一种意识都不为当时极左的时风所容忍。现在时风开化了，一部分人可以在衣暖饭饱之后派生游逛的"余事"了。骑兵已经从中国军队的兵种里悄然消退了，关山军马场相继歇业关闭了，然军马却在山沟野洼乡民的屋院里繁衍。现在，这里最能引发游人新奇的项目是骑马，近处和远处的男女山民牵着自养的良种军马，争先恐后地把马鞭往来此散心的城里人的手里塞，甚至拽着游客的胳膊往马背上掀，竞争到了空前激烈的状态。马们是无所谓的，驮着这些城市来的先生女士老汉老太小伙姑娘，听着他们在自己耳后发出的惊惊吓吓嘻嘻哈哈的声音，祖传的血液里的冲锋陷阵蹄踏敌阵的血性和激情荡然无存，只有懒洋洋地溜达。我的朋友们都上了马。我无端地谢绝真诚的乃至不可理喻的邀约，只有一个托词，我属马，自己不好压迫自己。

我便独自一人在夕阳即逝的草地上随意走着。我迎面碰到草地小路上一位骑自行车的小伙。小伙眉眼很俊，黑眼睛灵活而聪慧。我和他有一段短捷的交谈，得知散落在一道一道沟谷里的山里人家，除了种苞谷土豆自供吃食，主要是饲养放牧羊和马，羊供游人烧烤，现场宰杀，架火烤全羊或羊肉串儿，从维吾尔族蒙古族那里学来的烧烤技术。马除了供游人骑玩，更多的是卖给客户，听来有点残酷。小伙告诉我，上海年年来人收购，有多少要多少。听说买回去抽血直到抽干。抽马血做啥用咱就不知道了……听得我毛骨悚然，身上起鸡皮疙瘩，顿然意识到属马不骑马的自我约律没有一丝意思了。

小伙子跨上自行车远去了。暮色里可以看见前边山口有一堆瓦顶房子，不过五六户人家。我往驻地走过去，绵软的草地已经有湿气潮起来。包括我在内的城里人到这里来散心，来赏景，来换一口清新干净的空气，体验一回骑马的新奇感觉。明日回去又陷入城市的文明和喧嚣之中。山民们大约对这里的树、这里的草、这里的空气，早已习以为常，只有尽快把长成的羊和马卖出去，欢悦和窃喜才会产生。美丽的类近阿尔卑斯山风貌的关山的景致，对他们只有谋得生存的真实含义。

夜色完全落幕。阴沉的天空尽管没有星月，还是能够看到天和地的分界，那是群山顶上的树梢，在天空画出的起伏着的优美曲线，凝然不动。我回到驻地场院。听到聚在灯光下的一堆游客在议论，咱们有这样好的山地和草原，外地人却把陕西一概留印象为风沙弥漫的黄土高坡，全是那首破歌惹的祸……"大风"把陕西全刮光了。

我想这肯定是个乡土自尊比我还强的陕西人。

俏了西安

一

　　西安俏了。俏得让那些老西安人常常发出喟叹：噢、噢、噢，这条大街就是早先那个鸡肠子似的巷子嘛！啥时候修得这么宽敞……人们在新的城市格局的每一个路口或每一座新的建筑物面前，总是忍不住钩沉昨天的记忆，这种喟叹便浸润着生活进步社会变迁的历史性韵味了。

二

　　急骤的变化仅仅是十余年间的事。

　　我是八十年代初从灞桥区调入省作家协会的，作协所在的建国路还算得上一条比较宽大的街道，那时候隔五六分钟才过一辆卡车或小车，行人可以悠闲地在街道上晃荡，孩子在马路中间嬉戏，甚至有人在街道中间打羽毛球。而今要横过马路须得左顾右盼以至焦灼等待，几乎首尾相接的机动车从早一直流到深夜。

整条建国路上只有一家食堂，在西南十字路街口，市商业系统下的一家国营食堂，卖素面和肉面，还卖羊血泡馍，啤酒是散装的，两毛钱一碗，碗是粗瓷黄釉的大号老碗。已是专业作家的我仍住在乡下，每逢奉召回作协开会，中午便在这里花两毛钱买一碗羊血一毛钱买两个烧饼，奢侈时再加一碗啤酒，五毛钱下了一回馆子，心满而意足。那时候的工资是五六十块钱，收入和消费正好合适。几年间，这条街上高档酒店和风味小吃店竞相开张，门面也越换越新，灯光亦越换越亮，价钱自然也是越换越高，然而食客仍然涌现不断。那家卖羊血泡馍的低矮的食堂作坊早已被高楼所代替，刘家兄弟开了家令人忍不住冒险欲望的蝎子酒宴。民航售票处、证券交易厅门前，如涨潮和退潮的人群标示着股票行情和股民的忧欢……无论如何，在我喝着大碗啤酒嚼着大碗羊血泡馍的那几年里，无法料知蝎子会作为美味佳馔摆上餐桌，更无法料知股票会在我们的社会生活中牵扯人们的忧欢。

如果再沿着记忆之河溯流而上，我记得七十年代中期以前的西安四条大街上，骡马拉的大车畅行其道，只要求每匹牲畜的屁股下设置一个接纳粪便的布兜，而尿是可以任意撒的。

220

再追溯到五十年代中期，我在东关读初中的头年冬天，每到傍晚，铺天盖地的乌鸦在天空盘旋，凄丧的叫声令人毛骨悚然，蹲在操场上吃晚餐的学生们，常常会被从天而降的排泄物所击中，或头上或身上或饭碗菜碟里。这些乌鸦夜栖在东门城楼层叠的木檐下，天明又飞到城外去觅食了。那时候的东门城楼漆彩剥蚀，塌檐断瓦，像一个风烛残年衣履残破的老人。

我现在的住地就在东门内，看着这门楼重新抖出威风重新焕发新姿重新现出昔日（始建时）的雍容和气度，往往忍住感慨，十余年间西安人做了多少大事，五十年本来又应该做成多少大事，而"文化大革命"的十年又破坏了西安人的多少好事耽搁了多少大事！正在发展的生活和已经逝去的历史才是透视一切的镜子。

三

十余年前，我在西安出的一家报纸上看到过一篇北京一位作家写的西安印象的文章，有一个令我吃惊的观点。看到西安端南正北端东正西以钟楼为中心的四条大街，以及西安"井"字形的街路布局，便大发感慨，说端直的道路客观上造成了西安人的思维的简单，直截端出不会拐弯亦不会多向思维，才是西安包括经济、文化等诸方面滞后的原因。

就我有限的阅历，中国的城市凡是建筑在平原上的，无论古都无论新城，大都是井字交叉的大街或小巷，似乎没有哪个城市的创始者为了表示思维的多维性和多向性，故意把大街或巷道多拐几道弯。贵阳、重庆那样的山城受地貌的限制自不能做佐证，上海和天津的弯曲街路多是租界地里的洋人们按照自己的势力范围制造的畸形，是中国人的不大愉快的一块旧疤，恐怕也很难牵强到多向思维这个话题上头来。

我便和朋友调侃，以西安端直的街路而判定西安人属端直思维的人，其思维的简单和端直正好应该和西安的街道一样。

西安保存下来全国唯一一圈完整的古城墙，不仅对西安，对于这个泱泱大国的古代文明，正好留下一个完整的标志，一道不可复原复制的古代城池的标本，弥足珍贵。开放的西安获得了自己的发展，终于有财力修复残缺破损的城墙，终于完成了城墙的点亮工程。入夜，美丽的古城的轮廓可以使我们笑慰古人，亦可骄傲地指点给海内外的朋友。

又是前几年，我在一家报纸上看到一篇嘲讽西安人的文章，说西安人思想保守观念落后的象征便是这城墙，城墙是一个封闭的思想象征。我在此便先抬杠，秦岭山区和边疆草原，没有任何墙作为封闭的障碍，事实是那里至今仍然是扶贫脱贫的最落后的地区。那里到处都是弯曲的小路，而人们的思维却看不到多维与多向。

在开放的中国和中国的西安，在即将进入二十一世纪的临界线上，一座明代的古城墙怎么能封闭现代西安人的思维和西安人的观念？现代高科技、现代网络信息、现代新的知识，难道依靠马车和云梯翻越城墙闯入城门洞吗？

　　作为一个西安市民，我真是感激那些为保存西安城墙的完整和完美而表现出远见卓识的人们，这是一种悠长的历史和深沉的文化意识。我也同时期望着，这座城市曾经在国家和民族的漫长的历史长河中的独有的辉煌，在现代西安人的手里得以重现。

回家折枣

在巷子的水果摊上看到红枣摆上来，自然想到又到枣月了，也自然想到该回家折枣了。妻子肯定也知道了枣子开始上市，催促我说，抽空回家折枣。在关中乡村，一般不说摘字，凡用摘字的地方，大多数时候用折，譬如折豆荚、折桑叶、折棉花，摘一切水果都说折。

"在我的后园，可以看见墙外有两株树，一株是枣树，还有一株也是枣树。"这是鲁迅《秋夜》开篇的名句。我已记不得什么年纪读的，却记得是一遍成诵，自此便把一缕无尽的意味绵延到现在，也把一种文字的魅力绵延到现在。在我的前院、中院和后院，栽了七八种树，有南方和北方的两种白玉兰，粉红色的紫薇，黄色的蜡梅，紫荆花树有红白两株，石榴树，火晶柿子树，还有三株枣树，都是我十余年间先后栽植的。几种花树依着各自的习性在不同季节开花，柿树和枣树也都挂果。每当花开或果熟时月，得空回到原下老屋小院，或尝花闻香，或攀枝折果，都是一种难以表达的清爽和愉悦。今天又要回家折枣了。虽然都是面对自家院子里的枣树，我已很难体验先生在"风雨如磐"的"秋夜"里的那种忧思的情境了。

正是秋高气爽的好季节。树依旧很绿。天空是少见的澄澈和透碧。可以看到远方影影绰绰起伏着的秦岭的轮廓。左首的北岭和右首的南原沉静地摆列在两边，清晰透彻，不时现出掩蔽在村树里的一角红瓦屋脊或一方净白的檐墙。路两边的樱桃园里显示着收获过的败落和冷寂。这条在我生活历程中走得最多也最熟悉的回家的土路，却从来都不曾发生熟悉里的厌倦，视线触摸到任何一个角落，都会在昨天的记忆里泛出新鲜的差异性意味来。夏收后泛着白光的麦茬地，采摘樱桃时不慎攀折断了枝条，从路边野草丛中突然蹿飞的野鸡，都会把我在城市楼房里的所有思绪排解到一丝不剩，还有乡野的风对城市的污染空气的排除与置换。

进得我原下的村子，再踏进村子里我祖居的院子，先来到柿树下，缀满枝头的柿子，深绿渐变为浅绿，尚不到成熟的时月，似乎比往年结得稀。穿过前屋到了中院，扑面而来就是满树的枣子了。今年的枣子结得顶繁了，细软的枝条不堪重负，一条一条垂吊下来，像母亲过去挂在明柱上的蒜瓣。且不说品尝吧，单是看见这缀满枝条的枣子，就令当初栽树的我有一种实现期待收获果实的无以名状的舒悦和幸福了。枣子已从绿色蜕变出鲜亮的乳白，果皮上有一坨一丝紫红色，尚未熟透到通体变成红色，完全可以折来品尝了。这种枣子比红透的枣子更脆更甜更有水津味。东墙根下一株，西墙根下两株，都把蒜瓣似的枣子展现在我的眼前，一派来自土地结晶而成的鲜活，一派无遮无喧亦无言的丰盛，真是让种植它的我感受体验到无与伦比的欢欣了。亲友已搬来梯子。我听到一声吃枣子的咔嚓的脆响，还有对枣子美味的欢叫声。

大约七八年前，我在早春的时候回家。路过一个业已城市化了的乡村，正逢传统的庙会。顺便到会场去溜达，到处都摆着乡村人生产和生活的用品，庙会已无庙无神可敬，纯粹变成商品交易市场了。到处都摆着树苗，北方乡村适宜种植的柴树果树和花树秧子，成捆成捆堆放在路边，我总是忍不住在那些有树秧的摊前驻足停步；总是在抚摸那些树秧嫩秆的时候忍不住心动，绝不弱于面对稿纸拔开笔帽时的冲动和激情。也许是自小跟着喜欢栽树的父亲受到的影响，也许是应了一个乡村"半迷儿"卦人给我算就的木命，我确凿爱栽树。和我一起溜达的妻子更喜欢那些民间编织的生活用品，装馍用的竹篮和装筷子的箸笼，还有装提水果的竹编长条笼。她不时拽我并提醒我，不要再买任何树苗了，屋前院内再找不到栽树的空地了。其实我心里也明白，能容得我栽树的地皮，只有老家在前屋后和小院里那几分庄基地了，早被我栽得满满当当的了。不经意间，碰见一位老相识，他也曾弄过文学，却仍然在乡间种地，还在业余写着剧本。我看见他就有说不出口的话，城里有十余

家专业剧团，或排场或别致的舞台整年都晾着，一年也敲响不
了几回梆子锣钹，你把剧本写给鬼演呀！他的架子车厢里放着
一捆打开的枣树秧子，是他培育的一种新品种，比普通枣子个
大，味更脆更甜，名曰梨枣，却与梨不相干。他卖得很好，满
满一车只剩下半捆了。他一边跟我说他正在写作的剧本，一边
往我手里塞枣树秧子。他知道我乡下有屋院。再三辞谢不掉，
我便拿了三株梨枣回家，下决心把中院一株老品种的樱桃和一
株太泼也太占地盘的花树挖掉，给这三株枣树腾出空位。令人
惊诧的是，这枣树一年就长到齐墙头高了。直到这枣树秧委实
出脱成茁壮的枣树，而且挂了果，赠我枣树的朋友打电话说，
他的剧本早已写完，请几位高手名家看过，都在说写得不错的
同时，也都说着遗憾。不是剧本能不能排，而是专业剧团根本
就不排戏演戏。他问我能不能帮忙想点办法。我不仅没有办法
可支，连安慰他的话都说不出口。

　　到新世纪到来时，我终于下决心回到乡下久别的老宅新屋
住下了。枣树是我的院子里最晚发芽的树。当那嫩芽在日出日
落的日子里蓬勃出鲜绿的叶子，我发现了短短的叶柄根下的花
蕾，不过小米粒大小，秀成一堆。我在那个早晨的心情顿然变
得出奇地好。每天早晨起来，我都忍不住到枣树下站一会儿，
看那小米粒似的花蕾的动静。直到有一天早晨，我刚走到屋檐
下，便闻到一缕奇异的香气，凭直觉就判断出枣花开了。小米
粒似的花苞绽放开来的花自然不起眼，比小米的黄色浅些，接
近于白色，香味却很浓郁，枝条上稀稀拉拉的枣花，却使整个

小院都弥漫着清香。蜜蜂先我绕着枣树飞舞了。枣花蜜是蜂蜜中的上品。

眼看着那枯萎的枣花里挣出一颗枣子来，恰如刚落生的婴儿，似乎可以听到那进入天地之间的啼哭。小米粒大的枣子，似乎一夜或两夜之间就长到扁豆粒大了，豌豆粒大了，花生粒大了。最后就定格在乒乓球那般大小了，个别枣子竟然有柴鸡蛋的个头。在桌子前在椅子上坐得久了，无论读着什么或写着什么，走出屋子走到枣树下，看着隐蔽在枝杈叶丛里的青枣，那正在你眼皮下丰满和长大的果实，一种蓬勃的生命的活力便向人洋溢着。枣子青绿的颜色，在我日复一日的注视下，渐渐淡了，泛出乳白色了，又浮出一丝一坨的紫红，它成熟了。我折下最先显出红色的一颗，咬了一口，便确信是我有生以来吃到的最好一颗枣子了。这枣子皮薄肉细，又脆，满口竟有一股蜂蜜味。我便不忍心再吃第二颗，给家人品尝，也给那些从城里跑到乡下来找我的朋友享一回口福，让他们知道还有这样好吃的枣子。我给他们宣布政策，每人只能品尝一颗。无论年轻朋友，无论德高望重的老教授，都是咬下一口便禁不住声地赞叹起来。我便相信我的口感不粘连栽种者的偏爱因素，也毫不动摇地拒绝要吃第二颗的申求——总共只结了六七十颗，该当让更多的远道来客添一份情趣……后来几年的枣子，结得多了繁了，味道却大不如头一年。今年是前所未有的丰年，味道更差了，有点干巴。我心知肚明，肯定是干旱造成的。没有办法，我住了两年又离开原下的院子，一年回不来几回，枣子在每年伏天的旱季能保存不落，已属幸事了。

我已经不太在意枣子的多少和品味的差别了。我只寻找折枣的过程。常常庆幸得意我尚有一个可以栽植枣树的院子，以及折枣折柿子的机会。这心理往往是瞅见城里人悬在空中阳台上盆栽的花草而生发的。他们已无可以栽一株树或一窝花的土地，只能栽在盆里悬在楼房的阳台上。我在被晒得烫烧脚心的水泥路和被油气污染的空气里憋得透不过气时，得空逃回乡下的屋院，拔除院子里疯长的草，为柴树花树和果树浇一桶水，在树荫里在屋檐下喝一瓶啤酒，与乡党说几句家长里短的话；尤其是回来折一回枣，心里顿然就静泊下来了。

今年回了家，折了一回枣。

明年还回家折枣。

娲氏庄杏黄

　　蓝田朋友老曾打电话来，说岭上杏黄了，约我去摘杏吃杏。听这话时，心里已沁出酸水来，因为手头事情太稠，一时难以确定成行与否，只好把话说到活处。隔几日，老曾又打电话来，杏熟正到洪期，过三几日该清园了。我终于经不住记忆里的大银杏的诱惑，决定上岭去，又有酸水沁出来，完全是生理反应。

　　村子后背的崖坡上，东头有一株粗大的银杏树，西头也有一株。从杏在刚刚萎干的杏花里形成如小拇指大小，秀着一层茸茸细毛时，我和伙伴就开始偷摘了，咬一口就酸得龇牙咧嘴睁不开眼睛，仍然还是要偷摘；在树的女主人尖锐的叫骂声中，迅即逃遁到坡沟里隐蔽起来，嘻嘻哈哈品尝那酸过醋精的小杏。我成年后成为基层干部，有年夏天到盛产杏子的一个村子去帮助收麦子，生产队长曾领我到一棵最好的杏树下，几乎吃饱了肚子，实在忍不住这大银杏清香绵甜味道的引诱，中午饭都免吃了。三十多年过去，留在味觉记忆里的香味，再也没有重得享用的机会。

大清早起来，空气都是燥热的。城里燥热，家乡的田野里也燥热，毕竟是夏天的征候了。汽车在我最熟悉不过也亲近不过的灞河川道里疾驰，满眼扑来绿树和绿草，以及刚刚割过麦子在阳光下闪闪泛着亮光的麦茬地，怎么看都觉得舒服。这种舒悦潜存在生命深层的每一根神经里。除了父母和屋院，我睁开眼睛看到世间的第一道风景，就是割过麦子后留在土地上的麦茬子，被夏天的太阳晒得闪闪发亮，还有河川灌渠上一排排优雅傲然的白杨树。几十年里年年都重新温习反复观赏这河川和岭坡上的景致，铸成一种永久的油画在心灵深处，只是近年间隔断了。今日又触及了，搞不清是眼前的景致融汇到心底，还是心底的那幅油画铺展到眼前的天和地之间，我却是陶醉了。发亮的无边际的麦茬和碧绿的白杨树，引发的是久违的生命本能的舒悦。乡情何止一杯酒所能比拟。

车子拐上岭坡通直的乡间公路。在遇到第一个村子时又拐向西。村子里一幢幢红砖红瓦的新房子，还有两层小楼，迎面的墙壁多用白色和橘红色瓷片装饰，在庄前屋后的椿树槐树桐树和杏树的绿荫里，看去煞是鲜艳煞是清爽。新房和小楼背后的黄土崖下，还遗存着一孔孔窑洞，那是不知多少辈人出出进进过的落生和终老的穴居式住宅。他们搬出窑洞住进新房小楼了，从昏暗的穴居迁入阳光敞亮的新居了。不过十多年的时间，河川和岭坡上的农民，完成了一次历史性的告别。

车子向西走到一个阔大的河谷的东岸。再沿山路往北，满眼都是绿树，可以闻到杏子成熟时散发的香味了。觉得有点眼熟，这应该是红河谷，二十多年前我曾来过这里，就在车子向北折拐的坡嘴上。那是杏花三月。我从自家门前的场塄上看到对面岭坡上一片白色的花云，回家收了书桌，戴上草帽，蹚过灞河，在小镇上买了两瓶啤酒，找到一条上岭的小路走上去，已见热力的太阳正对着后背。浑身有热骚骚的感觉，走到这个坡嘴上，我被眼前阔大的沟壑迷住了。红河谷入口处不过是一条小小的窄巴巴的山沟，上游却豁然展开一片偌大的谷地。被四周的山岭环抱着，岭坡上到处都是粉白的杏花，如同云彩，隐隐可以看到隐藏在花云之中的村庄里的黑色屋瓦。我便坐在红色黏土地上，面对那层层叠叠的岭坡环抱的谷地，吸着弥漫在温热的空气里的杏花的清香，席地而坐，打开了啤酒瓶。那是我最温馨的一次春游。我那时就想到这满坡满岭杏黄的时节，再来尝一回刚刚摘下的杏子，不料几十年过去，到今天才成行了。我走进了盛产大银杏的娲氏庄。

娲氏庄在红河谷延伸过来的谷地的南岸。娲氏庄是以女娲名字得名的，现在无人能说得清是从哪朝哪代启用这个村名的。村子的西北是开阔的谷地，四面再大的暴风刮到这谷地时，都会减弱其暴力而温柔起来，确属一块天成的风水宝地，七八千年前的女娲选择这块地盘，哺养她繁衍的和用泥土抟造的儿女是有道理的。这方岭坡地带整个都弥漫着人类始祖的美丽神话。下了谷底，上了对岸的岭坡，一直向北走，不过三十

232

里地就是闻名天下的骊山下的秦始皇陵墓了，我现在摘杏的娲氏庄，是骊山南麓的边缘，整个骊山浑然一体无所间断。北边的山顶上有"人祖庙"，是秦汉以前始建的女娲祠，每年农历七月十五，四面八方的乡民都来朝拜，多为成年女性，依然向这位抟土繁衍了华夏民族的女神乞求一个大胖大壮的儿子。人们广泛知晓骊山下杨贵妃沐浴的香池，也知道周幽王烽火戏诸侯丢失江山的典故，更知晓杨虎城和张学良在这儿扣蒋发动西安事变的故事，却忽略了女娲氏在这方山地岭坡上抟土造人和炼石补天的神话。我到女娲的村庄里摘杏来了，我踩踏的村巷和坡地上的黄土小路，我走进的杏园里的松软的土地，肯定是这位老奶奶无数次奔走踩踏过了的。还有比这更幽远更神秘的岭坡吗？

得了山水地脉独有的优势，娲氏庄的大银杏是口味最好的杏子，左右的或对面岭上坡下的村庄，不过三五里或几十里，都是铺天盖地的杏林，为何娲氏庄的银杏远近传出了名声？据说还是土地和地下水的差异，还有光照的差别，再就是沾着女娲氏的神韵仙气了。娲氏庄银杏出名，不是商业宣传的效应，而是早已名声远播，起码我在小小年纪就听说了，早已有口皆碑了。眼目所到之处，尽是大大小小的杏树，岭坡被层层叠叠的杏树覆盖着；屋院内外都是杏树，金黄的杏子在绿叶里显露出来；墙外的杏树把枝条伸进院子，院里的杏树的枝条又逸出墙头来，枝条上都串结着半黄的和金黄了的杏子。

走出村子，下一道坡坎，沿一条铺满青草的小径走过，草木的清香和杏子的香味在微风里迭过。小路上有男人和女人推着用大竹笼装满银杏的独轮车走过，汗涔涔的脸上堆满真诚的笑，大声爽气地礼让我和朋友吃杏。几经转弯，走到一棵大杏树下，树冠遮盖了至少一分多地的山坡，树干已有空洞，枝叶却依旧茂盛，壮气而又精神，不显一丝衰老气象。老人说这棵杏树已超过百年，记不清是哪代先人栽植的了。我相信他的话，两人合抱的树干就摆在这里。我惊讶的是这株杏树依然着的活力。杏子已经黄了，熟了。主人颇为遗憾地说，他刚刚摘掉树顶上的杏子，只剩下中下部树股树枝上尚未熟透的杏子。杏子是从树梢往下逐渐成熟的。我坐在杏树下，浓密的树叶遮挡着六月的阳光，一片让人可以享受树荫的凉爽。你可以在这个世界上接受诸多的现代享受，也可以获得前人想象不出的快意乐趣，却难得这种原始的树叶遮盖下的一方阴凉的享受。远处是不尽的群山岭坡，眼前是随着地势起伏着的杏园里的绿叶，坡坎上正竞相开放着的野萝卜野豆荚的白色和紫色的花，我坐在一棵百年大银杏树荫下，享受山野里大太阳下的一种清凉，似乎回到我青壮年以前的天地里的生活方式和歇息方式。我没有拒绝现代文明生活的矫情，却在重温以往的那种生活形态，除了苦涩，只留下简单的温馨和单纯。我已经很久没有在山野里的树荫下独坐和吸烟的那一份纯净到简单的心境了。

主人攀上一架梯子，从树上摘下几个杏子来。我捏在手里，凭感觉就知道它熟透了，通休金黄，轻轻掰开，就是鲜黄近红的杏肉，略停片刻，凹心里便沁出一汪杏汁来，用舌尖舔一点，那种清香的甜味真是无可形容，无可比拟，因为它是独有的唯一的银杏的香味，何况又是久负盛名的娲氏庄大银杏。只觉得清凌凌的蜜一样的水汁，和着杏肉，入到口里，已渗入到心肝脾脏里去了。主人在骄傲地宣扬他的杏，干净无染，尽可以放心吃。我完全相信，杏树无病虫害，四季不洒任何化学成分的药物。况且这岭坡山洼，没有一家工厂，不见任何有害气体和煤烟，甚至连尘土也很难飞扬。我贪婪地连续吃着，大约把多年以来的亏欠一次性补偿了。

这位拥有百年大树的主人是一位智者，又是一位热心公众利益的富于威望的老者，他把村子里的农民联合起来，组织了一个果农协会，扩大宣传，统一包装，吸引来不少客商，不用推车挑担到城里沿街串巷去叫卖，城里的果品商人开着汽车到村里来收购。还有大批的城里人结伴来摘杏买杏，既体验了自摘鲜杏的情趣，也到山野里怡悦性情。一位年轻干部悄悄告诉我，经过挑选分类，再经过印刷精美的盒子包装，银杏的价值成倍提升，村民自然高兴了。华胥镇政府几年来在岭坡地带搞银杏基地建设，娲氏庄银杏已打出名声，农民见着实惠，仅留一点土地种植粮食作物作为自食，绝大多数土地都栽植大银杏树了。据说他们近年来一亩地杏树的收入，抵得上十亩麦子的价值。真应了乡村自古就流传着的谚语：一亩园，十亩田。娲氏庄和岭上的乡民，真没料想到指靠杏子可以过上舒坦的日子。

朋友老曾约我明年再来。

我便玩笑说，我明年到岭上来种植杏园，你帮我物色一块好地。把写作重置于业余。

麦饭

按照当今已经注意营养分析的人们的观点，麦饭属于真正的绿色食物。

我自小就有幸享用这种绿色食物。不过不是具备科学的超前消费的意识，恰恰是贫穷导致的以野菜代替粮食的饱腹本能。

早春里，山坡背阴处的积雪尚未退尽消去，向阳坡地上的苜蓿已经从地皮上努出嫩芽来。我掐苜蓿，常和同龄的男女孩子结伙，从山坡上的这一块苜蓿地奔到另一块苜蓿地，这是幼年记忆里最愉快的劳动。

苜蓿芽用水淘了，拌上面粉，揉、搅、搓、抖均匀，摊在木屉上，放在锅里蒸熟。出锅后，用熟油拌了，便用碗盛着，整碗整碗地吃，拌着一碗玉米糁子熬煮的稀饭，可以省下一个两个馍来。母亲似乎从我有记忆能力时就擅长麦饭技艺。她做得从容不迫，干湿、软硬总是恰到好处。我最关心的是，拌到苜蓿里的面粉是麦子面还是玉米面。麦子面俗称白面，拌就的麦饭软绵可口，玉米面拌成的麦饭就相去甚远了。母亲往往会说，白面断顿了，得用玉米面拌，你甭不高兴，我会多浇点熟油。我从解知人言便开始习惯粗茶淡饭，从来不敢也不会有奢望觊觎；从来不会要吃什么或想吃什么，而是习惯于母亲做什么就吃什么，没有道理也没有解释，贫穷造就的吃食的贫乏和单调是不容选择或挑剔的，也不宽容娇气和任性。

麦子面拌就的头茬苜蓿蒸成的麦饭，再拌进熟油，那种绵长的香味的记忆是无法泯灭的。

按照家乡的风俗禁忌，清明是掐摘苜蓿的终结之日。清明之前，任何人家种植的苜蓿，尽可以由人去掐、去摘，主人均是一种宽容和大度。清明一过，便不能再去任何人家的苜蓿地采掐了，苜蓿要作为饲草生长了。

苜蓿之后，我们便盼着槐花。山坡和场边的槐花放白的时候，我便用早已备齐的木钩挑着竹笼去采捋槐花了。

槐花开放的时候，村巷屋院都被香气充溢着。

槐花蒸成的麦饭，另有一番香味，似乎比苜蓿麦饭更可口。这个季节往往很短暂，家家男女端到街巷里来的饭碗里，多是槐花麦饭。

按照今天已经开始青睐绿色食品的先行者们的现代营养意识，我便可以耍一把阿Q式的骄傲，我们祖宗比你阔多了，他们早早就以苜蓿、槐花为食了。

到了难忘的六十年代，史称"三年困难时期"的六十年代初，家乡的原坡和河川里一切不含毒汁的野菜和野草，包括某些树叶，统统都被大人小孩挖、掐、拔、摘、捋回家去，拌以少许面粉或麸皮，蒸了，食了，已经无油可拌。这样的麦饭已成为主食，成为填充肚子的坐庄食物。男人女人老人小孩都别无选择，漂亮的脸蛋和丑陋的黑脸也无法挑剔，都只能赖此物充饥，延续生命。老人脸黄了肿了，年轻人也黄了肿了，小孩子黄了肿了，漂亮的脸蛋黄了肿了时尤为令人叹惋。看来，这种纯粹以绿色野菜、野草为食物的实践，却显示出残酷的结果，提醒今天那些以绿色食物为时尚、为时髦的先生太太们，切勿矫枉过正，以免损害贵体。

近日和朋友到西安大雁塔下的一家陕北风味饭馆就餐，一道"洋芋叉叉"的菜令人费解。吃了一口便尝出味来，便大胆探问：可是洋芋麦饭？延安籍的女老板笑答：对。关中叫麦饭，陕北叫洋芋叉叉。把洋芋擦成丝，拌以上等白面，蒸熟，拌油，仍然沿袭民间如我母亲一样的农家主妇的操作规程。陕北盛产洋芋，用洋芋做成麦饭，原也是以菜代粮，变换一种花样，和关中的麦饭无本质差别。不过，现在由服务生用瓷盘端到餐桌上来的洋芋叉叉或者说洋芋麦饭，却是一道菜，一种商品，　种卖价不低的绿色食品，城里人乐丁掏腰包并赞赏不绝的超前保健食品。

家乡的原野上，苜蓿种植已经大大减少。已经变得稀罕的苜蓿地，不容许任何人涉足动手采掐。传统的乡俗已经断止。主人一茬接着一茬采掐下苜蓿芽来，用袋装了，用车载了，送到城里的蔬菜市场，卖一个好价钱。乡俗断止了，日子好过了，这是现代生活法则。

母亲的苜蓿麦饭、槐花麦饭已经成为遥远而又温馨的记忆。

漕渠三月三

一

　　从京城来的三位电视记者向我提出，要拍陕西地方戏秦腔演出的盛况，还想拍关中民间农民的文化娱乐方式。我真有点犯难了，据我所知，秦腔作为西北五省尤其是陕西关中地区的名牌大戏种，至少有十多年已经退出了西安各家剧院的舞台，包括一些大腕级的名角也都流落到适时而兴的"秦腔茶社"里去被尚有秦腔戏瘾的人点唱，原先几乎每个县都有的秦腔剧团的演员们也都流散了，说来真是令人伤感。如我一样还喜欢听听秦腔旋律品品秦腔韵味的人，要想在西安某家剧院看一场名家大腕的演出，还是很难觅到机会的。至于民间的文化活动，他们三位来得也不是时候，清明都过了，民间文化娱乐集中展示的春节的气氛，早已冷却了，农民们已经从春节的欢乐和慵怡中清醒过来，进入田野进入果园开始新的一年的劳作了。然而三位远道而来的记者仍不死心，让我再想想办法，再三申述作为这个专题片的地方文化氛围和土壤是不可或缺的。

真是天无绝人之路。区文化馆一位搞摄影的朋友不经意间告诉我，渭河岸边的漕渠村农历三月三日适逢古庙会，有秦腔剧团的演出，有当地青年男女的秧歌表演，有临近几个村庄的锣鼓队凑兴。遗憾的是高跷被取消了，据说出于安全的考虑，怕人群过于拥挤而摔伤了表演的人。三位北京来的年轻记者闻讯竟欢呼起来，真是应了"起得早不如赶得巧"的俗话。这样一来，关于秦腔演出和地方文化娱乐特色的东西便全部都可以得手了。

三月三日一早，我便陪三位年轻人上路了。我所存活的白鹿原下的灞河川道，其实只是渭河平原的边缘地带，南岸是古原的北坡，北岸是骊山南麓纵横起伏的丘陵或者说山岭，中间蜿蜒着以柳色愉悦缠绵过古代离人的灞河。车行不过十余公里，便驶出虽然原青岭秀却也显得狭窄的河川，进入坦荡如砥气势恢宏的渭河平原了。那情景如同从一个细杆喇叭里钻出来，进入一个四野再无遮拦的令人舒展也令人惊悸的开阔境地。这是我跟着班主任到灞桥赶考初中第一次走出灞河河川时发生的感受。这种纯粹由地理地形造成的心理感受，一直延续到今天重复到现在，每一次走出家乡灞河川道时都像钻出喇叭细杆，每一次回乡也就有从敞开的喇叭口里钻进细杆的感觉。我喜欢走出那个细杆似的河岸享受无边原野的气度和舒展，也更喜欢重新进入那个狭窄的灞河河川感受南原北岭动态的生动和变幻莫测的气象，甚至包括那一份狭窄造成的拘束：钻进来拘束一段时日，钻出去舒展畅放一回，我的心理秩序和心理感受便处于某种动态的颠簸里，自我感觉真是好极了。

无边无际的麦子刚刚努出穗来。满眼都是饱满丰腴的青春的绿色，成熟的含羞带娇的女子就是这种气韵。笼罩着村庄的泡桐织成一片又一片淡紫粉红的花云。天虽然阴沉着，依然罩不住大地青春的气象。

我要到漕渠村去赶三月三日的庙会了。我的心里竟然激动起来了。我已经有许多年没有进入这种关中农民狂欢的庙会场合了。我在少小时候接受过的狂欢的场景留下了难以磨灭的记忆。现在的乡村庙会与我过去逛过的庙会的气氛会有什么不同吗？淡了还是浓了？三位京城来的年轻的文化人，至少怀着一种猎奇的兴奋，在我则是对一种古老仪式的温习和膜拜。大约还有一公里的路程，我听到了一声火铳的震响，像是远天云层里奔突的沉闷而又撼人心腑的雷声。火铳是一种最具声威最具张力的爆响器，它蕴聚鞭炮家族炸响时的热烈之外，便是深沉如地出的震撼。这应该是民间庆典或狂欢场合里最具煽动性的响器了。即使极阴郁寡淡的人，也会在火铳的爆响里昂起头来。

二

庙会是漕渠村的庙会。

漕渠村在一道浅坡下。漕渠村是个大村子，自古就是一个大村子。村里有一座古庙，供奉着佛家的一位神灵，何年建庙何年立神已经无考，所有关于庙堂的文字典籍，以及庙堂内栩栩如生的神像，精美的壁画和梁栋上的彩绘，都被后来屡屡发生的一次火过一次的"革命行动"扫荡净尽了，后来连三月三日的古庙会日也被禁止多年。古庙能够存留下来是一个奇迹，说穿了却属无意，仅仅是贫穷的生产队需要用它做库房而没有被摧毁。有形的东西破坏或消灭十分容易，只有无形的传说却能依赖当地人的嘴巴传递下来。可以推断的是，三月三日的庙会是建庙之初就择定了的，庙会的历史也就是古庙的历史，同样是悠久古远得不能再古远悠久了。还可以推断的是，建庙立神的最基本的也是最原始的用意，便是崇拜，或者说是寻求和平安宁所需要的一个祈祷偶像。于是，在渭河南岸广阔的沃野和星罗棋布的大小村庄之中，便形成了以这个古庙为中心的朝拜圣地，三月三日便成为十里百村乡民寄托祈愿和狂欢的盛日。

漕渠村村庄的历史肯定比古庙的历史更为久远，这是常识而毋庸置疑的。一个漕字已注释了这个村子令人敬畏的历史。西汉王朝设都长安，为解决急骤繁荣急骤膨胀的城市吃粮问题，开凿了黄河、灞河、渭河连通长安城的一条可以浮船运粮的运河。关中人却称它为渠，可见当地人的自大和狂妄了。为了逛好漕渠村的古庙会，我专意查阅了《辞海》。漕渠词条下准确无误地注释着这样的内容——

汉、唐时自长安（今西安市）东至黄河的运渠。创始于西汉元光六年（公元前一二九年），在大司农郑当时主持下，发卒数万人，由水工徐伯督率开凿。渠傍南山（秦岭）下，长三百余里；三年而成，漕运大便，渠下农田亦颇得灌溉之利。初以灞水为源，其后凿昆明池，又穿昆明渠使东绝灞水合于漕渠。东汉时尚可通航，北魏时已无水。隋开皇初改自长安西北引渭水为源，浚复旧渠通运，定名广通渠，但习俗仍称漕渠。唐时通时塞。天宝初陕郡太守韦坚、太和初咸阳令韩辽两度修复，壅渭水作兴成堰，傍渭东注至永丰仓（即隋开皇中广通仓，仁寿末改名）下合渭入河，规制略如隋旧。末年迁都洛阳，渠遂堙废。

哦哟！这个漕渠村的历史至少可以前推到公元前一二九年西汉元光年间，甚至可以设想元光年间开凿漕渠之前这个村子就存在不知多少年了。现在仍保存着这个村庄的子孙们用嘴传留下来的当年的盛况，西汉初年漕渠开凿始成，除了为长安城运输粮食，包括渠下村民农田的灌溉，更有各种商船通过漕渠进出长安，漕渠村当时已形成一个周转码头，南北商贾，车船互转，客店饭馆买卖铺店，成一时之盛，漕渠村成为渭河南北广大地区的一大商埠。而占庙肯定是在几百年后才形成心灵祈祷的圣地的，有佛教进入中国的时间限定出来一个大致的历史轮廓。

　　我在即将进入漕渠村的时候，感到了这个村庄古远的历史对人的威压。如果不是《辞海》做证和指点迷津，纵然在这个村子的古庙会逛过十回，我也只会以为不过是一个普普通通的庙会而已，关中乡村类似的古庙会多不胜逛。从《辞海》的词条里可以看出，漕渠的开凿便形成漕渠村水陆码头的繁荣，而败毁于王朝灭亡之后的乱世；漕渠的再度浚通和漕渠村的重新繁华，又是隋和盛唐的时代，堙废的结局正好是大唐王朝的没落。这条漕渠的兴衰简史，正好注释了从西汉至唐的中国历史的起落，自然可以想见如漕渠村的乡民的饥饱寒暖了。哦！我的关中，我的渭河平原，单是保存有两千多年的漕渠村这个村名，就够我咀嚼不尽了。我家门前的灞水，曾经是漕渠初开时的水源，我在敬畏的同时，顿然又有了一种沟通历史沟通地域的亲近感。

　　漕渠村倚靠着的南面的那道浅坡，亦因漕渠而得名为漕渠坡，一道虽然低浅却声名远播的坡。狭义的漕渠村单指这个自然村，而泛义的漕渠村则指漕渠坡下的大围墙村、小围墙村、宋家村、陈家村、王家堡、米家堡、田鲍堡、陶家村、万盛堡、宋家滩等十数个大小村堡，散落在渭河南岸的平原上，绵延十余里，通称十里漕渠。站在漕渠坡头远眺起来，以稠密的村树和村树的绿叶笼罩下的房脊和屋墙组成的村庄，依次渐远，或大或小，坐落在绿色苍郁的麦田之中。我忽然想起，前年曾在临近入渭的灞河河道里，掏沙取石的农民挖出来一条大船的残骸，距离漕渠村不过十余里，又是怎样令人顿生想象的一条谜一样的古船啊！

一位做豆腐买卖的中年农民笑嘻嘻地告诉我："下了漕渠坡，尽是豆腐锅。"这儿盛产豆腐。漕渠坡下的豆腐远近闻名。据说这儿做成的豆腐烧了烩了不仅不烂，而且鲜嫩异香，做成臊子，浇到面条里，豆腐漂浮在上而不沉底。更具商家利益的是，同样十公斤黄豆在别处通常只能做出二十公斤豆腐，在漕渠村却能产出三十公斤，甚至三十五公斤。这个额外的利润，对于那些常年经营豆腐生意的豆腐客（主户）来说，是"天赐良水"令其窃自得意的幸事。除去公社化时代的极左政策施虐造成的萧条不计，漕渠坡下无以数计的豆腐作坊自古至今生意兴隆，现在更是许多农户赖以挣钱过日子的把稳的门路。豆腐客戏言：汉家爷江山败了，唐家爷江山也败了，爷们感念修漕渠占了农人的田地，再没啥可补偿了，就赐给咱漕渠人一井好水，让咱做豆腐过日子……爷们还是有良心的。云云。

我顿然失笑了。顿然从悠远的极富想象的漕渠村的历史烟云里清醒过来。顿然抖落了不无酸渍气味的幽思。顿然轻松地接受了这恩赐给豆腐客们的一眼好井……

三

农历三月三日逢着庙会的漕渠村，展示着一个纯粹属于农民的世界。

漕渠村的正街和各条小巷，现在都拥挤着农民。南北走向

246

的公路与通往漕渠村的大路正好构成一个"丁"字，从公路的南面和北面，骑车的步行的男人女人源源不断拥入漕渠村。绝大多数尤其是中年以上的农民，几乎没有任何修饰，与拥挤着的同类在街巷里拥挤。在这里，没有谁会在乎衣服上的泥巴和皱褶，没有谁会讥笑一个中老年人脸上的皱纹、蓬乱的头发和荒芜的胡须。女人们总是要讲究一些的，中老年女人大都换上了一身说不上时髦却干净熨帖的衣裤。偶尔可见描了眉涂了唇甚至在黑发上染出几绺黄发的女孩子，尽管努力模仿城市新潮女孩的妆饰打扮，结果仍然让人觉得还是乡村女孩。无论男人或女人，无论年龄长者或年轻后生，无论修饰打扮过或不修边幅的，他们都很兴奋，又都很从容自信，在属于他们的这个世界里，丝毫也看不到他们进入城市在霓虹灯下在红地毯上在笔挺的西装革履面前的拘束和窘迫。他们如鱼得水。他们坦荡自在。他们构成他们自己的世界。

我在这条长长的街道里和支支岔岔的小巷里随着拥挤的人流漫步。我的整个身心都在感受着这种场合里曾经十分熟悉而毕竟有点陌生了的气氛。这种由纯粹的农民汇聚起来的庞大的人群所产生出来的无形的气氛和气场，我可以联想到波澜不兴却在涌动着的大海。我自然联想到我的父辈和爷辈就是构成这个世界的一员或一族。我向来不羞于我来自这个世界属于这个世界壮大于这个世界，说透了就是吮吸着这个世界的气氛感应着这个世界的气场生长的一族。我现在混杂在他们之中，和他们一起在漕渠村的大街小巷里拥挤，尽管我的穿着比他们中

的同龄人稍微齐整一点，这个气场对我的浸淫和我本能似的融
入，引发了我心里深深的激动。这一刻，我便不由自主地自
我把脉，我其实还是最容易在这个世界的气场里引发心灵悸
颤的。

村街两边摆着小饭摊、农具、种子、铁器、服装、搪瓷
和塑料厨具餐具，以及不可或缺的老鼠药，举凡农民生产生活
所能需用的一切东西，现在都摆置在村街两边供农民选购。最
令我动心的是那些传统小吃摊子，仍然保存着我在少不更事时
见到过的那种老式饸饹担子，几乎原样未改地摆在这里或那
里。摊主抓起一把紫红色的饸饹，在案板上反复弹着，抛进敞
口浅底的花边瓷碗里，用小勺挖盐用木勺撩醋用小木板挑辣椒
的动作像是一种舞蹈。我小时候跟随大人去庙会的最重要的目
的，就是坐在矮条凳上接过摊主送过来的那一碗饸饹。更奢侈
一点，还会有临近摊位的油锅上递过来一个油饼或油糕，久久
盼望赶庙会的全部目的就在这时实现了。现在，饸饹摊子和油
锅前，男人和女人随意地在小条凳上坐下去，包括他们牵引着
的男孩和女孩，接过饸饹或油饼油糕，吃罢了抹了嘴就又掺和
到人流里去了。我的根深蒂固的关于吃饸饹的记忆就是这种形
式。我后来在一些饭店的豪华餐桌上也吃到过这种被学者研究
出可以防癌可以降血压的所谓绿色食品，却总是尝不出庙会上
饸饹摊子主人舞蹈似的动作之后的那种香味，更不必说那高得
吓人的价码了。我敢说，坐在这个饸饹摊子前品尝饸饹的男人
或女人，如果他们知道自己掏六七毛钱就可以享到口福，城里

人在大饭店却要花几乎一斗麦子的钱才能吃到一碗饸饹，准会嘲笑发了财的城里人傻得不会花钱了。

秧歌队扭过来了。这是经过费心操练的一支颇为壮观的秧歌队伍。纯一色的农家姑娘农家媳妇，还有一些堪称大娘辈的农家女人，一律的红绸衫绿绸裤，一律的粉红色剪花别在右耳上方的黑发里，手里舞着一律的大红绸扇子，一律的弓前殿后左扭右摆的舞步，一律的优雅，从村子中间的大街里自西向东扭过来。她们可能刚刚放下锄头或给猪呀鸡呀添过食料，换上这一身艳丽的服装就结队扭起来了。她们的公婆她们的丈夫（或未婚夫）她们的孩子，此刻就拥挤在街巷两边的人群里看她们舞蹈。她们同样具有强烈地展示自己表现自己的欲望。她们或欢欣或自信或妖媚或沉稳或娇羞的眉眼里，都透见出这种展示自己风姿的欲望。

秦腔戏的戏台搭在村庄背后的一片空地上。我是循着乐队的响声拐进小巷寻到这里的。一个用木头搭建的戏台，横额上标明长安县剧团。我一眼便可看出来，台上正在演唱着的是《铡美案》中的《杀庙》一场。这是这部秦腔经典剧目中最为惊心动魄的一幕。从戏剧艺术上来看也应是最为精彩的一章。一个被主子差遣来杀人的差官韩琦，一个怀着满腹委屈的乡村女人和她的一双儿女，两个人的冲突、两个人的命运在一座小小的庙堂里展示得淋漓尽致、波澜起伏，堪称戏剧创作上的绝妙一笔。我曾经无数次地看过这部戏剧，尤其喜欢这精彩绝伦的一折。我在小小年纪初看这部戏时，大约也就只看懂了这部戏的这一折，仅是剧情而言。从剧情的发展和剧中多个人物的命运的转化来看，《杀庙》这一折正好是这部戏的关捩。我早已从这部戏的情感里跳了出来，而进入一种艺术创造和艺术表演的欣赏了。

台下几乎是纯一色的中老年农民。台前的人坐在自带的小凳上，两边和后边的人站立着，几乎全都是上了年岁的人。清脆的梆子声紧密的扁鼓声从响亮的板胡缠绵的二胡声中跳蹦而出，敲击着在台下看戏的农民的耳膜和胸膛。他们自小就接受这种乐曲曲调的敲击。他们乐于接受这种时而强烈时而委婉时而铿锵时而绵软的旋律的抚慰。他们并不太在乎是否完全听明白了那些唱词。我也习惯于接受这种旋律的敲击和抚慰。我也不太在乎是否完全听清楚了那些唱词。主要的是这种旋律的敲击和抚慰。

下雨了。一把一把五颜六色的伞撑开来，在短暂的一阵骚动后，很快又平静下来。我此刻才发现与我同行的三位北京来的记者正跳上戏台的左角，支起录像机的三脚架，随之就把镜头对准了正处在杀人与自杀两难中的韩琦，又把镜头调整过来对着台下的农民观众。

我在来去戏场的路上看到了两顶就地搭起的巨大的帆布帐篷。离地大约一尺透着空当儿。有小孩子趴在地上往里边窥视。我问一位男孩看见了什么。男孩嘻嘻笑着说，光腿。从那个全封闭的神秘的帐篷里传出震人的音乐，偶尔发出一两声女子的尖叫。帐篷开口处坐着一位男青年用电喇叭做着广告，招徕诱惑围观的男女进去观赏，语言像是刀刃上的游鱼。不时有人花一块钱买票入场，几乎是纯一色的男青年。一位站在门外的小伙子和一位刚刚走出帐篷的小伙子搭话：

"里头弄啥哩？"

"跳舞哩。"

"跳啥舞哩？"

"扭尻子舞。"

"穿没穿衣裳？"

"穿着哩。"

"穿的啥衣裳？"

"不好说。"

"这有啥不好说的？"

"你进去看看就知道了。"

"我不知值不值得花一块钱。"

……

搞不清这些就地支帐票价一元的演出团队来自哪里，只是可以肯定绝不是渭河岸边的人。谁家的女子要是在那神秘的帐篷里跳光腿舞，可能不需半天就臭名远扬难寻婆家了，谁家的老少都要被指指戳戳闲言碎语了。这些演出团体游牧一样流动在乡村里的集镇上，逢着某村的庙会更是赚钱的最好时机。他们和古老的秦腔对台。他们在乡村里传播什么冲击什么，他们一般是不会从"意义"上考虑的，只是更多地争取那一元钱的门票所包含的利益。愿意花一元钱进帐篷去的乡村青年，自然是为了看看扭尻子舞蹈以及除他们的媳妇之外的女人的光腿。
应该说与城市里富丽堂皇超级豪华的歌舞厅里的看客们的原始
目的并无二致,只是演出的水准和票价相差太远了。

四

现在该去听锣鼓了。锣鼓队在村委会门口摆开架势。这
是一支远路而来的锣鼓队,按习俗的说法是前来送香火的。送
香火的锣鼓队的多少,成为某个庙会盛大景况的重要标志。龙
旗前导,锣鼓敲打,响炮放铳,最具声望的老者端着装满紫香
黄表的木盘,浩浩荡荡又肃穆端恭地一路走去,把香火送进庙
门,跪拜,点蜡,上香,焚烧黄表,再叩头。庙门外的广场
上,常常摆开十余家从各个村子赶来送香火的锣鼓队,对着
敲,看看谁家把逛会的人吸引过去的最多,自然是优胜的标志
了。这是中华人民共和国成立前后的盛景,我留下这样的印记
是无法淡漠的。现在的漕渠村庙会上,只有两家锣鼓队。我觉
得悦耳好听的这一家占据着村委会门前绝好的地盘。一位两腮
凹进牙槽的精瘦老头握着鼓槌,眼睛上扣着一副茶色石头镜
子,这是我印象中最深刻的那种既富于灵性而又有点倔强执拗
的老头形象了。他不看任何人,也用不着看鼓面,微微偏着头
发稀疏亮着红光的脑袋,两手两把溜光的木质鼓槌,在米黄色
的牛皮鼓面上敲出风摆乱花一样的鼓点。鼓是锣鼓队的指挥和
灵魂;铜钹和大小铜锣在鼓点的指挥下变换着交响着,一个好

的鼓手常常成为一方地域里受人钦敬的名人。

这样的锣鼓队现代被命名为"长安锣鼓"。流行在秦岭北边渭河平原的锣鼓曲谱源自唐代，被现在的一些搞民间文化的音乐工作者发掘整理出来，颇多抢救国宝的意味。在我的印象里，整个关中稍微像样的村庄都有一支锣鼓队，诸如我的生地蒋村，中华人民共和国成立时不过三十余户的小村子，同样有一套锣鼓响器，这是整个村子在合作化以前唯一的公有财产，靠一家一户捐赠的粮食置备起来的。逢年过节，村里的锣鼓队就造起声势来，把整个村庄都震动起来颠簸起来，热烈的锣鼓声灌进每一座或堂皇或破旧的屋院，把一年的劳累和忧愁都抖落到气势磅礴震天撼地的热烈欢快的锣鼓声中了。可以肯定的是，乡村锣鼓这种民间音乐，是我平生里接受的第一支旋律。岂止是我，在那个时代生活过的乡村人，出生后煨在火炕被窝里的第一个春节到来时，就被这种强烈震撼的锣鼓声震得在被窝里哭叫起来，锣鼓的敲击声响从此就注入血液。

现在在漕渠村村委会门前演出的这支锣鼓队，是一支真正的民间锣鼓队，除那位显示着执拗自信的鼓手老头，还有四五个抓着脸盆一样大小的铜钹（当地俗称家伙），五六个左手手指上挂着碗口大的铜锣右手执着短粗锣槌的青壮年农民。令我遗憾的是，这支精当的锣鼓队里缺少至少两三个敲那种比蛋糕稍大一点铜锣的角色。缺少小铜锣而突出了大铜锣，显然是一支以瓷硬为风格的锣鼓队，而那种以大小铜锣为主体的锣鼓队的风格被称为"酥"。酥在演出风格上的突出特点是细淑婉转。然而这个缺少了小铜锣做点缀做调节的锣鼓队，敲出一曲又一曲传统的也许真是自唐代流传下来的锣鼓曲调。这样原始的曲调我尚在识字之前就听过许多回了，时而如瀑布自天覆倾而下，时而如清溪般流淌；时而如密不透矢的暴风骤雨，时而如疏林秀风；时而如洪流激浪一泻千里，时而如蜻蜓点水微风拂柳。在这样急骤转换的奏鸣里，我的心时而被颠得狂跳，时而又被抚慰，锣鼓的声浪像一只魔女妖精的手，把人撩拨得神魂激荡而又迷离沉醉。我又一次验证了自己关于乡村锣鼓的记忆和感受，依然保持着那份敏感那份融洽而没有隔膜和冷漠。也许应该是我的生命之乐。

我沉浸在锣鼓声中。这一帮由老汉壮年和青年组成的锣鼓队，没有化妆没有统一服饰，也没有由专业乐界行家导演训练出来的统一动作和表情，他们敲到得意时，有的咬牙有的瞪眼有的摇头晃脑，各见性情。常常使我产生错觉，把他们的脸孔和我儿时印象中的我村的某个人重叠起来混淆起来。我沉浸其中。我已经多年没有接受这种生命之乐的冲撞和震颤了。人的五脏六腑也许需要这种纯属民间的乐器来一番冲撞和洗刷的。无论如何，在民间锣鼓的乐曲里，我心中沉积着的污泥和浊水，顿然扫荡清除了，获得的是清爽和轻松，好继续上路。

我还会再去寻求这种纯粹民间的锣鼓，为生命壮行。

关于一条河的记忆和想象

在我写过的或长或短的小说、散文中，记不清有多少回写到过这条河，就是从我家门前自东向西倒流着的灞河。或着意重笔描绘，或者不经意间随笔捎带提及，虽然不无我的情感渗透，着力点还是把握在作品人物彼时彼境的心理情绪状态之中，尤其是小说。散文里提到这条河，自然就是个人情感的直接投注和舒展了，多是河川里四时景致的转换和变化，还有系结在沙滩上杨柳下的记忆，无疑都是最易于触发颤动的最敏感的神经。然而，直到今年三月一日，即农历二月二的龙抬头日，我站在几万乡民祭祀华胥氏始祖的祭坛上的那一刻，心里瞬间突现出灞河这条河来，也从我以往的关于这条河的点滴描述的文字里摆脱出来；我才发现这条河远远不止我的浮光掠影的文字景象，更不止我短暂生命里的沙金碎花类的记忆。是

the, 我站在孟家崖村的华胥氏始祖的祭台上，心里浮出来的却是距此不过三里路的灞河。

锣鼓喧天。几家锣鼓班子是周边几个规模较大的村子摆下的阵势，这是秦地关中传统的表示重大庆祝活动的标志性声响，也鼓着呈现高低的锣鼓擂台的暗劲。岭上和河川的乡民，四万余众，汇集到华胥镇上来了。西安城里的人也闻讯赶来凑热闹了，他们比较讲究的乃至时髦的服饰和耀眼的口红，在普遍尚顾不得装潢自己的乡村民众的旋涡里浮沉。前日刚刚下过一场大雪。北边的岭和南边的原坡，都覆盖着白茫茫的雪，河川果园和麦田里的雪已经消融得坨坨斑斑。乡村土路整个都是泥泞。祭坛前的麦田被踩踏得翻了浆。巨大的不可抑制的兴奋感洋溢在男男女女老老少少的脸上，昨天以前的生活里的艰难和忧愁和烦恼全部抛开了，把兴奋稀奇和欢悦呈现给擦肩挤胯而过的陌生的同类。他们肯定搞不清史学家们从浩瀚的故纸堆里翻检出来的这位华夏始祖老奶奶的身世，却怀着坚定不移的兴致来到这个祭坛下的土冢前投注一回虔诚的注目礼。

华胥镇，以华胥氏命名的镇，距现存的华胥遗址所在地孟家崖村不过一里，这个古老的小镇自然最有资格以华胥氏命名了。这个镇原名油坊镇，亦称油坊街，推想当是因为一家颇具规模的榨油作坊而得名。然而，在我的印象里，连那家榨油作坊的遗迹都未见过。这个镇紧挨着灞河北岸，我祖居的村子也紧系在灞河南岸，隔河可以听见鸡鸣狗叫打架骂仗的高腔锐响。我上学以前就跟着父亲到镇上去逛集，那应是我记忆里最初的关于繁华的印象。短短一条街道，固定的商店有杂货铺、文具店、铁匠铺、理发店，多是两三个人的规模，逢到集日，川原岭坡的乡民挑着推着粮食、木柴和时令水果，牵着拉着牛羊猪鸡来交易，市声喧响，生动而热闹。我是从一九五三年到一九五五年在这个镇的高级小学里完成了小学高年级教育，至今依然保存着最鲜活的记忆。我在这里第一次摸了也打了篮球。我曾经因耍小性子伤了非常喜欢我的一位算术老师的心。因为灞河一年三季常常涨水，虽然离校不过二里地，我只好搭灶住宿，睡在教室里的木楼上，夜半憋尿醒来跑下木楼楼梯，在教室房檐下流过的小水渠尿尿，早晨起来又蹲在小水渠边撩水洗脸，住宿的同学撩着水也嘻嘻哈哈着。这条水渠从后围墙下引进来，绕流过半边校园，从大门底下石砌的暗道流到街道里去了。我们班上有孟家崖村子的同学，似乎没有说过华胥氏祖奶奶的传说，却说过不远处的小小的娲氏庄，就是女娲"抟土造人"的神话发生的地方。我和同学在晚饭后跑到娲氏庄，寻找女娲抟泥和炼石的遗痕，颇觉失望，不过是别无差异的一道道土崖和一堆堆黄土而已。五十多年后的二〇〇六年的农历二月二日，我站在少年时期曾经追寻过女娲神话发生的地方，与几万乡民一起祭奠女娲的母亲华胥氏，真实地感知到一个民族悠远、神秘而又浪漫的神话和我如此贴近。我自小生活在诞生这个神话的灞河岸边，却从来没有在意过，更没有当过真。年过六旬的我面对祭坛插上一炷紫香弯腰三鞠躬的这一瞬，我当真了，当真信下这个神话了，也认下八千年前的这位民族始祖华胥氏老奶奶了。

在蓄久成潮的文化寻根热里，几位学者不辞辛苦劳顿溯源寻根，寻到我的家乡灞河岸边的孟家崖和娲氏庄，找到了民族始祖奶奶华胥氏陵。

历史是以文字和口头传说保存其记忆的。相对而言，后人总是以文字确定记忆里的史实，而不在乎民间口头的传闻；民间传说似乎向来也不在意史家完全蔑视的口吻和眼神，依然故我津津有味地延续着。这里发生了一件有趣的事，史家的文字记载和民间的口头记忆达成默契，互相认可也互相尊重，就是发生在灞河岸边创立过华胥国的华胥氏的神话。

这点小小的却令我颇为兴奋的发现，得之于学者们从文史典籍里钩沉出来的文字资料鉴证的事实。华胥氏生活的时代称为史前文化。有文化却没有文字。没有文字，反而给神话传说的创造提供了空前绝后的繁荣空间。等到这个民族创造出方块汉字来，距华胥氏已经过去了大约五千年，大大小小的史圣司马迁们，只能把传说当作史实写进他们的著作。面对学者们从浩瀚的史料典籍里翻检钩沉的史料，我无意也无能力考证结论，只想梳理出一个粗略的脉系轮廓，搞明白我的灞河川道八千年前曾经是怎样一个让号称作家的我羞死的想象里的神话世界。

据《山海经·海内东经》①说："……华胥，履大人迹于

---

① 见《三皇本纪》："母曰华胥，履大人迹于雷泽，而生庖牺氏于成纪。"庖牺即伏羲。《海内东经》中未找到相关记载。此处可能为作者笔误。——编者注

258

雷泽，而生庖牺……"据《春秋世谱》说："华胥氏生男名伏羲，生女名女娲。"在《竹书纪年·前篇》里的记载不仅详细，而且有魔幻小说类的情节："太昊之母，居于华胥之渚，履巨人迹，意有所动，虹且绕之，因而始娠。"华胥氏在灞河边上，无意间踩踏了一位巨人留下的脚印，似乎生命和意识里感受到某种撞击，那一美妙时刻，天空有彩虹缭绕，便受孕了，便生出伏羲和女娲两兄妹来。

据史圣司马迁《史记·五帝本纪》说，华胥氏生伏羲女娲，伏羲女娲生少典，少典生炎帝和黄帝。[①]这样，司马迁就把这个民族最早的家庭谱系摆列得清晰而又确切。按照这个族系家谱，炎帝和黄帝当属华胥氏的嫡传曾孙，该叫华胥氏为曾祖奶奶了。被尊为"人文初祖"的轩辕黄帝，埋葬于渭北高原的桥山，望不尽的森森柏树弥漫着悠远和庄严，历朝历代的官家和民间年年都在祭拜，近年间祭祀的规模更趋隆重更趋热烈，洋溢着盛世祥和的气象。炎帝在湖南和陕西宝鸡两地均有祭奠活动，虽是近年间的事，比不得黄帝祭祀的悠久和规模，却也一年盖过一年地隆重而庄严。作为黄帝炎帝的曾祖母的华胥氏，直到今年才有了当地政府（蓝田县）和民间文化团体联手举办的祭祀活动，首先让我这个生长在华胥古国的后人感到安慰和自豪了，认下这位始祖奶奶了。

---

① 《史记·五帝本纪》中只提到了"黄帝者，少典之子，姓公孙，名曰轩辕"，即少典生黄帝。此处可能为作者笔误。——编者注

我很自然追问，华胥氏无意间踩踏巨人的脚印而受孕，才有伏羲女娲以至炎黄二帝，那么华胥氏从何而来？古人显然不会把这种简单的漏洞留给后人。《拾遗记》里说得很确凿："华胥是九河神女。"而且列出了九条河流的名称。这九条河流的名称已无现实对应，具体方位更无从考据和确定。既是"九河神女"，自然就属于不必认真也无须考究的神话而已。然而，《列子·黄帝篇》里记述了黄帝梦游华胥国的生动图景："其国无师长，自然而已。其民无嗜欲，自然而已。不知乐生，不知恶死，故无夭殇；不知亲己，不知疏物，故无爱憎；不知背逆，不知向顺，故无利害；都无所爱惜，都无所畏忌。入水不溺，入火不热。斫挞无伤痛，指擿无痟痒。乘空如履实，寝虚若处床。云雾不硋其视，雷霆不乱其听，美恶不滑其心，山谷不踬其步，神行而已。"这是一种怎样美好的社会形态啊！其美好的程度远远超出了几千年后的现代人的想象。黄帝梦游过的华胥国的美好形态，甚至超过了世界上的穷人想象里的共产主义的美妙图景。华胥氏创造的华胥国里的生活景象和生活形态，不是人间仙境，而是仙境里的人间。这样的人间，截止到现在，在世界的或大或小的一方，哪怕一个小小的角落，都还没有出现过。黄帝的这个梦，无疑是他理想中要构建的社会图像。然而要认真考究这个梦的真实性，就茫然了。我想没有谁会与几千年前的一个传说的神话较真，自然都会以一种轻松的欣赏心情看取这个梦里的仙境人间。我却无端地联想到半坡遗址。

　　黄帝梦游过的华胥氏创建的令人神往的华胥国，即今日举行华胥氏祭祀盛会的灞河岸边的华胥镇这一带地域。由此沿灞河顺流而下往西不过十公里，就是中国第一座史前遗址博物馆——西安半坡遗址。这是黄河流域一个典型而又完整的母系氏族公社时期的生活图景。有聚居的村落，有用泥块和木椽搭建的房子，房子里有火道和火炕。这种火炕至今还在我的家乡的乡民的屋子里继续使用着。我落生到这个世界的头一个冬天就享受着火炕的温热，直到二十世纪八十年代初用电热褥取代了火炕。半坡人制作的鱼钩和鱼叉，相当精细，竟然有防止上钩和被叉住的鱼逃脱的倒钩。他们已经会编席，也会织布，这应该是中国最早的编织品，编和织的技术是他们最先创造发明出来的。他们毫无疑义又是中国制陶业的开山鼻祖，那些红色、灰色和黑色的钵、盆、碗、壶、瓮、罐和瓶的内里和陶盖上单色或彩绘的鱼张着大嘴，跳跃着的鹿，令我叹为观止。任你撒开想象的缰绳张开想象的翅膀，想象六千多年前聚集在白鹿原西坡根下河岸边的这一群男女劳动生产和艺术创造的生活图景。他们肯定有一位睿智而又无私的伟大的女性作为首领，在这方水草丛林茂盛，飞禽走兽鱼蚌稠密的丰腴之地，进行着人类最初的文明创造。这位伟大的女性可是华胥氏？半坡村可是华胥国？或者说华胥氏是许多个华胥国半坡村里无以数计的女性首领之中最杰出的一位？或者说是在这个那个诸多的半坡村伟大女性首领基础上创造的一个神话典型？

　　这是一个充满迷幻、魔幻和神话的时期。半坡遗址发掘出土的一只红色陶盆内侧，彩绘着一幅人面鱼纹图案，大约是魔幻现实主义的创始之作，把人脸和鱼纹组合在一幅图画上，比欧美魔幻小说里人和甲虫互变的想象早过六千多年，现在还有谁再把人变成狗的细节写出来或画出来，就只能令当代读者和看客徒叹现代人的艺术想象力萎缩枯竭得不成样子了。我倒是从那幅人面鱼纹彩绘图画里，联想到伏羲和女娲。华胥氏无意踩踏巨人脚印受孕所生的这一子一女，史书典籍上用"蛇身人首"来描述。"蛇身人首"和"人面鱼纹"有无联系？前者是神话创造，后者却是半坡人的艺术创作。我在赞叹具备"人面鱼纹"这样非凡想象活力的半坡人的同时，类推到距半坡不过十公里的华胥国的伏羲女娲的"蛇身人首"的神话，就觉得十分自然也十分合情理了。浐河是灞河的一条较大的支流，灞河从秦岭山里涌出，自东向西沿着北岭和南原（白鹿原）之间的川道进入关中投入渭河，不过百余公里，浐河自秦岭发源由南向北，在古人折柳送别的灞桥西边投入灞河。我便大胆设想，在灞河和浐河流经的这一方地域，有多少个先民聚集着的半坡村，无非是没有完整保存下来或未被发现而已，半坡遗址也是在二十世纪五十年代初兴建纺织厂挖掘地基时偶然发现的。华胥国其实就是又一个半坡村，就在我家门前灞河对岸二里远的地盘上，也许这华胥国把我的祖宗生活的白鹿原北坡下的这方宝地也包括在内。据史家推算，华胥氏的华胥国距今八千多年，半坡村遗址距今六千多年，均属人类发展漫长历程中的同一时期。神话和魔幻弥漫着整个漫长的时期，以至五千年前的我们的始祖轩辕黄帝，也梦牵魂绕出那样一方仙境里的人间——曾祖母华胥氏创造的华胥国。

告别华胥氏陵祭坛，在依然热烈依然震天撼地的锣鼓声响里，我陡增起对祭坛前这条河的依恋，便沿着灞河北岸平整的国道溯流而上。大雪昨日骤降骤晴。灿烂的丙戌年二月二龙抬头日的阳光如此鼓荡人的情怀。天空一碧如洗。河南岸横列着的白鹿原的北坡上的大大小小的沟壑，蒙着一层厚厚的柔情的雪。坡上的洼地和平台上，隐现着新修的房屋白色或棕色的瓷片，还有老式建筑灰色瓦片的房脊。公路两边的果园和麦地，积雪已融化出残破的景象，麦苗从融雪的地里露出令人心颤的嫩绿。柳树最敏感春的气息，垂吊的丝条已经秀结着米黄的叶芽了。我竟然追到蓝田猿人的发现地——公王岭——来了。

这是一阶既不雄阔也不高迈的岭地，紧依着挺拔雄浑的秦岭脚下，一个个岭包曲线柔缓。灞河从公王岭的坡根下流过，河面很窄，冬季里水量很小，看去不过像条小溪。就是这个依贴着秦岭绕流着灞水的名不见经传的公王岭，一日之间，叫响了整个中国，乃至世界，进入中学历史课本，把公王岭发现的蓝田猿人注入一代又一代人的常识性记忆。这是在中国迄今发现最早的人类化石遗存，[1]刚刚从猿蜕变进化到可以称作人的

---

[1]　元谋猿人是中国迄今发现的最早的猿人化石。此处可能为作者笔误。——编者注

蓝田猿人，距今大约一百一十五万年。

这个蓝田猿人化石的发现，带有很大的偶然性，或者正应了"踏破铁鞋无觅处，得来全不费功夫"的老话。一九六三年春天，中科院古脊椎动物与古人类研究所的一行专家，到蓝田县辖的灞河流域做考古普查。这是一个冷门学科里最冷的一门，别说普通乡民摇头茫然，即使有一定文化知识的当地教师干部，也是浑然不知茫然摇头。他们用当地人熟知的龙骨取代了化石，一下子就揭去了这个高深冷僻的冷门神秘的面纱，不仅大小中药铺的药匣子里都有储备，掌柜的都精通作为药物的龙骨出自何地，蓝田北岭和原坡地带随处都有；被他们问到的当地识字或不识字的农民，胳膊一抡一指，烂龙骨嘛，满岭满坡踢一脚就踢出一堆。话说得兴许有点夸张。然而灞河北岸的岭地和南岸的白鹿原的北坡，农民挖地破山碰见龙骨屡见不鲜，积攒得多了就送到中药铺换几个零钱，虽说有益肾补钙功效，却算不得珍贵药材，很便宜的。农家几乎家家都有储备，有止血奇效。我小时割草弄破手指，大人割麦砍伤脚腕，取出龙骨来刮下白色粉末敷到伤口上，血立马止住不流，似乎还息痛。我便忍不住惋惜，说不定把多少让考古科学家觅寻不得的有价值的化石，在中药锅里熬成渣了，刮成粉末止了血了。

这一行考古专家在灞河北边的山岭上踏访寻觅，终于在一个名叫陈家窝的村子的岭坡上，发现了一颗猿人的牙齿化石，还有同期的古生物化石，可以想象他们的兴奋和得意，太不容易又太意外地容易了。由此也可以想到这里蕴积的丰厚，真如农民说的一脚能踢出一堆来。这一行专家又打听到灞河上游的古老镇子厚镇周围的岭地上龙骨更多，便奔来了。走过蓝田县城再往东北走到三十多里处，骤然而降的暴雨，把这一行衣履不整灰尘满身的北京人淋得避进了路边的农舍，震惊考古界的事就要发生了。

他们避雨躲进农舍，还不忘打听关于龙骨的事。农民指着灞河对岸的岭坡说，那上头多得很。他们也饿了，这里既没有小饭馆就餐，连买饼干小吃食的小商店也没有，史称"三年困难时期"的恶威尚未过去。他们按"组织纪律"到农民家吃派饭，就选择到对面岭上的农家。吃饭有了劲，就在村外的山坡上刨挖起来，果然挖出了一堆堆古生物化石，又挖出一颗猿人牙齿。他们把挖出的大量沉积物打包运回北京，一丝一缕进行剥离，终于剥离出一块完整的猿人头盖骨化石，震惊考古学界的发现发生了。这个小岭包叫公王岭。我站在公王岭的坡上，看岭下公路上川流着的各种型号的汽车，看背后蒙着积雪的一级一级台田，想着那场逼使考古专家改变行程的暴雨。如果他们按既定目标奔厚镇去了，所得在难以估计之中，这个沉积在公王岭砾石里的猿人头盖骨化石，可能在随后的移山造田的学大寨运动中被填到更深的沟壑里，或者被农民捡拾，进了药铺下了药锅熬成药渣，或者如我一样刮成粉末撒到伤口永远消失。这场鬼使神差的暴雨，多么好的雨。

我在公王岭陈列室里，看到蓝田猿人头盖骨复原仿制品，外行看不出什么绝妙，倒是对那些同期的古生物化石惊讶不已。原始野生的牛角竟有七十多厘米长，人是无论如何招不住那犄角一触的。作为更新世动物代表的纳玛象，一颗獠牙长到二十多厘米，直径粗到十余厘米，真是巨齿了，看一眼都令人毛骨悚然。还有剑齿虎、披毛犀，单是牙齿和角，就可以猜想其庞然大物的凶猛了。我便联想到二十世纪七十年代初，我下乡驻队在白鹿原北坡一个叫龙湾的村子里。那是一个寒冷异常的冬天，在北方习惯称作冬闲季节，此时倒比往常更忙了，以平整土地为主项的学大寨运动正在热潮中。忽一日有人向我通报，说挖高垫低平整土地的社员挖出比碌碡还粗的龙骨。随之，打电话报告了西安有关考古的单位，当即派专家来，指导农民挖掘，竟然挖出一块完整的犀牛化石，弥足珍贵。龙湾村距公王岭不过四十公里，当属灞河的中偏下游了。可以想见，一百万年前的灞河川道，是怎样一番生机盎然生动蓬勃的景象。这儿无疑属于水乡泽国，雨量充沛，林木草类覆盖着山岭原坡和河川。灞河肯定不止现在旱季里那一绺细流，也不会那么浑，在南原和北岭之间的川道里随心所欲地南弯北绕涌流下去。诸如剑齿虎、纳玛象、原始野牛和披毛犀牛等兽类里的庞然大物，傲然游荡在南原北岭和河川里。已经进化为人的猿人的族群，想来当属这些巨兽横行地域里的弱势群体，然而他们的智慧和灵巧，成为生存的无可比拟的优势。他们继续着进化的漫漫行程。

　　从公王岭顺灞河而下到五十公里处，即是灞河的较大支流河边上的半坡氏族村落遗址。从公王岭的蓝田猿人进化到半坡人，走过了一百多万年。用一百多万年的时间，才去掉了那个"猿"字，成为真正意义上的人，真是太漫长太艰难了。我更为感慨乃至惊诧的是，不过百余公里的灞河川道，竟然给现代人提供了一个完整的从猿进化到人的实证；一百多万年的进化史，在地图上无法标识的一条小河上完成了。还有华胥氏和她的儿女伏羲女娲的美妙浪漫的神话，在这条小河边创造出来，传播开去，写进史书典籍，传播在一个有五千年文明史的子民的口头上。这是怎样的一条河啊！

这是我家门前流过的一条小河。

小河名字叫灞河。

第五章

江湖万里，走不完远方

百草园的月色

从上海到绍兴，经过八九个钟头的长途旅行，傍晚到达。安顿了下榻的处所，匆匆吃罢晚饭，赶到鲁迅先生的故园去观瞻，天色已经完全黑下来了。

一条宽阔的水泥铺就的街道，两排树荫浓密的法桐，这是"鲁迅路"，以先生名字命名的街道，路灯的亮光和两边大小铺栈窗户的灯光交相辉映。

一方黑色的木板门，已经关死，没有门楼，似乎也没有什么装饰，仅仅就是在砖墙上安着这样一方黑色的木板门，这就是鲁迅先生世代的故居了。中国现代的思想和艺术的巨人，就在这窄窄的门洞里面诞生。

　　宅院狭窄颇深，门房、过庭、天井、先生住屋、鲁母住屋，再后边是闰土父亲在鲁家帮工时的住屋，屋里有一个捣米的石臼。

　　后院里，就是那个被先生浓笔重彩描绘过的百草园了。

　　灰蓝色的天幕下，有一弯细细的金钩似的月亮，洒下一片朦胧的月光。一株高大的树干，浓密的叶枝，辨不清是"高大的皂荚树"还是缀满"紫红的桑椹"的桑树。百草园里的花草，也辨不清哪儿是"碧绿的菜畦"，哪儿有"何首乌藤和木莲藤缠络着"的情态，更难以摘食"覆盆子""又酸又甜"的"像小珊瑚珠"一样的果实了。

　　月色朦胧。我们这一帮从南方和北方聚拢到一起的先生的学生，现在都散立在月色朦胧的百草园里的草地上，听一位据说是鲁（周）家同族后裔的中年人，介绍这幢故园的今昔。他说一口绍兴的地方话，真是叫北方人大惑莫解，几乎一个字也听不懂。朦朦胧胧的夜空，朦朦胧胧的百草园，朦朦胧胧的树，朦朦胧胧的花、草，朦朦胧胧的鲁镇的地方语言……

　　既然听不懂，我索性不听了，一个人到园子里去转悠。我心里似乎并不迫切要求听到介绍的话，只是想到这儿来走一走，看一看，站那么一会儿，有一次心理感受就满足了。是啊，百草园，我早就熟悉了，早就背熟了《从百草园到三味书屋》的散文，也就熟知这儿的一切了。"鸣蝉在树叶里长吟，肥胖的黄蜂伏在菜花上，轻捷的叫天子（云雀）忽然从草间直窜向云霄里去了。"在我心中印下的这幅动人的百草园的图画，掐指已近三十年了，今天晚上才得以漫步其境。

时值初夏，夜气温爽，听不到蝉鸣，也听不见蟋蟀的叫声。我漫步在草地上，自然地记起学习这篇课文时的情景。语文老师是一位刚从大学中文系毕业的青年，热情极高，甘肃人，一口南腔北调的普通话，却把课文朗诵得十分动人……我一边听着老师领读，脑子里却展开另一幅图画：刚刚收割过麦子的南坡上，田块层叠的坡地上，麦茬闪闪发亮，塄坎上和坟丘里，野蔷薇红的和白的花开得一片灿烂，野葡萄藤蔓一直攀缘到枸杞树梢上去，酸枣棵子是山坡上最大的家族，那翡翠般的绿色或紫色的蚂蚱，总是藏躲在酸枣棵子最稠密的枝杈里。我和小伙伴们，头顶艳阳，脚踩枣刺，整晌整晌地捕捉那可爱的生灵，忘了吃饭，忘了时辰，直到渴得舌头搅不动，头上无汗可流，也顾不得到沟底去喝一口泉水……我从来没有想到过这些生活如此富于意趣。而当我从乡野跑到城市，坐在高楼明亮的教室里，听陇音普通话朗诵《从百草园……》[1]的时候，才一下子戳开了记忆的窗户，唤起对我的百草园——黄土高原之中的南坡——无限丰富有趣的依恋。

读先生的这篇课文的时候，尚在我的少年时期，人生的那个充满幼稚心理的时期，是极易与这篇文章的感情相吻合的。当我漫步在向往了近三十年的百草园中时，已经是个顶透而须密的中年人了，而心境却一下子回返到了童年……

---

① 即《从百草园到三味书屋》。——编者注

哦！我的向往中的南国的先生的百草园！

哦！我的遥远的北方家乡的黄土高原之中的南坡……

在"咸亨酒店"

上午游览了东湖，下午又要到王羲之作《兰亭序》的地方去，明天一早就要返回上海了；东湖的山光水色令人赏心悦目，兰亭的幽雅景致也叫人神往。可是，没有到孔乙己曾经喝酒吃茴香豆的"咸亨酒店"光顾一番，怎么能算真正到过鲁镇呢？

午休时间，几位朋友相邀，正中下怀，虽然已觉腿酸眼困，仍然兴致勃勃地走出住所的大门了。

一块金字黑匾，老远就赫然入眼，上书：咸亨酒店。平房，黑色小瓦，坐落在街道旁边，夹挤在高高低低的楼房中间，自有一副古香古色的神采。门面宽约三四间，木门板全部拔除，整个酒店就完全无遮无挡地当街敞开着。依然保持着"鲁镇的酒店的格局"，"当街一个曲尺形的大柜台"。那木板制的曲尺形的大柜台，油漆斑驳，木棱也已磨光，探过头去，可以看见赭红色的酒坛。我把钱递了上去。

卖酒的是一位中年女人，穿着白大褂，使人觉得有失鲁镇的格局，与那曲尺形的柜台也不协调。她用一只提斗从酒坛里提上酒来，倒入酒杯，黄酒其实是暗红色的液体。这杯子更古朴，用洋铁皮焊接而成，大到可以盛一斤酒，上端粗，下端

272

细，状如漏斗。据说冬天喝酒时，可以把细端塞进热水里，用以温酒。鲁镇的长衫阶层或短衣帮，当年就是用这样的酒杯，孔乙己自然也用这洋铁皮酒杯。

茴香豆也不能不尝一尝。不尝一尝孔乙己津津乐道的茴香豆，也许不算真正地进过"咸亨酒店"呢！

"不多不多！多乎哉？不多也。"

我们刚刚在长条桌边落座，不知谁在拖长声调模仿着孔乙己的名言，摇头晃脑说起来了。木条桌长到丈余，从门口直通到墙根，实际应该算是木案子了。一切遵循孔乙己的习惯，他是穿长衫阶层中唯一站着喝酒的人，于是我们也都站着；他大约用手指捏茴香豆，于是我们也免去了筷子。那用精米酿成的名曰"加饭"的黄酒，说不准是一股怎样的滋味，既不似白酒那么烈，也没有葡萄酒那么甜，说不上好喝或不好喝，唯其因为孔乙己十分喜好，我拼着将那一杯全然灌下了。那茴香豆也没有多少特色，唯其因为孔乙己喜欢，我们嚼起来，似乎别具兴味。

酒店墙上，有一幅裱饰过的题词，一副对联，题词曰：

上大人，孔乙己，高朋满座；
化三千，七十士，玉壶生春。

对联曰：

小店名气大
老酒醉人多

看看题款，竟是著名作家李準献词，著名表演艺术家于是之手书。词联极富幽默的韵味，笔墨亦遒劲潇洒，使古朴的"咸亨酒店"平添了一丝风韵。

孔乙己确实是高朋满座了。小小的酒店里，现在拥拥挤挤坐着的酒客，大都是从南方或北方来到鲁镇而落脚此店的。有穿着西装革履的学者风度的男女；也有一身正统的中山装的很有派头的干部，很难料定他们之中绝对没有县委书记或市委的部长；更有一伙长发披肩、紧绷牛仔裤的青年男女，一律坐着或站着喝着装在洋铁皮酒杯里的"加饭"酒，抓着茴香豆，笑语喧哗……中华人民共和国成立以后，自打先生的《孔乙己》收入中学语文课本，每一个受过中等教育的新中国的一代又一代青年，不管其是否特别喜欢文学，大约没有谁会忘却孔乙己的。

孔乙己不属英雄之列，而实实在在是一个被挤扁被碾轧为尘末的迂腐的老夫子；那些主宰鲁镇风云的鲁四老爷之流早该化为污泥了，而独有上大人孔乙己获得了川流不息的朝拜者，真是得其所哉！

追寻貂蝉

米脂的婆姨绥德的汉。

在陕北，婆姨既指妻子，也泛称女性。这民谣说米脂县出美女，绥德县的男子是最俊俏的。至于米脂的婆姨怎么美，美到如何程度，陕北人一般都缺乏耐心具体地为你描述皮肤如何白嫩细腻，脸腮怎样艳若桃花啦；或是根本不屑于用这些惯常的陈词滥调去涂抹他们心目中的米脂婆姨，干脆随口反诘一句：貂蝉什么样？貂蝉就是米脂婆姨！

貂蝉就成为米脂婆姨的象征，令一切男人崇拜，也成为陕北人可资骄傲的一个无可匹敌的象征。

受这样的广泛流传的民谣的诱惑，北去米脂的人，心里便跃跃着一种追寻貂蝉的企盼，企图赏阅米脂婆姨的风姿。

记得是十二年前的一个夏天，黄土高原恰逢十年不遇的好年景，雨水充沛，连绵的漫坡台田和蜿蜒的河川里，被各种田禾覆盖得密不透风郁郁葱葱，大豆摇铃，稻子扬花，高粱吐红，谷子抽穗，热风夹裹着醉人的五谷气味灌进车窗，文人们一个个都情不自禁，约好到米脂县城先找一个貂蝉看看。

我和一位朋友在县城转了大街又走了背巷，不仅没有看到貂蝉般美丽的女子，连民谣里传诵的漂亮婆姨也未遇见，便对一位坐在廊阶上摇着扇子乘凉的老汉问话：人说你们这儿婆姨好，怎么一个都不见？老汉摇着扇子直冲冲一句：还问哩！都给你们城里人勾引跑了。我一愣，朋友却调侃说，城市对乡村的野蛮"掠夺"，以至貂蝉。

虽然失望，却仍不怀疑民谣有任何伪诈。米脂水好，虽然粗粮布衣，却有好水滋润，所谓一方好水养一方好婆姨；米脂以北历来为边塞驻军之地，戍边的将军谋士的家属家眷，多是女人中的人尖，她们遗散民间，既带着优质良种，又兼着杂交取优的强势，百朝千代下来，米脂的婆姨便独秀于黄土高原了。这是陕北人推论米脂婆姨的自然的和历史的两大原因。同行的陕北作家证实，米脂的好婆姨都留不住，有本事的去上学、去革命了，本事不强脸腮好的都给有本事的男人引走了；搞活了开放了，好婆姨更是像蜂儿搬家一样飞出去了，近的到延安，远的到西安，再远就是北京、深圳。你去饭店宾馆看看，凡是长得像貂蝉的，不用问，准是米脂的婆姨。

十二年后的又一个夏天，我从榆林返回时夜宿米脂，宾馆里的服务员一个个水灵灵的，操着生硬的夹生的普通话。我便可以想到，可能仅仅在三个月顶多半年以前，她们还在田峁上点瓜种豆，浇水除草，放羊喂鸡，一张招工启事就把她们"掠夺"到县城里来了。我的同行的朋友说，这儿的服务员个个赛貂蝉，比大会堂里的漂亮多了。我似乎难以附和，美则美矣！然而具体为貂蝉，似乎又不甘于此。这就是貂蝉吗？

晚上看歌舞团演出。朋友指点说，那个细高挑独唱的女孩，才是名噪陕北的貂蝉。深圳一家演出团开价多少多少月薪要把她"掠夺"南去，整个米脂整个榆林地区整个陕北高原都骚动起来了，自发自觉开始了保卫挽留小貂蝉的捐款捐资行动，资助经济拮据的歌舞团，一定要把这个好婆姨留下来。"这婆姨走了，我们到哪儿听到这么好听的信天游？"这个好小婆姨留下来了。

我被这个生活故事深深地感动了，人人都在追寻自己的貂蝉。

貂蝉的诞生源于民间神话故事，一位在天宫主司百花的牡丹仙子私自下凡，与米脂一个勤劳诚实的后生结为夫妻，女儿出生那天，有一只千娇百媚的银貂蝉蹿进屋院，便取名为貂蝉。这个千篇一律到平庸的神话，有两个不同凡响之处，一是牡丹仙子"采撷百花精英孕育胎儿"；二是牡丹仙子被勒令被绑架回天宫之前，在小院里化出一丛牡丹，并嘱丈夫以牡丹花露养育女儿。这样孕育和成长起来的貂蝉会是怎样的仙骨仙姿呢？任你去想象去创造去追寻吧！你是永远也想象不尽的，你是永远也不可能完成那种创造的，你是永远也追寻不到的。

　　然而，你却无法终止想象，无法停止创造，更无法断绝追寻的欲望。人对貂蝉的追寻，似乎沟通着喻示着关于美的创造和追求的精神！

沉重之尘

　　八年前的那年春节刚过，浓郁的新年佳节的气氛还弥漫在乡村里，我就迫不及待地赶到蓝田县城去查阅县志。我已经开始了一部长篇小说的孕育和构思。我想较为系统地了解我所生活着的这块土地的昨天或者说历史。县志在我看来就是一个县的历史，又是一个县的百科全书。为了避免一个县可能存在的偏狭性，我决定查阅蓝田、长安、咸宁三县县志；这三个县在地理上联结成片包围着西安，属于号称"自古帝王都"的关中这块古老土地的腹心地带，其用心不言自明。

　　翻阅线装的残破皱褶的县志时感觉很奇异，像是沿着一条幽深的墓穴走向远古。当我查阅到连续三本的《贞妇烈女卷》时，又感到似乎从那个墓穴进入一个空远无边碑石林立的大坟场。头一本上记载着一大批有名有姓的贞妇烈女们贞节守志的典型事例，内容大同小异，事例重复文字也难免重复，然而绝对称得起字斟句酌高度凝练高度概括，列在头一名的贞妇最典型的事例也不过七八行文字，随之从卷首到卷末逐渐减少到一人只给她一行文字。第二本和第三本已经简化到没有一词一句的事迹介绍，只记着张王氏李赵氏陈刘氏的代号了，属于哪个村庄也无从查考。整整两大本就这样实扎扎印下来，没有标点更不分章节。我看这些连真实姓名也没有的代号干什么？

当我毫不犹豫地把这三本县志推开的一瞬，心头似悸颤了一下。我猛然想到，自从这套不断被续修续编的县志编成，任何一位后来如我的查阅者，有的可能注重在《历史沿革卷》，有的可能纯粹为探究"地理地貌"，有的也许只对《物产经济卷》感兴趣，恐怕没有什么人会对那些只记录着代号的两大本能有耐心阅览。我突然为那些无以数计的代号委屈起来，她们用自己活泼泼的肉体生命（可以肯定其中有不少身段曲线脸蛋肤色都很标致的漂亮的女人），坚守着一个"贞"字，终其一生而在县志上争取到三厘米的位置，却没有什么人有耐心读响她们的名字，这是几重悲哀？

我重新把那三大本揽到眼下翻开，一页一页揭过去，一行接着一行一个代号接一个代号读下去，像是排长在点名，而我点着的却是一个个幽灵的名字。那些干枯的代号全都被我点化成活为一个个活泼泼的生命在我的房间里舞蹈……一个个从如花似玉的花季萎缩成皱褶的抹布一样的女性。对于她们来说，人的只有一次的生命是怎样痛苦煎熬到溘然长逝的……我庄严地念着，企图让她们知道，多少多少年以后，有一个并不著名的作家向她们行了注目礼。

我无言以对。

我喘着粗气，渐次平静；我又合上那三本《贞妇烈女卷》县志，屋子里的幽灵也全部寂然；看着那三本县志，我深切地感受到了什么叫历史的灰尘，又是怎样沉重的一种灰尘啊！我的心里瞬间又泛起一个女人偷情的故事。我在乡村工作的二十年里听到过许多许多偷情的故事，有男人的也有女人的，这种民间文学的脚本通常被称作"酸黄菜"，历久不衰，如果用心编撰可以搞成东方的《十日谈》。

我至今也搞不清楚，是那三大本里的贞妇烈女们把我潜存的那些偷情男女的故事激活了，还是那些"酸黄菜"故事里的偷情男女把这三本《贞妇烈女卷》里的人物激活了？官办的县志不惜工本记载贞妇烈女的代号和事例，民间历久不衰传播的却是淫娃荡妇的故事……这个民族的面皮和内心的分裂由来已久。

我突然电击火迸一样产生了一种艺术的灵感，眼前就幻化出一个女人来，就是后来写成的长篇小说《白鹿原》里的田小娥。

伊犁有条渠

到了伊犁，朋友便说林则徐。我的近四十年未见过面的老同学，一见面先说林则徐；新结识的伊犁地区的作家朋友，一松开握着的手便说林则徐；当地的州和县的领导干部给我介绍林则徐；维吾尔族和哈萨克族的朋友同样热烈地对我讲述林则徐。

车子驶过伊犁郊区漂亮的公路，一条清渠伴着公路在绿杨下流淌，朋友便指给我看，这是林则徐当年流放伊犁时修的，叫湟渠。走进伊犁老街，朋友又指给我看一条小巷，林则徐在伊犁接受朝廷惩罚的两年多时间里，就住在这条小巷里的一院平房内。从乌鲁木齐来伊犁的路上，朋友又说，林则徐一八四二年也是循着这条路走过的。这条路是沿着天山向西伸展的，天山依然是暗褐色的，如同生锈的铸铁，山脚下是无边无垠的秀美的草地。在刚刚落成的林则徐纪念馆里，朋友指着一架木头车说，林则徐发配新疆从西安上路时，就坐进了这辆木轮马车，历时四个多月，经过乌鲁木齐再走进伊犁。我便怀着一种崇拜而又好奇的心情绕车观看一圈，只见两个硕大的木制车轮，木板割制的车厢，两根很粗的车辕木。坐着这样的一架木车历经四个多月的行程，尽可以让人随意去想象旅途的种种艰辛了。

在伊犁，林则徐留下了一道永不磨损的光环。把他弄到这里来的道光皇帝原有目的是出于惩罚的羞辱，没想到的是，这却使被惩罚者的精神人格获得了不朽，这常常成为古今中外的一个历史法则，尤其是漫长的封建专制的中国以及相对短暂的人妖颠倒的"文化大革命"时期，往往被惩罚者最后胜利，成为历史不损的光环，而惩罚者自己却最终接受了历史的羞辱。

我在杨树和柳树列岸的湟渠边徘徊。湟渠的水是泛着乳白色的清流。这水的颜色不同于北方的河的水色，也不同于南方的江的水色，更相异于海水的颜色。这水来自天山，是天山积雪融化而成的天上之水，伊犁河便是汇聚这雪山之水而独具色彩的河流。伊犁河从中国的伊犁流到哈萨克斯坦国那边去了。湟渠之水是林则徐率众从伊犁河截流引来的。

这水从一八四四年引流成功到现在，流过一百五十余年，依然充沛而又欢畅地流着，流进号称塞外江南的伊犁的田地和果园，流进农舍的水缸和牧民的饮马槽，一百五十余年以来就这样滋润着这块美丽的土地和多姿多彩的各民族子孙。我企图揣度一个戴罪受罚遭羞辱的人，以怎样的气魄和襟怀在山地和沙滩上亲自踏勘出百余公里水渠的大略走向和具体定位来；一个年过半百的老人，又以怎样的勇气和耐心亲自组织调度汉族、维吾尔族、哈萨克族和锡伯族等民族的人民，去开凿修建伊犁地区最宽最长的这条渠。是什么东西铸就林则徐强大的心理力量，踏倒了加给他的惩罚、羞辱，克服了半百之躯的衰老，依然故我地在流放之地实施这项惠及民众的水利工程？当他在漠风透骨的边陲踏勘和奔走的时候，想没想过那个把他发配到这里来的皇帝在干什么，以及用巧舌和唾液把他喷吐得满脸腥臊的穆彰阿、琦善之流此刻又在干什么呢？

我们绵延两千余年的封建历史，无论正史抑或野史，最生动的篇章，其实就是忠臣的热血和奸党的口水。尘封冷寂的历史摆在书架上，却仍然无情仍然冷峻：造成一个王朝兴与衰、存或亡的决定性因素，不仅是忠臣义士的热血，而更是奸党的口水。口水往往胜过热血，这是漫长的封建历史过程中各家王朝不断重复的悲剧，是不争的史实。但到清朝道光帝这一次重演，口水战胜热血就有点不同了。因为这不只是清王朝的兴衰与死亡的事了。面对英帝国的蛮横侵略，奸党们的口水不单是吐到林则徐的脸上，更是吐到整个中华民族的脸上；奸党们的口水摧折的不单是林则徐的一顶花翎，更是整个民族的脊梁。我们在中国最后一个封建王朝的衰败和灭亡过程中，看到了一场也许是最生动最惊心动魄的口水战胜热血的悲剧。它给我们的最不可接受的心理刺激或者说历史教训是，摧毁一个国家和民族的尊严的不仅是侵略者的坚船利炮，居然还是更具内腐蚀力的口水。几个奸党的口水所喷吐出来的条约，使整个民族蒙羞受辱了一个世纪。及至今天我站在林则徐的湟渠沿上，似乎还能嗅到那口水的腥臭气味。

我终于来到湟渠的渠首。

湟渠进水的渠首工程修建在东巴扎尔。

东巴扎尔是一个小镇，由三条质地良好的沥青铺设的公路组成一个标准的三岔口，高级轿车、大型货车、长途客车和手扶拖拉机在三股道上穿梭，这样偏远的小镇使人感觉不到荒僻，显现着一种蜕皮图新的气氛。小镇对面是一道沙石堆积的荒坡，有两股道路便绕着那荒坡左右延伸。站在小镇一家小饭店的店门旁朝下望去，便是湟渠渠首的建筑。

那是一条绿色的河川。伊犁河的主要支流之一的喀什河，紧紧贴着东巴扎尔小镇的脚流向远处。河水自然是乳白色的天山雪水，河床不宽，水量充沛，有异于旱季里所有北方河流的干滩景象。河的两岸是丛生的柳树组成的婆娑的林带。湟渠从这里破开喀什河的河岸，把天山之水引进百余公里的人工修凿的大渠，这水便不再自然地流失，而变得无价了。这湟渠紧紧贴着东巴扎尔小镇的崖坡，和喀什河并排比肩流过一段距离便分手了，流向伊犁腹地，就在千村万舍的门楼下和葡萄园里喧闹。我站在山坡上久久眺望那远去的喀什河和烟柳婆娑的绿波，久久眺望那相伴着的湟渠和同样被烟柳荫护着的渠水在视野中消失。

　　我和朋友在东巴扎尔镇的小饭店就餐，是一大碗用羊肉汤和西红柿烩煮的揪面片，这是我在新疆的首选食品，甚至超过了手抓羊肉。小饭店是一个维吾尔族青年开的，门面不大，小老板的肚子却够大的。他是炉头，主勺，炒菜烩面十分熟练，上唇的一绺黑色胡须浪漫自信。揪面片的是两个更年轻的维吾尔族小伙子，在案板上揉面搓面，往锅里一边揪着面片，一边说着生硬的普通话，神情却透着调皮，透着这个民族素常的幽默。只有唯一的一个女孩是腼腆的，黄色卷曲的头发，眼睛是淡蓝的，尤其是那翘起的鼻尖，秀丽又可爱。

　　我吃着揪面片，在露天的东巴扎尔小镇上，歪过头就可以瞅见坡坎下的喀什河和湟渠渠首建筑。这个渠首工程是林则徐亲自督建的，据说安排在渠首工程的民工是清一色的锡伯族人。我现在就餐的这个三岔口小镇，当年是否为锡伯族人安营扎寨的场地，不得考证。然而这小镇上肯定叠加着林则徐的脚印，因为这小镇是观察喀什河流向和湟渠走向的最佳方位……许多年以前，自从我在中学历史课本上知道了那一场鸦片战争，也就记住了一个叫作林则徐的中国人。许多年以后，我在西部边陲伊犁的东巴扎尔小镇上，寻觅这个人的足迹，发着英雄的血和奸党的口水的慨叹。

　　东巴扎尔。三岔口。塞外荒漠上的东巴扎尔，系结在喀什河上的一个小镇，留给我一个鲜活的历史记忆。

天之池

　　茫茫灰雾笼罩着。雾就在眼目之下。从高处探望下去，眼下就是一片茫茫的密不透隙的灰色的雾。谁也无法料知这雾什么时候会扯开散去。人愈是疑虑，那雾似乎愈是浓厚，似乎根本没有散去的希望。人就不由得焦虑，甚至抱怨自己选择了一个倒霉的日子：痴心向往的长白山天池，已经站在她的裙边，却看不见她的面目。

　　这雾确也像一张面纱——世界上那些严守宗教禁忌的妇女遮掩在面庞上的那一张，严密封盖着的是怎样一副含羞带娇的玉容呢？

　　群峰壁立，结臂连襟，或挺拔或浑实的十六座峰体，气势磅礴，恰似披甲挂胄的武士；火山岩浆铸就的武士，无疑是经受过超高温炼烧的纯洁忠贞之士，守护在这里已经有亿万年了。面对这样忠诚的卫士，我便静下心来，即使花一天的时间等待和守候，又何谈真心痴情！

久久的期待中，那雾终于扯开了。先是一绺，后是一角，稍一显现，随即逝去。刚刚露出的那一绺一角，瞬间又覆盖上雾的面纱了。然而就在那一绺一角露出的瞬间，呈现出湖蓝色的长裙的一幅裙褶，镶嵌着无数宝石或碎金，闪闪眨眨，扑朔迷离……你期待着的人正从楼梯的转角处下来。你屏声静息地等待着一睹芳容，却看见那长裙在楼梯的转角处飘忽一闪，露出炫目的脚腕的雪白，那长裙又消失了，没有下楼，又折回楼上去了……留在心里的是浅尝辄止的更高涨的欲望，期待那面纱彻底抖落，至少至少再撩开一绺一角的机缘，看到半边脸颊一次回眸也可慰藉。

灰色的雾又变化成白色的了。白色的面纱又转变为灰青色的了。什么时候又在那一边峰峦间挂起连天接地的五彩虹帐。阳光挑逗嬉戏着，然而那雾的面纱却绝不扯散。

纵眼望去，莽莽苍苍的群山浪波一般起伏着，簇拥着，推向烟云浩渺的远处。阳光和云彩给群山投射出变幻不定的色彩，一片深情一片嫩绿转换着交替着，海浪般涌动翻腾起来了，只是听不到呼啸。无声的波浪铺天盖地，从眼目所及的远处一波一波推进过来，拍打着赤裸的铁渣似的长白山的主峰，我的胸脯也随着波涌感到脚下的节奏起伏了。放开思维之缰任其飞翔，怎样想象亿万年前这儿曾经是一片汪洋的景象？怎样想象亿万年以来地心之火在那一片汪洋之上雕塑出横亘千里的长白山脉的伟功！哦，真想潜入那依然保持着原始形态的丛林，捡拾一块小小的未经人手和兽爪触碰过的火山岩石。哦，那密林覆盖的千里群山之中，肯定有一只修炼千年终究成仙的狐狸，在山崖侧畔在白桦树后在野花丛中投来羞羞的一笑。哦，在那一笑撞击心灵的一瞬，顿然感悟到俗世的肉身和肉身的世俗。

灰色的雾和白色的雾终于散去了。没有一丝风，不知这雾为什么会自动扯开散去。从火山岩石和岩灰堆积的山峰豁口望下去，那灰白的雾眼看着淡了稀薄了，转眼间就散失净尽了。神秘的面纱徐徐地揭去了，令人灵魂震慑的景象出现了：一片幽深的蓝色，平静地、闲适地躺在群山群峰的足下，阳光爱抚着投射下来，那一袭长裙的色彩变幻莫测，胸脯淡了腹上浓了腿脚又浅淡了；愈是颜色浅淡的裙褶里，万千的宝石和碎金的闪光愈是璀璨。山顶上的千年积雪倒映不出影像，被深沉的蓝得发青的水融解了。白云白雪和山峰都无法在其中投下倒影留下印记，她太深了，抑或是太娴静了，不把任何献媚者收入眼睑？只有太阳是可以骄傲的，可以在那一袭长裙的每一寸裙褶的宝石上撩拨起闪光，她却依然沉静……雾的面纱又徐徐地遮盖过来了。

留在我灵魂深处的，是羞色里的纯净。至纯至洁的天池之水，便自然蕴蓄着羞羞的神色。不洁不净的东西可以以各种华丽和妖艳取悦于世，唯独那羞色难得仿造；纯洁的云和纯净的花和纯洁的心灵，我们都可以发现隐隐的羞羞之色；被把玩过的玉石即使有绝世的雕琢，被汗手油指抚摸过的花朵即使十分美艳，被龌龊充塞着的心灵即使做一万次美容，都不可能再从它们的眼神里泄出一丝一缕的羞色了。

天池的羞色来自她的水，上承天雨，下聚涌泉，皆无任何中间导流环节的污染；她的深厚（三百七十三米）使那些喜欢拈水嬉浪者望而畏步，避免了汗渍；她高踞海拔两千多米的长白山巅，绝除了灰土、烟尘和有害气体的浸染，保护着一份至纯至净至洁，那沉静里的羞色正是与天生丽质俱来的一种气韵，而这气韵在一切作为风景胜地的水境中都不可能找见了。

游移不定的眼神是否反射着心灵里的大九九小九九？混浊的眼色是否浮游着心底的脏？无光无亮的眼色是否透射着平庸与无奈？急切而又卑琐的眼神是否袒露着心灵深处那狂狷和卑怯交织着的火与烟的浊流？再到哪里去寻觅如你——天上之池——一样的羞色？

告别天之池，告别长白山，留一份纯净，留一份羞色，陶冶情感滋润心灵。

威海三章

"天尽头"的咒符

朋友说，你到了威海，应该去领略一下"天尽头"的风光。随之又附加一句警告，如果你不怕丢官的话。

这种警告自然纯属调侃和玩笑，谁也不会上心不会在乎的。于是便踊跃着来到天的尽头了。

天尽头，其实应该是陆地的尽头，是陆地伸进黄海最远的那一块巨礁，是中国版图上属于山东省辖的海岸线伸入海域最东端的那个"尖"。我现在就站在这个号称"天尽头"的"尖"上，真有一种走到尽头的感觉了。满眼都是涌动着的灰黄色的波浪，波涌迭起的浪堆掀起雪白的水花，骤起骤散，骤散又骤起，一刻也不停歇。风是平和的，海浪和波涌便呈现着宽容和优柔。

终生都生活在内陆西安的我，每一次面对大海，襟怀里感知浩渺阔远的无与伦比的气象的同时，总是潜伏着一缕不知所措的茫然。大海对我来说太陌生了。第一次看见大海是陌生的，第十次看见大海仍然是陌生的。二十年前在青岛第一次看见大海，不必说是新鲜而又陌生的；又一次在西西里岛上看见的几乎是黑色的地中海仍然是陌生的；在珠海，在台湾海峡的这边和那边，面对苍茫海天的陌生和新鲜，以及潜伏在深处的那一缕不知所措的茫然……毫无办法，海距离我太远了。

其实，我每一次站在海边的礁石上，都产生过走到天尽头了的感觉。其实，海岸上的任何一块礁石都是陆地的尽头。然而只有这里独占着天尽头的命名，而且起码有两千多年悠久的历史，恰恰却是因为民间俗成的一个恶谥或咒符。

恶谥或咒符来自千古一帝秦始皇。始皇帝一统天下，东巡到此，心情自然是好到不能再好的程度了，已经走到天的尽头了，就在这里筑造大桥以延伸视线，观赏日之出海。在《秦桥遗迹》的碑石上，刻着摘自《三齐略记》的一节文字：始皇造桥观日，海神为之驱石竖柱。始皇感其惠，求见。神曰："我丑，莫图我形，当与帝会。"始皇入海四十里，与神见。左右有巧者，潜画其像，神怒曰："帝负约，可速去。"始皇转马，前脚才立，后脚遂崩，仅得登岸。这个神话故事虽然也称得神奇与美妙，却毕竟只是一个传说的神话，类似的神话在中国的所有历史或地理的风景点上都被津津乐道着，没有人认真地刨根问底。因为所有神话和传说都无法推敲其合理性，更谈不上事实的考证了。这个传说里的那个巧者的形象颇耐人回味，自以为偷偷摸摸的行为可以掩人耳目，却忘记了是在无所不察的海神的眼下，搞这样的小动作只是弄巧成拙，坏了始皇帝的好事。

始皇帝从天尽头返回秦都咸阳时，暴病死在路上。这个天尽头从此便蒙上了一层黑色的恶谥，不祥的咒符，已经走到天的尽头了，已再无路了。据说许多历史上的官人多避讳此地，宁可不图一时观海之眼福，也不想让恶谥咒符在心里罩上一道阴影。

真是有点底虚过甚了。

街心的碑

到威海的当天晚上，出去观赏这个海滨城市的夜景。走到一个三股车道交叉的三角地带，有一小块街心草坪，时值五月，青草正绿，茸茸可爱。草坪里散落着一株株枝干苍劲却不高耸的松树，错落有致，枝叶参差出一抹绿色的流云。草地中间竖立着一块玉石三棱碑，看了碑文才知是收回威海卫纪念碑。街道上灯光朦胧，碑文有多处被风雨侵蚀变得模糊的字句，读来十分吃力，便只好放弃阅览。

隔日下午，得了闲空，心中仍念念着那块碑上的文字，不堪留下遗憾，就专意奔着这块三棱碑来了。

碑文有如下内容——

甲午战败，俄租旅大，法租广州湾，英人藉口均势，于民国纪元前十三年七月一日，即光绪二十四年五月十三日，租借威海全湾十英里以内之地及湾内各岛；并规定于必要时，可利用威海及后山一千五百方英里为军事上之设备。民国八年，巴黎会议，我国山东问题交涉失败，威海收回几成绝望……

（民国）十九年四月十八日，经国民政府外交部长王正廷与英使兰普森几费周折，正式签订《收回威海专约》二十条、《协定》六条……

于同年十月一日正式收回，前后租期共三十二年有二月。①

我从碑文里摘记的这一部分内容所概括的那一段历史中的耻辱，早在中学的历史课本中领受过了；对国家和民族的耻辱的心理承受能力，从识字伊始直到现在，终生都在进行着这种磨炼。然而，我还是在这个碑石下无法不心动，想来大约是这样几处触及我的敏感和易痛之处——

历史教科书毕竟是文字，我站在被租借过的威海卫的街心

---

① 原文为："遂于十月一日……前后租期三十二年有二月。"见徐祖善《收回威海卫纪念塔记》。——编者注

和收回威海卫的纪念碑下的感觉，是对教科书的文字阅读无法产生的。历史的耻辱就浸润在我脚下的土地里，青草和松树就是从耻辱浸润过的泥土里蓬勃起来的。

这篇碑文有几句话尤使人感到刺激，之一便是"英人藉口均势"。这个"均势"的最本质最龌龊的含义便是，从一头被宰割分食的牛身上，英人抢到手的肉还不够多，还不"均"，于是便提出再"补贴"上威海卫这一块。我现在更贴切地理解了中国的一句成语"弱肉强食"，真是语言中的经典。我又想了，进入现代文明国家的英人、俄人和法人，仅仅在百余年前，还是争相宰割中国人的起码不大"文明"的人，为宰割分赃而喊着争着的"均势"，任何文明的遮羞布都是无济于强盗的原形的；今天的文明只说明今天，同样抹不掉遮不住他们祖先的野蛮。这样，羞耻应该是双重的——

我们承受的是被宰割的历史的耻辱。

他们承受的是宰割别人的耻辱的历史。

这个碑石立在这里，昭示的应该是这样的意蕴。

哦！刘公岛

站在威海的海岸上，刘公岛就横在眼前，避绕不过，不是因为岛子太大，恰是因为距离太近。小小的一个岛。

登刘公岛时，有白色的雾笼罩着海。

赴刘公岛的船上，湿溜溜的雾气拂面而过，海面变得迷茫混沌，心里也是难以理清的复杂，既有参观一个陌生岛屿的稀奇与新鲜，又潜伏着挥之不去的悲伤与苍凉，又兼蓄着凭吊千古英魂的虔诚与神圣。这个小小的刘公岛，该当是中国海疆里知名度最高的一个岛了，不是它的风景风光风水的奇巧或神秘，恰恰是它蒙受的耻辱。中日甲午战争就发生在这里。这个小小的刘公岛，替代一个国家和民族首当其冲遭遇了凌辱和羞耻，也替代一个国家和民族记录下中国第一代水兵将士喋血的庄严和凛然。

我登上刘公岛的诸种复杂心理中的最强烈的一点，还是准备接受历史的耻辱的洗礼。那生铁铸成的粗可搂抱的炮筒，曾经发射过抗御倭寇侵略的炮弹，现在供游人抚摸。那座指挥北洋水师的提督衙门，现在成为游客温习耻辱和心祭忠烈的祭坛，提督丁汝昌就自杀在他的这个衙门里。那一枚鱼雷是从德国进口的，应该是当年最顶尖的武器了，躺在这里让后来的我们叹惋。

我更铭记住了一个历史性的细节。"致远"舰管带邓世昌为掩护旗舰"定远"号开足马力直撞日军旗舰"吉野"号，"致远"舰被敌炮击中要害，锅炉爆炸，顷刻沉没。这个悲壮的过程在电影《甲午风云》里得到充分表现，然而关于邓世昌的一个细节却被舍弃了。邓世昌坠海后，侍从泅水将救生圈送来，邓世昌拒绝救护，自沉自杀。他的爱犬随之浮水来到身边，用嘴叼着邓世昌的发辫，救他浮出水面。邓世昌将爱犬按入水中，一起沉入大海。这是怎样超乎艺术想象的一个细节，一个铸成历史悲剧的细节！

中国第一支水军在甲午海战中全军覆没，除了历史和军事学家总结的种种败因和教训之外，有两个事实值得后人反复咀嚼：一是当时的北洋水师的总军力排亚洲第一、世界第四，舰艇总吨位达四万吨，"二十五艘舰艇齐泊于刘公岛前，舳舻相接，旌旗蔽空，盛极一时"。然而战争的结局是全军覆没。二是所有舰艇的将士，不仅没有逃跑投降的，且一个个都是战死，或是自杀，直至提督丁汝昌。应该说，从纯粹的军人的素质和牺牲精神来说，也应该是第一流的军人，然而依然挽救不了战争的败局。

丁汝昌、邓世昌们代表一个国家和民族抗击另一个国家的侵略和征服。然而他们撑不起一个腐朽王朝的腐败乃至溃烂的肌体。活着也承受不了失败的耻辱。无论从一个军人，还是从一个民族的精神来看，他们接受后人的崇拜，都是这个民族脊梁里永远不可缺失的钙。

温习耻辱，铭记耻辱，不在复仇。无论战犯认罪也好，不认罪也罢；忏悔也罢，不忏悔也罢；首先是我们自己该当图强。

哦！刘公岛。心中难言的隐痛之岛。

柴达木掠影

出敦煌城，满眼都是变幻着色彩的沙子。无边无际的沙丘、沙梁和沙地，金黄金黄的，灰白灰白的，淡青淡青的，铺天盖地的沙漠没有期望里的变化，仅仅是沙子的颜色淡了浓了，在变幻着。

进入祁连山，沟底和山坡上有绿草生长，尽管可以看出干旱施虐下存活的艰难，毕竟是绿色生命，毕竟带给人一种鲜活。远处的祁连山是凛凛的赤裸的峰峦和沟壑，有几处可以看到峰顶上闪闪发亮的积雪。翻过祁连山，又是砾石堆积的戈壁，零星的骆驼草顽强地在这里宣示着生命。偶尔可以发现一只小小的蓝底白翅的小鸟，从这蓬骆驼草飞到另一丛，使这无边沉寂的漠地有了一点灵动。

进入柴达木腹地，便进入生命的绝地。一株草一只蠓虫都绝迹了。地表是如同刚刚得到细雨润湿的黑油油的土壤，踏上去竟然坚硬如铁，这是经过盐渍而成的奇异景象。薄薄的土层下，是青石一般坚硬的盐层，深不知底。柴达木在蒙古语里的意思是盐泽。性能精良的越野车，在沙漠戈壁行进了整整九个小时，陪伴左右的祁连山隐去了，阿尔金山扑入眼来了，白雪皑皑的昆仑山让人生出走到天尽头的错觉。我已经知晓，一九五四年早春，在西安组建的第一支石油勘探队从敦煌开始行程，用脚步并借助骆驼横穿过沙漠和戈壁，历时半月，到达我们即将抵达的尕斯库勒湖畔。他们吃自己背着的干粮。他们走到哪儿就在哪儿的沙地上挖坑（地窝子）夜宿。在关中已经是柳絮榆荚飘飞的春景，柴达木依然是严寒的冬天，夜晚沙坑里彻骨的冰冷是可以想见的。最严酷的是根本找不到淡水。我从当年那些首闯绝地的勘探者所写的回忆短文里，首先感动的是朴实无华坦诚平静的叙述，对于任谁都可以想象的绝地里的困难，绝无渲染辞藻。这样的叙述反倒令人感受到创业者的豪迈和威势，读来令人产生对某种远逝的纯情的怀念。

我已经看多了造型各异令人眼花缭乱的高楼大厦，看多了越来越精致的城市绿地和花卉，越变越华丽越雅致的地毯和壁饰。我现在置身于寸草不生蠓虫不飞严酷到连一口淡水也找不到的柴达木。把赤裸的祁连山赤裸的阿尔金山冰雪闪亮的昆仑山揽入视野纳入心胸，对我的心境和心态是一种无可替代的良好的调节，起码不至于仅仅把眼光流连在人工制造的草地花丛地毯壁饰的色彩和图案上，人的情趣需要带着严酷意味的荒漠群山的调节。

远远便瞅见昆仑山脚下尕斯库勒湖蓝莹莹的好水。人在干枯单调的荒漠里整整走过九个小时，对眼前突然出现的这一湖好水的亲近是强烈的，况且是融雪汇聚成湖的纯净的水，绿色就环绕着湖水而蓬勃着生气了。我们来到一座高耸的碑塔前，这是柴达木打出第一口油井的井址，站在这个碑塔下，感知那种令人肃然起敬的创业者的神圣和尊严。

花土沟是发现油砂石的地方，在连绵不断的如同被大火燎烧过的群峰之中。汽车在山间盘旋而上，残破的山梁残破的沟坡残破的山峰，在见惯了黄土高坡的我的感觉里，仍然是不堪。就在这样的沟壑间山梁上，这里那里都竖立着正在掘进的井架，悠悠然有节奏运转着的抽油机，黑色的输油管或凌空飞架或顺地铺设，我可以想象技术人员和工人完成每一道工序的艰难，更感佩把石油采出的意志力。

花土沟山顶上立着一块石碑，铭记着这里是首先发现油砂石的地方。一九四七年，一支仅剩下三人的石油勘探队，几乎是在绝望中听到一个什么人说这儿有一种可以点燃起火的石头，欣喜若狂，立马赶到这里，发现了山峰和山沟里裸露着的油砂石，这是潜藏石油最可靠的资料了。石碑上镌刻着那三个发现者的名字。这块石碑，完整了柴达木石油勘探开采的历史，一种令人感佩的科学态度。我接受了油田一位朋友随手捡拾的一块油砂石，尽管早已干涸，仍然可以闻到一股油腥气味，颜色是被石油浸渍过的紫黑色。我在看着摸着嗅着这块来自地心的不寻常的石头时是平静的，不过有一点好奇，却可以理解那三位勘探者抓到它时的狂欢，那对他们来说是发现，是求证的证据，是理想的实现。也可以理解一九五四年的勘探队在此打出第一口油井的狂欢，应该是献给成立不久的中华人民共和国的一份厚礼。从那时开始，到我以参观者的身份到这里来的时候，整整经过了五十年，新的井架还在搭建，油井还在出油，新的年生产指标还在提升。一茬接一茬的石油人在这里付出了汗水、心血和青春，又一茬年轻人继续活跃在平川里和沟壑间，依然是一丝不苟的全身心投入，依然是面对戈壁所有艰辛的顽强和乐观。

还有开创者的诗性情怀。他们为柴达木取下一批极富诗意的地名，这是这些处女地自形成以来的第一次命名。花土沟是依山峰和沟坡的颜色命名的。冷湖这个名字取得多么别致，怕是大学问家也未必能推敲得到。还有一个南八仙，就不仅仅是文字上的光彩了，而是一种虔诚的缅怀。一个由八位女子组成的勘探队，走出营地后消失了，无影无踪地消失在柴达木荒漠上，一缕布条一页纸片都没有残留。战友们在搜寻绝望之时给她们失踪的地方命名为南八仙。愿这些报效国家的巾帼英雄，化为天仙。

在柴达木一路走来，超出想象的大自然的严酷，对我发生着连续的冲撞；传说的和墨写的开发柴达木的英雄业绩，对我也发生着令人由衷感动、感叹的冲撞；眼见的正在掘进的钻机和悠然运动的抽油机，穿着溅有油痕制服的技术人员和工人，一张张自信而又鲜活的脸孔，有一种更富活力的冲撞。尽管我不可能加入这种环境下的这一群劳动者的行列，却乐意接受这种冲撞，增强精神和心理的钙质，更踏实、更从容地面对生活。

那边的世界静悄悄

　　按照国内某些传媒和传闻给人的先入为主的印象，像美国和加拿大这些属于自由世界的国家，一切都是自由的，自由到想干什么就干什么完全随心所欲的状态，甚至自由到混乱无序的程度。走马观花式地到这两个国家走了一趟，才发现满不是那么一回事，似乎也根本不像国人对自由的想当然式的理解，反而觉得那边的人起码在某些方面还很呆板，某些方面还不如国内自由。

　　我们说得最多的是言论自由，可以在大街上骂总统而不担心被传讯。我所走过的五六个城市没有看见谁这样骂过，甚至连一起吵架骂仗的场面也没有发现。在纽约的地铁车厢里，无论白人、黑人和黄皮肤的亚洲人，大家都静悄悄地坐着或站着，有的看书，有的看报纸，什么也不看的人就呆呆地端端地

坐着或站着，没有人说话，没有旁若无人、声贯车厢的交谈，
更没有肆无忌惮的浪谝和浪笑，偶尔有认识的人打招呼或说点
什么，也是轻微到只让对方听见就行了。有时很空有时又很挤
的车厢里都是静悄悄的，只有火车穿行在地下隧道里的机械运
行时单调的回响，就这么二十四小时昼夜不停地运行着。据说
美国法律没有关于在地铁里大声喧哗违法的条律，车厢里也没
有张贴悬挂不许喧哗、不许吐痰、不许乱扔果皮纸屑的牌子。
大家都不说话显然不是美国种系的人生性寡言，也不是法律制
约或罚款强迫制裁的结果，那是一种社会生活的无形的公约，
自然的习惯，个人的修养。你大声喧哗、浪说、浪谝、浪笑干
扰了别人，你也同时会被别人在心里斥为缺乏修养的人而不受
尊敬。

有次在地铁里碰到一位演说的黑人，他肯定是从前面的
车厢蹿到我坐的这节车厢，放下一个黑提包就开始了讲演。我
听不懂英语，但从他说话的腔调、说话时的表情和打出的颇为
有力的手势来判断，对什么事义愤不平因而情绪激昂慷慨。陪
我的朋友悄悄告诉我，这个黑人在骂纽约市市长。说那个浑蛋
市长竞选时曾许诺改善失业者的生活，结果是当上了市长就把
许诺忘记了，失业者的救济金没有增加一个钢镚儿……令我惊
讶的是，他的长达十余分钟的演讲过程中，车厢里寂然无声，
看书读报的人依然津津有味地阅读，闭目养神的人懒得睁开眼
睛，无论白人或黑人，几乎没有谁有兴趣看演讲者一眼，更没
有凑热闹瞎起哄的现象。那黑人演讲完毕就从皮包里掏出一件

什么小物品推销，一件也没有售出，就提着包蹿到后边一节车厢去了。他走了，车厢里仍然没有丝毫反应，对黑人演讲者的行为没有任何褒贬和议论。是美国人对这种事见多不怪、习以为常，还是生性冷漠？

在人群聚集的所有场合，没有我们的城市里那种嘈杂的市声。无论大饭店或小饭铺，无论白人开的西餐馆或华人开的中餐馆，食客选好食物就坐在餐桌旁静静地吃喝，没有猜拳行令，没有喧哗，即使结伴而来的三五朋友在一桌进餐，交谈也是小声地进行，绝不影响邻近餐桌的食客……为了贴近美国社会生活的各个角落，我坐火车也坐公共汽车，所有这些公众场合，男男女女的乘客也都和地铁饭馆里一样安静地旅行或进食，使人感到一种清静、一种轻松、一种和谐。

而居民聚居区更是一种难以理解的静谧。在大波士顿的一个中产偏下阶层聚居的小城里，各式各色的尖顶木板小楼房栉比鳞次，一般都是三层或二层的私有住宅。我住在一位华人家里，首先惊讶的便是这里的安静，从早到晚听不见人的说话的声音，不必说引车卖浆、提篮卖蛋的吆喝，连孩子的嬉耍的声音也听不到。早晨起来走出后门，树上是一片鸟鸣，邻近的一位看上去年过七旬的老头往草地上撒着面包渣，鸟儿便从树上扑落下来，在老人脚下啄食早餐。松鼠也从树上溜下来，与鸟儿争食。凡有街树的地方，到处都可以看见松鼠在树枝间跳跃，动物和鸟儿对居民的信赖达到了无防无虞的状态。

这个几万人聚居的城镇从早到晚都是悄悄静静的，家家的汽车来也悄然无声，走也悄然无声，没有喇叭鸣笛之声。唯一破坏这宁静的是偶尔传来的狗叫。美国人爱养狗，一般都在屋子的狗居室里，但每天都要遛狗，狗的叫声大都是遛狗时牵出屋子的叫声。在这里住着，我望着稠密的尖顶楼群，对这里的安静总有一种不可思议的感觉，总是无端怀疑那些漂亮的建筑物里是否都有人居住，然而从家家门口停放的汽车来判断是不容置疑的。人居住在这样恬静的环境里，即使有什么窝火的情绪也都容易平息舒缓下来，起码有利于心血管、脑血管有毛病的人养息。

如果说公众场合的良好秩序凭的是每个公民的自觉来维持，那么对酒的严格限制却带有法律的严肃性制约。美国的大小餐馆都不许售酒，各种饮料应有尽有，可乐、咖啡、果汁等等，都是不含酒精的，连啤酒也不许在餐馆销售，一边吃饭一边喝酒是不可能的。酒类只许在酒的专卖店和酒吧里销售，那里有世界各国的名牌酒供你选择，然而晚上十二时以后全部停止售酒。

在温哥华的最后一晚，朋友让我看看温哥华的夜景，转转大街小巷，看看夜里的海滨和夜色中的原始森林。反正明天到飞机上可以睡觉，我便兴趣十足地去了。转得夜深了，朋友问我想吃点什么想喝点什么。我说什么也不想吃，只想喝一瓶啤酒。转着找了几条大街和小巷，所有尚未关门的饭馆和酒类专卖店都拒绝出售，而且很礼貌地摊开手笑一笑，说这是国家规定的。那一夜尽情感受了一个被环绕在海滨和原始森林之中的现代城市的夜色，唯有缺少了一瓶啤酒的遗憾。其实，这遗憾的另一面，是我对那几位店主的尊敬，他们尊重政府的关于酒的法则，其实是公民对国家的尊重，也是一种职业道德。

和一位律师吃饭，在朋友的家里自然可以喝酒了，然而律师说，他这种职业是不允许喝酒的。这个规定的唯一目的，是怕律师喝得神经兴奋胡说八道。为执行这一规定，律师的管理机关说不定某一天通知某律师到医院去突然抽血化验，一旦发现血液里有酒精，便停止律师一季度的营业，连犯二三次便取消律师资格。这位律师朋友说，自己的职业本身就是以法律为神圣的，自己如果不遵守律师自身的职业规定，连自己心理上都难以自信起来。这显然又是一个职业道德和人本身修养的内质性话题了。

如果从这几方面来对照我们，我们显然比美国和加拿大人自由度大得多。而这究竟是一种光荣的自由，抑或是一种丑陋的习惯？按某些传闻，似乎美国自由到可以为所欲为的说法，显然只是一种猜想。

我不可能在短促的时间里了解这些国家的政治集团和商业集团的内部结构，那里发达的交通和城市设施也让我大开眼界，然而我更注意或者说更感兴趣的是，看看美国的最普通的人是怎样生活着，最底层的美国人以怎样一种形态、一种情绪过他们的日子。结果却发觉这个号称自由世界里的人们过着静悄悄的生活。

现代文明显然不单是物质一面，现代人自身的文明修养，高尚的操守，从根本上决定着一个社会的基本形态；而健康健全的心理形态，对于整个民族的复兴复壮来说，是决定性的素质。如此，才能形成一个既有益于生理健康又有益于心理情绪的生存环境。

北桥，北桥

在大波士顿郊区三四十公里的康克尔①镇，有一座小木桥，名叫北桥，桥下是一条悠悠静静涌动着黑色水流的泥河。二百二十年前的四月十九日夜，美国"独立战争"的第一声火枪的枪声，就是在这座小木桥头打响的。

北桥从此便成为现代美国历史的启明星。或者说，在北桥的火枪枪声里诞生了一个美国。

北桥从此便成为美国历史和现实中最负声望的桥。康克尔小镇因为拥有北桥而成为闻名于世的一个镇子，波士顿人则因为"独立战争"的策源地而自豪和骄傲。

酿成这个伟大事变的起因却是一件小小的冲突。英国殖

①　今译作"康科德"。——编者注

民者通过东印度公司输入大量茶叶，严重危及当地人的经济利益，当地居民便自发"揭竿"，把刚刚在波士顿海岸卸船的茶叶包扔进大海，用我们的习惯用语来说，矛盾一下子就激化了。这事件在我听来似乎有点耳熟，很容易把它和英国人输入鸦片到中国海岸所引发的冲突联系……英国人首先被激怒了，立即下达戒严令，不许当地居民乱说乱动。而崇尚自由自在的新大陆居民，对古老的英国殖民者以往那种妄自尊大和呆板的清规戒律的做派早已不能承受，也看不顺眼，可以说积怨积火已如欲喷的火山熔岩。这个晚被发现的大陆的居民与英国殖民者的冲突的实质，与世界上所有曾经被殖民过的民族与殖民者无以数计的各类形式的冲突毫无二致。

康克尔小镇有一个农民自发的民间自卫组织。英国人在下过戒严令之后，决定摧毁这个民间武装的小团体，用意自然是要扑灭任何可能蔓延成灾的火星，时间定在四月十九日夜里。居住在波士顿城里的一位年轻医生在天黑时得到了这个泄露的军事机密，星夜骑马疾驰三十多公里赶到康克尔，把英军偷袭的消息报告给处于灭顶之灾的自卫武装。这个自卫武装团体一致决定反抗，虽然仓促，却有准备，最短暂的也最恰当的战术准备迅即做出，立即实施。当英军士兵经过三十多公里急行军赶到北桥桥头时，桥的那一头的丛林和草地里已经按各个最有利的位置潜伏着自卫的农民，武器是火枪。

当英军士兵怀着偷袭的窃喜列队跨上北桥，灾难便降临了。从北桥的正面和两侧骤然爆起的枪声，把他们出发时的全部美丽的窃喜葬入桥下的泥河。河是真正的泥河，没有一般河流通常都有的沙滩，密不透风的森林几个世纪以来的落叶沉淀在河床上，河水因此而发黑，人或马都不可能蹚过去。无法料及的强硬的抵抗，使偷袭者从心理上先输掉了，接续的便是溃不成军的慌乱和全线崩溃。然而英国人的呆板做派还是不变，无论桥上桥下倒下掉进了多少同伙，后边的士兵依然列队整齐，不乱间隔继续拥上北桥。桥那头的民兵几乎不用变换射击位置只须尽快地填充弹药，然后喷射到一堆堆送到枪口上来的目标身上。当地农民嘲笑英国人一切都按固定的程式运动的做派，这回是用火枪完成的。

从北桥之战开始，随后就风起云涌般掀起一场震撼世界的伟大的"独立战争"。北桥随后便日益璀璨起来。那位报信的年轻医生也一代又一代地璀璨在美国人的心里。纪念这位英雄医生的方式不是玉碑，也没有雕像，而是一行马蹄印迹。在波士顿城里的一条街道的人行道上，水泥地面上镶嵌着一行马蹄铁驰过踩下的间距很大的蹄痕，是黄铜，被无以数计的脚踩得闪闪发亮。

这个北桥现在是美国国家公园，一切都按那场战争发生时的原样保存着。低浅的丘陵被原始森林和野花野草覆盖着，树木不再人工增植也不许砍伐，枯死的树木一任其枯死、倒掉以至腐烂，也不做清理；茅草也是二百二十年前的野草的家族的延续，不许烧荒也不许刈割，更不要人工栽培的新的花草品种；河依旧是那条泥河，野苇茅草丛生的泥岸，没有人工修整的一丝痕迹，至今仍然没有人敢于涉水过河；桥是用粗刨的原木架构的，没有油漆，桥栏被游人的抚摸磨损得咪溜光滑，粗的细的木纹清晰可辨；北桥通往公园各处的几条大路也是用黄褐色的沙砾泥土铺垫的，一切都按一七七五年的原样保存下来，让一切到此观赏的世界各地的游客充分感受当年的自然环境的气氛。成群成帮的鸟儿掠过头顶，从这一片树林喧嚣到那一片树林，多是一种通体墨黑的梭子体形的鸟儿，颇类似于我自幼见惯的知更鸟，然而叫声却相去甚远。不知这鸟儿是二百二十年前的原种，抑或是后来迁居的新族。

桥头有一块纪念碑，大约记述了这儿发生过的事件的简单的经过。更令人注目的是那座雕塑，一个刚刚成年而仍未脱净稚气的乡村小伙，右手握着一支火枪，左手按着一把犁杖，猫着腰，前弓后殿着腿，沉静而又机敏地瞅着前方，前方十多米处就是北桥。他的农民服装上扎着一条武装带，再也找不出比民兵更恰当的称谓了。这个雕像我一眼看见就觉似曾相识，无论抗日战争还是国内革命战争，中国南方北方的战场上到处都是这种武装起来的类似乡村青年的模样。

在桥的那一头，即英国士兵接近桥头的道路旁边，贴着地皮栽着一块小小的石碑，作为偷袭北桥而战死的英国士兵的墓碑，却是战争的胜利者为失败者立下的。碑文很短也很耐人寻味，没有仇恨没有诅咒，也没有胜利者的骄傲，有的只是一种惋惜。碑文大意说，这些年轻人跑了三千多英里从英国来到北桥，死在这里；此刻，他们的母亲还在梦里想念儿子哩！

用这样动人的惋惜和怜悯的口吻，用这种人性和人道的泛爱的胸襟对死亡的敌手表示哀悼，可能是对那殖民者又是失败者的最深刻也最深沉的心灵和良知的谴责。在波士顿市区，在华盛顿就任"独立战争"总司令的那棵大柳树旁边，同样为两位战死在这里的英国将军各立着一块小小的碑石。从北桥打响第一枪，到这里时整个战局就发生了一个根本性转折，这里的战斗是一场扭转战局的决定性胜利。在华盛顿的塑像周围，摆着三门缴获的英军的火炮。这里用白色的栅栏围护着一株大柳树，华盛顿在指挥这场决定性的战斗胜利之后，就在这棵柳树下成为三军统帅，也接受了三军战士排山倒海的欢呼和膜拜。北桥的初次交战华盛顿没有参与，稍后便从他的农庄赶来投入了，再后就走到了这棵柳树下，再后就把英国殖民者赶走了。处于绝对的领袖地位的华盛顿，在筹建美利坚合众国和大选的时刻，脱下戎装回到了他的农庄，继续当他的农夫去了。据说华盛顿出于这样的理由，即不以军人的身份参加选举，要以一个农民或者说普通公民的身份参选，为此他老老实实当了一年农夫。尽管这行为里不无虚伪，即使他一年后以农夫的身份堂而皇之地参选总统，其实选民们投给他的一票主要还是投给"独立战争"的那位无可替代的总司令的；如果不是这样，比他更优秀一百倍的任何一位农民也不可能当选第一任美国总统。即使如此，有一点虚伪也还是可爱的，不属于令人恶心倒胃的伪装；仅此一个农夫的姿态，对于他那样功勋卓著的总司令来说，已经是难能可贵的了。

我还是对那几块为战败战死的敌方的将军和士兵所立的碑石感兴趣。今年九月，我在北京见了翻译过《白鹿原》章节为英文的汉学家苏珊女士，和她聊起四月访美的印象，就谈到了这几块为敌手所立的碑子和碑文。和她一行到北京的一位美国男子却以不屑的口吻说，在越南他们可就没有这份情致了。我不觉一震。十年越战对美国普通公民来说至今还是一块化解不开的积食。许多美国母亲至今仍如那碑文所说，正在梦里思念战死在越南的儿子哩。那块为英国死亡士兵栽下的碑子，现在确实栽到数以万计的战死在越南的美国士兵的母亲的心上；那种出于人性和人道的宽容胸襟的碑文，深刻而又深沉地谴责着当年决定发兵越南的那位总统，他即使卸任多年，依然不能逃避灵魂的谴责。在越战结束近二十年后，约翰逊政府时期的国防部长麦克纳马拉，写了一本书，对越战做了反思和忏悔，感应了一些人。看来，对于被殖民而又争得了胜利的一方来说，对殖民者又是失败者以怎样的方式表示谴责，都是比较轻松比较容易做到的，可以是义正词严的也可以是机智幽默的，可以是这样又可以做到那样一种谴责的方式。然而一旦角色转换，美国人自己自觉不自觉地扮演了当年英国入侵者的角色，到越南，还有朝鲜，他们也就像二百二十年前被驱逐被打败被消灭的英国人一样，先被朝鲜继之又被越南人所仇恨所驱逐所战胜。无论如何都不可能产生给北桥牺牲的英军士兵立碑的那种心怀和情致了，倒是朝鲜和越南人把这种碑文的碑石栽到了美国总统和美国母亲的心头，真是得其所哉！罪恶的心理阴影比